조영남이 죽기 전에 하고 싶은 이야기

예스터데이

조영남이 죽기 전에 하고 싶은 이야기

예스터데이

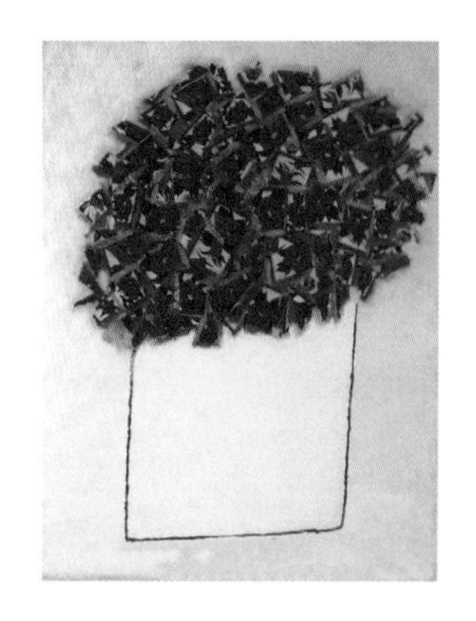

조영남이 죽기 전에 하고 싶은 이야기

예스터데이

발행일
2022년 1월 26일 초판 1쇄

지은이 ● 조영남
펴낸이 ● 김종해
펴낸곳 ● 문학세계사
출판등록 ● 1979. 5. 16. 제21-108호

주소 ● 서울시 마포구 신수로 59-1(04087)
대표전화 ● 02-702-1800
팩스 ● 02-702-0084
이메일 ● mail@msp21.co.kr
홈페이지 ● www.msp21.co.kr
페이스북 ● www.facebook.com/munsebooks

ISBN 978-89-7075-542-7 03810

- 책값은 뒤표지에 있습니다.
- 파본은 구입하신 서점에서 교환해 드립니다.

프롤로그

스쳐 지나간 시간들을 붙잡으며

아버지 김종해 시인과 함께 '문학세계사'라는 출판사를 운영하는 김요일 시인이 어느 날 나를 찾아왔다. 용건은 이번에 또 책 한 권을 내자는 것이었다. 나는 이미 문학세계사를 통해 산문집 『조 아저씨 이야기』라는 책을 낸 적이 있다.

10여 년 만에 만난 옛 친구 김요일의 책을 내자는 청원이 고맙기는 했지만 최근의 내 심경을 털어놓지 않을 수가 없었다. 요컨대 나는 더 이상 글을 쓸 수가 없다는 요지의 궁색한 내용이었다. 그렇게 말한 데는 몇 가지 이유가 있다. 첫째, 내가 글쓰기에는 너무 늙었다는 것과 '조영남 미술 대작代作 사건'이라는 5년간의 긴 재판을 치르며 기진맥진한 상태인 데다 특히 그 긴 세월에 꾸물꾸물 글을 써서 이미 두 권의 책을 냈고, 그 책을 홍보한다는 명분으로 여러 TV 연예 프로그램에 출연해 몸 상태가 총체적으로 바닥이 난 상태였다. 책을 내자니… 그것도 내 삶의 굴곡이 담긴 자전적인 이야기를…. 내 성격에 무슨 겸양을 떠는 것도 아니고 사실이 그러했다.

나이 80을 코앞에 두고 있으니까(이 글을 읽는 분들은 '아이고! 조영남이 어느새 그렇게 늙었나' 하시겠지만 내가 생각해도 어이없이 그렇게 됐다. 77세다) 우선 읽고 쓰는 데 금방 눈이 피로해지고 아파 왔다. 그런 상태로 나는 지난 5년이라는 유배 아닌 유배 생활을 해 오면서 두 권의 책을 내게 되었다. 유배 생활이라고 하는 이유는 '대작 사건'으로 검찰에 기소되는 순간부터 즉시 나의 모든 방송 생활과 미술 전시 등이 한꺼번에 올 스톱 되었기 때문이다.

하루아침에 고정적인 수입을 가져다주는 업(일일 방송인 MBC 〈지금은 라디오 시대〉 진행)을 잃게 된 나는 놀면 뭐하냐는 마음으로 두 가지 일을 근근이 이어 왔는데 한 가지는 그림을 그려 대는 일이었고, 다른 한 가지는 글을 써 두는 일이었다.

사람들에게 다시 한마디 부탁하려고 한다. 행여 기소당하지 마시라. 재판, 그건 할 짓이 아니다. 내 재판은 무려 5년이

나 걸렸는데, 간단히 말해 1심에서 유죄를 받고(징역 1년, 집행 유예 2년) 내 쪽에서 항소로 올려 이때는 무죄를 받았다(실없는 이야기지만 무죄 때는 여성 판사님이었다. 속으로 나는 참 여복 있는 놈이라고 큰소리를 쳤다). 1심에서 유죄, 2심에서 무죄를 받으면 자동으로 검찰 쪽에서 상고하게 되어 있다. 장담하건대 내가 5년 재판을 하면서 새삼 깨달은 게 우리나라 대한민국의 법체계가 지구상의 모든 나라를 통틀어 최고급으로 화려하고 찬란하게 구성되어 있다는 것이다. 완벽 그 자체다. 1심에서 유죄를 받아 억울하면 2심으로 올릴 수 있고, 2심에서 형량이 턱없이 낮으면 검찰 쪽에서 손수 3심인 대법원으로 올리고, 그러는 동안 피고 입장에서는 변호사 비용 등으로 무참히 돈이 깨지는데 나같이 돈 없는 노인의 경우 국선 변호사 시스템도 있다. 다시 말해 돈 한 푼 안 드는 재판도 할 수 있다는 말이다. 그렇다, 대한민국 휴게소 화장실과 법체계는 타의 추종을 불허하는 세계 1위라고 감히 말한다. 옆길로 새는 이야기지만 그런 경험으로 누구보다 나는 2020년에서 2021년에 이르는 추미애와 윤석열의 법적 대혈전을 흥미롭게 지켜볼 수 있었다. 이런 멋진 법체계를 유지해 준 현 정부에게 박수를 보내자는 청원을 올리는 바다.

재판 중에 아픈 눈을 비비며 꾸역꾸역 글을 써서 한꺼번에 두 권의 책을 낸 게, 한 권은 현대 미술에 관한 『이 망할 놈의 현대미술』이고, 또 다른 한 권은 내가 평생 추종해 왔던 요절 시인 우리의 이상李箱을 셰익스피어 바로 밑으로 띄우기 위한 『보컬그룹 시인 이상과 5명의 아해들』이라는 책이다. 재판 중에 책을 내는 것은 행여 나의 재판 결과를 유리하게 이끌려는 속셈으로 비추어질 듯해서 재판을 끝낸 다음에 곧바로 출간했던 것이다.

이미 『현대인도 못 알아먹는 현대미술』이라는 예술 책을 낸 적이 있는데도 현대 미술에 관한 책을 쓴 이유는 따로 있다. 정작 미술 재판을 치르다 보니 내 주위의 모든 사람들이 현대 미술에 대해 몰라도 너무 심하게 모른다는 사실 때문이다. 몇몇 변호사나 검사님, 판사님들도 현대 미술의 기본 원리를 모르는 것 같다는 의혹 때문이다. 그렇다, 현대 미술의 원리는 내가 생각해 봐도 알아먹기가 어렵다. 내가 걸린 미술 대작 사건의 경우, 내가 아닌 타인(조수)이 70~80퍼센트를 그린 그림을 내 그림으로 팔아먹었으니 이걸 어떻게 사기가 아니라고 주장할 수가 있겠는가. 이 문제에 대해 내가 알기로 우리나라에서 미술 이론을 가장 두텁게 터득한 진중권 전 동양대 교수가 홀연히 나타나 나를 죽기 살기로 옹호했던 이유가 바로 미술 원리가 그러하기 때문이다. 99퍼센트 타인이 대신 그렸어도 아이디어(화투)가 조영남한테서 나왔다면 그건 조영남 그림이 맞는 것이다. 그게 현대 미술의 원리다. 그래서 책 제목을 『이 망할 놈의 현대 미술』이라고 정한 것이다.

다행히 대법원의 판결에서도 내 무죄가 확정되었다. 미술에 관심 없는 사람들은 잘 모르는 일이겠지만, '조영남의 미술 대작' 사건은 실로 세계적인 판결이었다. 왜냐하면 나의 '대작 사건'이 재판정에 올라왔을 때도 변호사나 검사나 판사도 내 사건 사안에 대한 판례를 도무지 찾아낼 수가 없었다. 그러니까 내 재판은 현대 미술 약 150년 만에 최초로 생긴 재판이었던 거다. 그래서 대법원에서도 각별히 신경을 써 조영남 재판을 대법원 공판정 안에서 소위 공개 공청회를 개최한다는 계획이 성사된 것이다. 국내뿐만 아니라 세계적인 판결을 예상해서 명명백백하게 판결하겠다는 의도였다. 피고인인 나한테도 정중하게 공청회의 허락 여부를 물어 왔다. 나는 물론 담담하게 오케이를 했지만, 속으로는 '와! 대박이다. 찬스다! 현대 미술이 무엇인지 세상에 알릴 수 있는 기회를 나한테 부여해 주는구나!'라고 쾌재를 불렀다. 나에게 주어진 대비책은 변호사 한 명과 증인 한 명을 대동하는 것이었다.

변호사 한 명은 나한테는 빌어먹을 놈의 '돈'이 드는 일이었다. 아! 이 일을 어쩌나 하고 머리를 싸매고 있을 때 전화 한 통이 걸려 왔다. 전화를 건 이는 자신을 국선 변호인 강애리라고 소개했다. 젊은 여자 목소리였고, 더구나 국가가 배정한 국선 변호인이라서 데면데면 알았노라 하고 전화를 끊으려는 순간, 저쪽에서 "선생님, 저는 선생님의 직계 후배예요."라는 말이 들려왔다. 그 소리에 의아해하고 있을 때 "저는 서울 음대 작곡과 출신 변호사입니다."라는 말에 깜짝 놀랐다. 나와 같은 음대를 졸업하고 로스쿨에 들어가 변호사가 되었다는 것이다. 나는 벌써 10여 년 전에 명예 졸업장을 받았고, 그 후로는 정식 졸업생으로 행세해도 법적으로 아무 문제가 없었다. 다시 말해 그녀는 내가 아는 최초이자 최후의 서울 음대 출신 변호사였다. "오케이! 당신이 나의 소중한 변호사입니다!"(내 걱정과는 달리 그녀는 이후 대법정에서 멋들어지게 나를 변호했다.)

이젠 증인 채택만 남았다. 이 글을 통해서 나는 진중권 교수에게 용서를 빌고 싶다. 나는 누가 봐도 사건 초기부터 조자룡 헌 칼 휘두르듯 나를 옹호하고 직접 1심 때 증인석에 출두해 올곧게 증언을 해 준 진 교수에게 증언을 부탁했어야 옳았다. 그런 내 뜻을 주위에 내비치자마자 내 측근들이 항의해 왔다. 진 교수는 너무 정치적이고 사정없이 현 정부에도 쓴소리를 낸다는 것이다. 현 정부 밑에 있는 대법원인데 진 교수가 나서는 것 자체가 역반응을 불러올 수 있다는 것이었다. 정말 미안한 마음이다. 나는 하는 수 없이 화랑협회장을 지낸 정치색 일절 없는 표미선 표화랑 대표를 증인으로 정하고 공청회에 임했다.

나는 지금 겁 없이 큰소리를 친다. "대한민국 연예인 중에 서초동 대법원 넓은 법정에서 특급 검사 네 명과 대법관 네 명을 상대로 전 세계적 공개 재판을 받아 본 사람 있으면 내 앞으로 나서 봐!" 나는 최후의 진술을 활용해 대한민국 재판의 분위기를 심각성에서 온화함으로 확 바꾸고 싶은 생각에 최후 진술 마지막 부분을 이렇게 끝맺었다.

"존경하는 대법관님! 어르신들 말씀에 화투를 가지고 놀면 패가망신하는 법이라고 했는데 제가 너무 오래 화투를 가지고 놀았나 봅니다."

내 말에 웃음이 피어났고 그로부터 1개월 후, 나는 무죄라는 최종 선고 서신을 받게 된다.

휴! 이 모든 일을 끝내고 "이젠 더 이상 글을 못 쓰겠다. 더는 글을 쓰지 않을란다." 했는데 스무 살가량 연하인 신뢰하는 후배가 나보다 열 살 정도 나이 들어 보이는 모습으로 나타나 글을 다시 쓰자는데 차마 거절할 수가 없었다.

대법원 법정에서 "조영남 무죄!"라는 판결을 듣는 순간 '번쩍'하며 내가 지나온 다사다난했던 굴곡의 삶이 주마등처럼 스쳐 지나갔다.

차례

2부
사람은 숲이고 바다다

3부
세월은 흘러서 어디로 가는지

1부

황해도 남천, 충청도 삽교, 그리고 쎄시봉

두 개의 고향, 두 개의 생년월일

나는 이 책에 실린 원고 한 편 한 편이 소중하고, 진심을 다해 써야 한다는 걸 안다. 나이 때문에 이 글이 내 자전적 얘기의 마지막 편일 가능성이 크기 때문이다.

나는 1944년 황해도 남천에서 태어난 것으로 주민 등록증에 적혀 있다. 그러나 나한텐 또 하나의 생년월일이 있다. 그건 내가 1944년이 아니라 해방이 되던 1945년에 태어났다는 설이다. 그럴 만한 충분한 이유가 있다. 이것은 황해도 남천이라는 곳에서 살던 우리 식구가 6·25 전쟁이 터지고 소위 1·4 후퇴 때 식구들 모두 탈북에 성공, 38선 이남인 충청남도에 안착한 사정과 관련이 있다.

우리 양친 부모의 판단이나 행동이 조금만 굼떴더라면 우리 일가는 모두 북한에 남아 김일성·김정일·김정은 치하에서 살 뻔했다. 그건 정말 생각만 해도 끔찍한 일이다. 나처럼 번잡스러운 인물이 이북에서 살았다면 아! 생각만 해도 진땀이 난다.

어쨌거나 그런 시대적 변란의 와중에서 우스꽝스럽게도 나에겐 두 개의 고향(황해도와 충청도)이 생겨났던 것이고 생년월일도 두 개(1944년과 1945년)가 만들어진 것이다. 내가 오래전에 만든 고향에 관한 노래 〈내 고향 충청도〉도 처음엔 이렇게 나간다.

“일사 후퇴 때 피난 내려와 살다 정든 곳 두메나 산골 태어난 곳은 아니었지만 나를 키워준 고향 충청도.”

분명히 시작부터 ‘일사 후퇴’ 얘기도 쓰고 ‘태어난 곳은 아니었지만’이라는 설명에 ‘나를 키워 준 고향 충청도’, 이렇게 썼고 사람들이 이 노래를 골백번씩 들었을 텐데도 한사코 조영남 고향은 충청도라고 그런다.

나는 사실 어머니 김정신 권사님한테 어째서 나의 생년월일이 남편 조승초趙勝楚 씨의 기억과 다를 수가 있느냐 물으며 DNA 검사라도 시행했어야 함에도 불구하고 그때는 그런 기술도 없었기 때문에 누나, 형, 그리고 오랫동안 부산대 음악 교수였던 동생 조영수 교수도 아무 검증 절차 없이 그냥 형제, 동생이려니 하고 살아왔다. 이건 좀 다른 얘기지만 나는 대학교수를 못 한 게 얼마나 다행인 줄 모른다. 왜냐면 내 동생은 독일서 정통 성악 공부를 하고 돌아와 부산 음대에서 20년 넘게 성실하게 교수 생활을 해 왔지만 사람들로부터 늘 '조 교수님'이라는 소리를 들었기 때문이다. 그렇다면 나라고 별수 있었겠는가! 나는 내가 초등학교 다닐 때 중풍으로 반신불수가 되어 10년 넘게 병석에만 누워 계셨던 아버지보다 웃기는 소리를 잘하셨던 김정신 권사님 쪽 성격을 더 많이 물려받은 것 같다.

동생 조 교수가 들려준 얘긴데 영수나 내가 방학이 되어 책가방을 마루 한쪽에 놔두면 방학이 끝나는 날까지 책가방에 손을 안 대어 먼지가 뽀얗게 끼곤 했다는 것이다. 우리 엄마는 애들이 공부하건 말건 일절 신경을 안 썼다는 얘기다. 아버지가 병석에 들자 김정신 권사님은 앉은뱅이 싱거 재봉틀로 살림을 꾸려 나갔는데 어떤 때 보면 권사님은 재봉틀 코너에 머리를 기대고 시도 때도 없이 처절하게 잠에 빠지시는 거다. 침과 콧물이 방바닥에 흥건히 젖을 정도로 말이다. 내가 엄마 등을 탁! 치며 소리친다. "엄마, 차라리 누워서 주무시구려!" 하면 엄마가 활짝 깨어나며 하시는 말씀! "아이고 잠이 와야 잠을 자지." 나는 그때 우리 엄마가 세계에서 가장 거짓말 잘하는 예배당 권사님이라고 생각했다.

조영남과 동생 조영수. [사진 중앙일보]

아버지가 병석에 눕자 김정신 권사님은 디귿(ㄷ)자 집에서 왼쪽 날개 부분을 옥자네한테 팔았고 이어서 안쪽 날개 부분 부엌과 아궁이가 딸린 방 한 칸을 젊은 부부에게 세를 줬다. 아버지는 그 집 아저씨를 '사이상(최 씨)'이라며 일본식으로 불렀다. 사이상 부부는 가짜 꿀을 만들어 오가는 기차에 팔아넘기는 장사의 전문가였다.

그때 우리는 그게 가짜 꿀인 줄 정말 몰랐다. 꿀을 원래 그렇게 만드는 줄만 알았다. 가짜 꿀을 만들려면 우선 조청 같은 엿을 만들어야 한다. 엿을 만들기 위해선 한나절 불을 때야만 하고 뜨거운 엿 국물을 만들기 위해 계속 큰 주걱 같은 도구로 저어 줘야만 한다. 연탄도 없던 시절이다. 우리 어머니 김정신 권사님은 남편 병수발이나 새벽 기도를 다녀오면 건넌방 사이상 아주머니네 아궁이에 불을 때면서 가짜 꿀 만드는 일을 도와주시는 거다. 맨날 똑같은 방법으로 국자를 저으시며 "내 주를 가까이하려 함은.", 신령스럽게 찬송가를 부르시며 틈틈이 "주여, 주여." 하면서 가짜 꿀을 만드신다. 내가 서울 올라와 적어도 교회 권사님은 가짜 꿀을 만들어서는 안 된다는 걸 알고 물은 적이 있다.

"아니 엄마는 삽다리 감리교회 대표 권사님이 어떻게 10년 이상이나 가짜 꿀을 만들었대요?"

김 권사님은 숨도 안 쉬고 대답했다.

"안 그럼 방세가 안 나오는 걸 어카간?"

나는 하나님이 방세를 받아 내기 위해 가짜 꿀 만든 걸 충분히 이해하셨으리라 지금도 믿고 있다. 돌아가신 큰누나가 낄낄거리며 나한테 들려준 얘기가 또 있다.

황해도에서 남쪽으로 피난 내려올 때 운이 좋게 개성쯤에서 우리 부모님은 식솔들, 그러니까 큰누나, 작은누나, 형, 나를 기차에 태우고 "자! 그럼 서울 성북동 작은아버지 집에서 만나자." 하고는 아버지는 기차에서 내리시더란다. 우리 어머니는 고래고래 소리를 지르며 "여기 보세요. 여러분~! 우리 영감탱이가 식구들을 기차에 태우고 자기는 걸어서 간다고 저렇게 떠나간대요." 하다가 엄마도 내 동생 영수를 업고 "여보, 나도 같이 가요." 하며 따라나서더란다. 아버지는 피난길 도중에 어떤 사람으로부터 말 한 필을 얻었는데, 같이 내려오던 큰 개 한 마리를 못 버리고 말과 개와 함께 걸어서 탈북 했다고 한다. 우리 가족은 일찍부터 이산가족이 됐던 거다.

여기까지는 큰누나와 형이 들려줘서 아는 얘기고 다음 얘기는 김 권사님의 얘기인데, 1·4 후퇴 추운 겨울 무슨 강을 건너는데(임진강쯤이었을 거다) 추위는 고사하고 물살이 워낙 세서 사방에 사람 사체가 둥둥 떠내려가는데, 말과 개 고삐를 쥔 아버지 덕분에 무사히 강을 건너고, 물을 건널 땐 옷들을 머리에 이고 건너왔기 때문에 추위에 떨면서 강을 건너자 이쪽 남쪽에서 군인들이 불을 피워 놓고 빨리 와서 몸을 녹이라고 하더란다.

내 동생 영수는 나보다 몸집이 튼실하다. 나는 그런 때에 "내 동생 영수는 피난 내려올 때 엄마 등에 업혀 임진강 물을 너무 많이 마셔 아직 배가 부른 겁니다." 하고 놀려 대곤 한다. 나는 기억력이 워낙 부실해서 피난을 왜 내려왔는지 왜 아버지가 개와 말을 끌고 왔는지, 기차에서 내려 무슨 수로 큰누나가 실력을 발휘해 트럭을 잡았으며, 그걸 어떻게 타고 왔는지 통 알 수가 없다. 도무지 생각이 안 나는 걸 난들 뭐 어쩌겠는가.

믿거나 말거나 10여 년 전 나는 대한민국 경축 연예인단 일원으로 평양엘 다녀온 적이 있다. 집에 와서 내가 평양 공연을 간다고 했더니 큰누나와 형은 잘 됐다고 하면서 평양 가는 길에 황해도 남천을 지나가게 되니 고향을 잘 보고 오라는 것이었다. 나는 분명 다섯 살, 여섯 살 때까진 거기 살았음이 틀림없는데 도무지 북쪽 고향에 대해선 생각나는 것이 손톱만큼도 안 남아 있었는데, 마침 이번 평양 방문은 강변북로를 따라 버스를 타고 가 휴전선 너머부터는 북쪽 버스를 타고 평양까지 갔다가 오는 역사상 초유의 방북길이었

2003년 평양에서 열린 통일음악회에서 노래하는 조영남과 바리톤 김동규. 황해도에서 태어난 조영남의 사정을 고려한 듯 고향을 그리워하는 내용의 가곡 '향수'를 불렀다. [사진 SBS 방송 캡처]

고, 그런 행운 때문에 내 고향 남천을 둘러볼 수 있는 기회가 생긴 것이다. 평양에 도착하려면 반드시 남천을 거쳐야 한다는 큰누나와 형의 말을 철석같이 믿은 것이다.

내 마음은 출발 전부터 난리가 났다. 들떴다는 얘기다. 이번에야말로 내 두 눈으로 내 고향이 어떻게 생겼는지 돌아보게 되었으니 나는 그야말로 야무진 계획을 세웠다. '남천을 지나갈 때 여기가 내 고향이다. 잠시 둘러보겠다. 사진도 찍고 그럴 거다.' 휴전선 근처에서 큰길 건너 북쪽으로 들어서면서 모든 일은 내 생각과는 다르게 흘렀다. 북쪽 버스를 타기 전 화장실을 다녀왔는데 펑퍼짐한 언덕 위에 허리를 감출 수 있을 만한 높이로 흰색 광목천이 삥 둘러쳐졌는데 그게 화장실이었다. 삽으로 웅덩이를 적당히 파내고 그 위에 긴 나무 널빤지를 얹은 것이 전부였다. 버스로 달리는데 우리와는 너무도 다른 것이 도무지 지나다니는 차가 거의 없었다. 차가 지나가도 군인 트럭이 전부였다. 북쪽 산들은 나무가 없어 온통 민둥산이었고, 모든 형편은 내 생각보다 너무 심각하다 싶었는데 벌써 평양에 도착한 것이다.

공연 당일 그쪽 MC가 물었다.

"조영남 씨의 고향은 황해도 남천이라면서요?"

나는 "네, 그렇습니다." 했다.

"그런데 고향을 보고 오셨습니까?"

"아니요, 못 봤습니다."

"왜 못 보셨나요?"

"제가 제 고향 남천을 지날 때 깜빡 졸아서 못 봤습니다."

그때서야 덤덤하던 관객이 막 웃어 주었다. 그런데 특별히 남는 인상 같은 건 없다. 그날 나는 바퀴가 달린 운동화를 신고 있었는데 퇴장하면서 쭉 밀면서 퇴장했다. 평양 시민들은 깜짝 놀랐으리라. 내가 무대를 얼음판처럼 미끄러져 내려갔으니 말이다. 지금부터 가상 질문.

"그럼 돌아오는 길에는 고향 남천을 둘러봤습니까?"

"아니요. 못 봤습니다."

"왜 못 봤습니까?"

"남천 지날 때 또 깜빡 졸아서 못 봤습니다."

천방지축 어린 시절

내가 어렸을 땐 기쁨이나 슬픔 따위의 기복은 별로 없었다. 외롭다거나 권태롭다는 의미조차 몰랐었다. 그저 밥 먹고 문밖으로 나가면 무슨 일이 생겼다.

아침 햇살이 따스하게 내리쬐고 저쪽 동네에서 의미 없이 컹컹대는 개 소리가 들려올 때면 우리 집과 지 서방네 집 사이에 있는 널따란 타작마당 한 켠에는 옥분이네 갓난쟁이가 아무렇게나 똥을 지려 놓을 때가 있었다. 할 일이 없는 나는 김이 모락모락 나는 그것을 무심히 들여다본다. 그러는 동안 더운 김은 점점 사라지고 아침 햇살에 서서히 굳어 간다. 이때는 타이밍이 중요하다. 약간 말라서 꾸덕꾸덕해져 갈 때 고무신 발로 슬쩍슬쩍 밀면 신발에 묻지도 않고 제풀에 고운 흙가루를 뒤집어쓰기 때문에 그 모양이 꼭 콩고물 잘 묻은 떡처럼 된다. 그걸 손바닥에 올려놓아도 묻어

나지 않고 냄새도 심하지 않다. 그때 옥분이나 재평이가 마당으로 나오면 "야! 떡 먹어라." 하면서 건네주고 아이들은 "웬 떡이냐." 하면서 입에 넣었다가 "퉤퉤퉤." 질겁을 하면 나의 작업은 성공한 거다.

조영남의 어린 시절. 가운데 줄 왼쪽에서 두 번째가 조영남이다. 조영남은 1956년 삽교국민학교 졸업식 사진으로 기억했다.

어린 시절 우리의 모든 일은 우리 집과 지 서방네 사이에 있던 타작마당에서 이루어졌다. 타작마당은 각종 곡식을 도리깨로 내려치기 때문에 늘 반반하고 딱딱하고 부드러워 요즘의 클레이 코트 테니스장과 비슷했다. 우리는 거기서 맨날 딱지치기, 구슬치기, 땅따먹기, 제기차기 등의 놀이를 벌이곤 했다. 슬슬 해가 질 무렵이면 장마당 쪽에서 지 서방네 할아버지가 구부정한 모습으로 다가온다. 그러면 우리는 벌떡 일어나 소리친다. 일제히 합창하는 것이다.

충남 예산군 삽교면의 고향 집을 그린 조영남의 1996년 작품
〈나의 그리운 옛 고향집〉

"할아버지 긴지 잡수셨시유?"

긴지는 먹는 밥의 충청도 발음이다. 할아버지가 우리의 인사를 받는다.

"잉! 장에 갔다 오는 길이여!"

"아뉴! 할아버지 긴지 잡수셨나구유?"

"잉! 꽁치 두 마리."

"할아버지 긴지 잡슈셨냐니께유?"

"잉! 가봐야 소용 음써. 파쟁(파장)이여."

우리의 소통은 늘 이런 식으로 밑도 끝도 없이 이어졌다. 우리는 그때 사람이 나이가 들면 귀의 기능이 약해진다는 사실을 몰랐던 거다. 재미있는 일은 도처에 있었다. 지서방네 할아버지뿐만 아니라 우리 학교 교장 선생님도 우리에게 크나큰 즐거움을 안겨 주는 대상이었다.

우리 삽다리(삽교라는 지역의 오래된 별칭 같은 거다)에선 면장님과 교장 선생님이 제일 높으신 분이시다. 그런데 근엄하기 짝이 없는 교장 선생님이 거나하게 취해 장터에서 우리 마당 쪽으로 오시다가 "어이쿠." 하면서 심청이 아버지처럼 논두렁에 발을 헛디디시는 걸 우리가 달려가 구출해내는 일도 여러 번 있었다. 우리는 물론 그 사건을 끝까지 비밀로 지켜드렸다.

우리 교장 선생님은 말씀은 아주 재밌게 하셨는데 어느 해인가 1학년 입학식 날 운동장에 가득 찬 신입 1학년 학생과 학부모들(그땐 2,000명이 넘었다) 앞에서 이런 말씀도 해주었다. 교장 선생님 훈시가 그날의 하이라이트였는데 이런 식으로 빠지기도 했다. "에… 우리 학생들을 다루기가 여간 힘든 일이 아닙니다. 어린 학생 중에는 심지어는 교실 바닥에 똥과 오줌을 지리는 학생꺼정 있어서…."

어린 내가 듣기에도 교장 선생님 입에서 똥오줌 얘기가 나오는 것이 민망하게 여겨졌다. 그 후 우리 삽다리 일대에서는 그 말이 대유행이 되었다. 우리는 높은 데 올라서기만 하면 허리에 양손을 올리고 한껏 거만한 자세로 "심지어 똥오줌을 지리는 학생까지 있어서."라고 흉내를 내며 낄낄대곤 했다.

뭐니 뭐니 해도 지 서방네 할아버지나 우리 교장 선생님보다 더 재밌는 사람은 바로 우리 아버지 조승초 씨였다. 요즘 식으로 말하면 '골 때리는' 사람이었다. 술을 무척 좋아해서 아버지는 교회에 얼씬도 안 했지만, 어머니를 포함해서 우리 식구 전체가 교회에 나가는 걸 적극 권장했다. 술 담배를 끊을 수 없기 때문에 교회에 다닐 수 없다는 걸 잘 알고 있어서 아버지만의 배교가 이상하게 여겨지질 않았다. 아버지는 정말 재밌는 분이었다. 초등학교를 다니는 나한테 일찍이 화투 놀이를 가르쳐 내가 학교에 갔다 오면 반드시 록백꾸('육백'이라는 화투 놀이) 몇 판을 쳐야 밖에 나가 놀 수 있도록 규정을 만들어 놓았다. 지금은 화투의 방식을 다 잊어버렸지만, 그때 나는 아버지를 상대할 만큼 화투 실력이 대단했다. 양반의 고장을 자처하는 충청도에서 부자지간에 마주 앉아 화투를 친다는 건 엄청 해괴한 일이자 파격적인 일이 아닐 수 없었다. 내가 화투를 그리는 화가로 재판까지 받으며 유명세를 탔던 것도 그런 우스꽝스러운 개인사 때문이 아니었던가 싶다.

봄철이면 아버지는 양쪽 끝에 철삿줄을 맨 빈 깡통을 나와 동생 영수에게 들려 주었다. 딱 거지 깡통 그대로였다. 그건 우리한테 메뚜기, 개구락지, 뱀 등을 잡아 오라는 무언의 신호였다. 잡는 방법이 다 달랐다. 메뚜기는 손으로 쳐서 잡고, 개구리는 반드시 휘청거리는 막대기로 정수리 부분을 정확하게 잡아채듯 급속도로 빠르게 가격해야 쫙 뻗어서 파르르 떨다 기절하게 된다. 햇살 좋은 날은 철길 따라 뱀잡이에 나서곤 했는데 말하자면 우리는 일일 '땅꾼'이 되는 것이다. 뱀 잡는 전문가를 우리는 땅꾼으로 높여 불렀다.

꼬물꼬물 아지랑이 피어오르는 철길을 따라가다 보면 드디어 각종 돌멩이 틈에 동면을 막 끝낸 뱀 식구들이 모두 나와 여기저기서 단체로 '선탠'을 하는 모습을 발견하게 된다. 나는 한 녀석을 겨냥해 끝이 'Y'자 모양으로 된 긴 막대기를 높이 들고 뱀의 목 부분을 겨냥해 기습적으로 찍어 누르면 깜짝 놀란 뱀이 후다닥 또르르 막대기를 휘감게 되고 나는 그걸 깡통에 획! 내려치고 뚜껑을 덮으면 성공적인 뱀 사냥이 되는 것이다.

메뚜기, 개구리, 뱀 등이 그득 찬 깡통을 아버지한테 갖다 바치면 아버지는 즉시 선별해서 우리한테 구워 주기도 하고 삶아 주기도 했다. 먹고 남은 것들은 잘게 썰어 닭 모이로 섞어 주었다. 우리 집이 계란이 좋은 집으로 근동에 소문난 이유가 바로 그 때문이었고, 우리 형제가 지금까지 몸 건강히 잘 견디는 건 그때 먹었던 보양식 덕분이 아니었나 싶다.

우리의 굳건한 리더셨던 아버지는 때때로 짓궂은 장난을 하기도 하셨다. 우리가 아버지 지시대로 차돌멩이들을 주워 오면 아버지는 공구를 이용해 잘게 자른 다음 그걸 하나씩 못 쓰는 갱지에 싸서 긴 볏짚 끈으로 질끈 묶는다. 옛날에는 빨랫비누 대용으로 얼음 모양의 양잿물 쪼가리를 한 덩어리씩 장터에서 구입하여 옆구리에 차고 집에 돌아가는 풍습이 있었는데 아버지는 시장에서 파는 양잿물과 흡사하게 만들어 우리한테 길목에 뿌려 놓게 하고 우리는 판자 울타리에 숨어서 지나가는 사람들이 "이게 웬 떡이냐." 하며 슬쩍슬쩍 사방 눈치를 보며 집어 가는 우스꽝스러운 모습을 훔쳐보는 것이다. 요즘의 '몰래카메라'처럼 말이다. 무려 60년 전에 몰래카메라 방식을 개발해 낸 우리 아버지는 말 그대로 선각자셨다. 아버지 조승초 씨, 어머니 김정신 권사님의 피를 물려받은 나는 아버지 어머니의 도움 없이 독자적으로 노는 방법을 개발해 나갔는데 그중 대표적인 놀이가 소위 '연례 방귀 뀌기 대회'다.

여름이 지나가고 가을바람 소슬하게 불면 밭두렁의 콩 잎들이나 고구마 줄기가 누리끼리한 갈색으로 변해 가고 너나 할 것 없이 우리들 엉덩이에선 무상으로 뿡뿡뿡 방귀가 새어 나온다. 콩을 볶아 먹든가 고구마를 구워 먹으면 자연스럽게 방귀가 요란하게 삐져나오기 마련이다. 이런 점에 착안하여 친환경(?)적으로 개발해 낸 것이 바로 방귀 대회다. 방귀를 의미 없이 뀌지 말고 확 트인 야외에서 공식적으로 발사, 자연 속으로 되돌려 주는 것이 대회의 취지다. 그것은 초가을마다 치러지는 대회였는데 나름 규제가 엄격했다. 남자만의 경기로 남존여비가 아니라 여자애들은 비밀 유지가 안 되기 때문에 제외할 수밖에 없었다. 무엇보다 여자애들은 방귀를 자유자재로 구사하는 능력이 모자라기 때문이기도 했다.

우리는 교장 아들 득운이가 너무 샌님 타입이라면서 제외했고, 건옥이와 과수원 뒤편에 살던 길권이도 너무 기독교적이라 뺐다(건옥이 큰오빠가 후에 대한 감리교회 거목이 되신 도건일 목사님이시다). 어둑어둑해지면 우린 개구멍을 통해 초등학교 뒷마당에 있는 웅장한 우물가로 간다. 거기가 바로 경기장이다. 꽤 큰 양철 지붕으로 된 우물이라서 우리가 "우!" 하면 에코가 "우우우웅!" 울려 퍼지는 삽다리 최고의 오디오 시설이다.

우리는 비장한 표정으로 둘러서서 "누구 차례여?" "재평이 차례일껄." "몇 방이었지?" "쉰일곱 방." "그럼 시작히여. 각자가 시어가면서 말여." "잉! 알았어." 하며 작은 소리로 "쉰여덟, 쉰아홉, 예순." 짧게 짧게 끊어서 뀌는 게 기술인데 어떤 땐 너무 힘을 주어 연발하는 실수를 하는 수가 있어 힘 조절에 각별히 주의해야만 했다. 아, 나름 공정한 룰을 지켜가며 우물가에서 벌였던 방귀 뀌기 대회라니.

별은 빛나건만, 내 음악의 뿌리

쎄시봉 친구 이장희의 노래 중에 <나는 누구인가>라는 노래가 있다. 자기 콘서트의 끝부분에 배치해서 클라이맥스를 이루는 노래인데 이 노래는 남달리 비장하다. 말하자면 이장희의 레퍼토리 중 가장 철학적인 노래이다. 나는 공교롭게도 장희가 이 노래를 막 작곡해서 연습할 때부터 익히 알고 있었는데 곧 쎄시봉 멤버 모두가 LA에 모여 역사적인 공연을 하기로 약속이 되어 있었다. 30여 년 전의 얘기다. 나는 그때 미국 LA 이장희의 카페 '로스가든'에 딸린 아파트에 두 달 이상 머무르고 있었고 다 좋았는데 딱 한 가지, 장희가 걸핏하면 통기타를 두드리며 부르는 노래 <나는 누구인가>가 문제였다. 장희는 조용하게 연습하는 방법을 아예 모르는 친구다.

노래의 시작은 낮은 톤으로 정중하게 잘 나간다. 후반부에 접어들면 끔찍한 아우성으로 돌변한다. 헤비메탈 빽치는 긴긴 아우성이다. 그걸 논스톱으로 몇 번씩이나 반복한다. 옆에서 듣는 사람은 말 그대로 고통이다. 나는 그래도 형 자격으로 시끄럽다고 핀잔을 줄 수 있지만 그때 같이 기거하던 송창식이나 그때는 건강하게 살아 있던 착한 조동진이나 사진장이 김중만 같은 친구들은 꼼짝없이 장희의 <나는 누구인가>를 들어 줘야만 했다. 왜냐하면 그때는 장희가 먹여 주고 재워 주는 생살여탈권을 쥐고 있었기 때문이다. 나는 시끄럽다고 장희를 구박했지만 나에 대한 장희의 구박도 만만치가 않았다. 아니, 장희의 미국 아파트에서 기거하는 모든 멤버가 나한테 집중포화를 던지곤 했다.

"형! 왜 멀쩡한 화투를 잘라 놓고 뭘 한다고 이렇게 방을 어질러 놓는 거야."

녀석들은 내 소중한 작품 재료들을 발길로 툭툭 차며 투덜댔다.

"이게 무슨 미술이야. 왜 멀쩡한 화투를 조각조각 잘라 내는 거야. 아깝지도 않아? 빨리 집어치워. 이걸 누가 알아 준다고 밤낮없이 화투를 자르는 거야? 형! 정신 차려."

나는 날이면 날마다 이런 구박을 받으며 그냥 속으로 '두구 봐라. 이 시키들아! 느이들두 나의 화투 그림 때문에 깜짝 놀랄 때가 올 것이다.' 하면서 참아 내곤 했다. 그 폭풍

같은 구박 속에서도 한 사람만은 예외였다. 여자였다. 지금은 명지대학교에서 교수 생활을 하는 여배우 장미희가 LA에서 체류하던 때였다. 장미희만은 나의 화투 미술을 가볍게 보지 않았다. 호기심으로 나의 화투 작품을 지켜보다 하루는 "오빠! 나도 화투 작품 하고 싶은데 가르쳐 주지 않을래?" 해서 나는 즉시 "좋아, 이건 보기보다 훨씬 쉬워. 넌 금방 배울 수 있을 거야." 하면서 한인들이 LA에서 운영하는 잡화점으로 화투를 사러 갔다.

1980년대 초 LA에서 만난 장미희와 조영남. 사진을 활용한 조영남의 미술 작품의 일부다.

나와 장미희는 아무렇지도 않게 화투를 발견, 열 목쯤 집어서 카운터에 올려놨다. 어! 그런데 순식간에 분위기가 수상해졌다. 그렇지 않아도 장을 보던 한국인들이 유명 여배우와 유명 가수를 알아보고 힐끔힐끔 쳐다보고 있었는데 우리 둘이 하필 화투만 한두 목도 아니고 열 목씩이나 구입해 가니 저들은 속으로 그랬을 것 아닌가. '어머! 저것들이 고스톱을 얼마나 좋아하길래 화투를 저렇게 많이 사갈까?' 그렇다고 카운터에 대고 "우린 화투를 치는 게 아니라 화투로 미술 작품을 제작하는 겁니다." 하고 변명할 수도 없는 노릇. 그냥 뭇시선을 무시하며 화투를 사 들고 와 작품을 만들었다. 장희 얘기가 너무 길어졌다. 사실 나는 '나는 누구인가', '조영남은 누구인가'를 자문자답하기 위해 먼저 장희 얘기를 꺼냈던 거다. 나는 가수다. 그럼 어쩌다 가수가 됐는가. 그건 나도 모른다. 가수가 될 만한 싹이 있기나 했나?

바야흐로 초등학교 5학년 때다. 나는 학교 학예회에서 오페라 아리아를 완벽하게 불러 젖혔다. 하루는 우리 반 이숙원 담임 선생님이 날더러 "얘! 영남아, 이번 학예회에 구호물자 배급소 외국 직원들이 구경 온다는데 니가 요즘 부르는 그 '오돌치'를 한번 부르렴." 해서 그냥 불렀던 거다. 그건 당시 숭실대학 영문과에 다니던 나의 조영걸 형이 방학 동안 우리 집에 돌아와 흥얼거리던 이상한 노래를 어깨너머로 그냥 따라 했던 건데, 외국 손님들은 '오! 마이 갓' 하며 이런 시골 깡촌 어린아이가 어쩜 그렇게 푸치니가 작곡한 오페라 〈토스카〉의 주제곡으로 알려진 〈별은 빛나건만(E lucevan le stelle)〉을 저토록 잘 부를 수 있단 말인가!

하며 기겁을 했던 것이다. (<별은 빛나건만> 안에 '오돌치 (O dolci)'라는 가사가 나와서 선생님은 그렇게 말씀하신 것이다.) 나중에 음대에 들어와서 내가 어릴 때 익혀 뒀던 그 노래가 멜로디, 음정, 박자, 발음 등 단 한 군데도 틀리지 않았다는 걸 알고 나 스스로도 놀랄 수밖에 없었다.

확실히 어릴 때부터 소질이 있었다. 그럼 오페라 전문 가수나 성악도가 될 것이지 웬 팝 음악 쪽으로 삐져나오게 됐는가. '오돌치'를 영걸이 형의 어깨너머로 배울 때쯤이었다. 새벽 잠결에 우리 집 옆 학교 운동장에서 들려오던 '가련다 떠나련다'라는, 한국 초기 가요의 대표곡 반야월 작사, 김부해 작곡, 박재홍 선배님이 부른 <유정천리>라는 노래 때문이다.

그럼 우리 동네에서 그 노래는 누가 불렀느냐. 그 노래는 털불네 과수원 뒤 언덕 아래에 살던 나의 초등학교 2년 선배들, 그들은 가정 형편이 어려워 중학을 포기하고 '광밥'(옛날에 우리는 쌀떡을 말려 잘게 썬 다음 그걸 뻥! 튀겨 만든 과자를 광밥이라 불렀다)을 만들어 자루에 가득 넣어 산타처럼 짊어지고 오일장을 찾아다녔는데, <유정천리>는 그 두 선배들의 이중창이었다. 그때는 유행가가 나쁜 노래로 어린 학생은 불러선 안 된다고 배웠는데 어린 마음에도 나는 유행가를 나쁘게 생각하지 않았고 나도 빨리 어른이 되어 저런 노래도 맘껏 불러야지 하는 마음을 갖게 되었다.

어린 내 마음을 녹인 노래는 또 하나 있다. 5일마다 서는 삽다리 장날만 되면 학교 공부가 끝나기 무섭게 달려갔던 장터 약장수 아저씨가 고물 기타를 치며 부르는 '청춘은 보옴이요 봄은 꾸움 나아라 빰빠라 밤빰빰빰~'으로 시작하는 신나는 노래 〈청춘의 꿈〉이었다. 나는 약장수의 노래에도 너무나 감동했다. 어떤 땐 예쁜 여자 가수도 데려올 때가 있었는데 나는 그 언니한테 홀딱 빠져 뉘엿뉘엿 해가 질 때쯤 트럭에 짐을 싸서 장터 길을 빠져나갈 때까지 넋을 놓고 바라보곤 했다. 이미 어려서부터 클래식 〈오돌치〉나 트로트의 대표곡 〈유정천리〉를 동시에 외우고 있었으니 천상 클래식, 팝, 트로트를 '휘뚜루마뚜루' 다 부를 수 있는 얼치기 잡탕 가수가 될 수밖에 없었다. 그럼 가수가 됐으면 노래나 부를 것이지 웬 미술이냐.

나는 평생 변변한 직함을 못 가져 봤다. 그런데 딱 하나가 있다. 시골서 올라와 서울 용문고등학교 다닐 때 가졌던 미술부장이었다. 나는 음악부장이 아니라 미술부장이었던 것이다. 그거 가지곤 약하다구? 초등학교에 다닐 때 나는 김충세와 쌍벽을 이루는 미술 대표로 군 대항 사생 대회에도 나가곤 했다. 예산농고(예산농업전문대학으로 개편됐다가 1992년 공주대와 통합돼 폐교) 뒷산이 경연 대회장이었다. 나중에 김충세를 서울에서 만나게 되었는데 충세는 남산 쪽에 있는, 학생들이 노란색 교복을 입고 다니는 리라국민학교 미술 주임 선생이 되어 있었다. 내 그림을 보고 그걸 그림이라고 그리냐고 맹렬히 비판한 최초의 미술비평가였다. 실사주의로 그림을 그렸던 충세의 눈엔 팝 아트는 그림도 아니었던 거다.

자! 그럼 아카데믹하게 미술의 뿌리를 찾아보자! 화투놀이를 친히 가르쳐 주었던 나의 아버지는 내가 초등학교 6학년 즈음 중풍에 들어 반신불수의 몸이 되었고 그날부터 내 눈에 박혀 평생 내 머릿속을 떠나지 않은 '금연禁煙'이라는 빨간 크레용으로 쓴 글씨는 병의 원인이 술 담배였다는 것을 알게 된 아버지가 손수 크게 써서 머리맡에 붙여 놓은 것이었는데, 내 눈에는 그게 글씨가 아니었다. 위대한 그림이었다. 팝 아트의 정수였다.

바로 그 옆에 붙어 있던 달력도 예술이었다. 지역 국회의원 후보들이 매년 선전용으로 보내 주는 후보의 얼굴이 가운데 박힌 한 장짜리 큰 달력이었는데 달력이 붙어 있는 벽면 전체는 완벽한 팝 아트였다. 달력 주변으로 껌을 붙였다 뗀 자국들, 우리 때는 껌을 씹다가 아까워 벽에 붙였다 필요할 때 다시 떼어 먹곤 했는데 그래서 벽에 남은 희끗희

백남준의 부인 구보타 시게코와 조영남. 2008년 용인 한국미술관에서
열린 백남준 2주기 추모전에 나란히 작품을 출품했다.

끗한 자국들, 거기에 '영수 바보' 같은 각종 의미 없는 낙서, 그리고 무엇보다 빈대를 눌러 죽였을 때 생기는 피 튀긴 자국들은 추사 김정희의 사군자나 잭슨 폴록의 뿌려서 그리는 추상 회화 뺨치는 완벽한 팝 아트였다. 벼룩은 동작이 빠르게 팔짝팔짝 뛰어 잡기가 힘들지만 속도가 느린 빈대가 야금야금 벽을 타고 오르면 엄지손가락으로 지그시 누르면 피를 내뿜고 죽는다. 냄새도 특이하고.

나는 돌아가신 백남준 화백과 그의 부인 구보타와도 절친했는데 두 사람은 유명한 실험 미술 운동 그룹 플럭서스(Fluxus)에서 미술 활동을 함께 하다가 결혼했다. 구보타는 행위 미술로 세계적인 명성을 얻었는데 그중의 압권은 미술 전시회 때 관람객 앞에서 다리 사이에 붓을 꽂고 흰 종이 위에 붉은 물감으로 그림을 그리는 '버자이너 페인팅'을 실연하는 것으로 명성을 얻었지만, 나는 어려서부터 이 이 사냥에 남다른 재능을 보였다.

이 사냥은 내 인생 최대의 음향을 동반한 행위 미술이었다. 시골에서는 목욕을 거의 안 하고 살았으니까 이가 끓을 수밖에 없다. 긴긴 겨울밤 작은 누나와 나는 속옷을 벗어 들고 이 사냥에 나선다. 이는 그 크기에 따라 죽는 소리도 다르다. 작은 놈들은 작은 놈대로 탁! 소리를 내고 좀 큰 놈들은 자연 큰 소리를 내며 화형당하는 거다. 우리가 이를 발견하면 호롱불에 갖다 대기 때문에 스스로 팽창하다 탁! 소리를 내며 터진다. 화형 처리가 되는 것이다. 우리는 이의 새끼들을 '서캐'라고 불렀는데 서캐들은 옷깃 사이사이에 숨어 있기 마련이다. 마치 뮤지컬 코러스 라인의 댄서들처럼 백색 찬란한 유니폼을 입고 막이 열리기를 대기하는 상태에 있다. 그걸 조심스럽게 호롱불 기둥에 갖다 대면 '타타타타' 중공군 따발총 소리를 내며 자멸하곤 했다. 내가 이 잡기를 굳이 행위 미술이라고 한 이유는 이가 불에 탈 때의 시각과 음향 효과가 가져다주는 울림이 상당히 미적인 쾌감을 가져다주었기 때문이다.

그리운 풋사랑

내가 잠자고 일어나는 나의 안방에는 수십 점의 사진이 걸려 있다. 사진을 그대로 걸어 놓은 것도 있고, 사진으로 만든 콜라주(사진과 그림을 섞는 기법) 작품도 걸려 있다. 그중에는 아주 오래 걸려 있는, 사진과 그림을 합성한 콜라주 작품이 하나 있다. 남녀 공학이었던 시골 삽교중학에 다닐 때 탁구 동아리 멤버 중 한 명이었던 성희영(가명)의 사진이다. 그 사진을 보면 알지만 남다른 데가 있다. 밭농사일을 안 해서였을까. 옛날에도 얼굴빛이 늘 하얬다. 그래서 병이 있다는 소문도 있었다. 공부도 썩 잘했다. 그쪽 반에선 단연 톱이었다. 탁구 동아리에는 우리 3학년 남학생과 공교롭게도 한 학년 아래의 여학생 몇 명만 속해 있었다. 방과 후 탁구실에 모여 어둑해질 때까지 함께 탁구를 치는 게 그룹 활동의 전부였다. 우리는 시골 학교여서 그랬는지 남녀 간에 좋아하는 속마음이 있어도 "나는 네가 좋다."라거나

"우리 사귀자." 이런 말은 엄두도 못 냈다. 그러다가 아버지가 병석에 눕는 바람에 나는 서울에 사는 큰누나 집으로 밀려가게 되었는데, 잘 모르겠다. 우리 동아리 멤버가 이별 기념으로 사진 한 장씩을 교환했는지 그게 확실치는 않은데 하여간 희영이 사진이 한 장 남아, 나는 그걸 그대로 간직하고 싶은 마음에 사진을 아예 미술 작품으로 만들어 놓았던 것이다. 그러곤 그 사진은 이사를 할 때마다 식당이나 나의 안방 벽에 붙여 놓았는데, 그 옛날 KBS의 김재현 PD가 우리 집을 방문했다가 그림 속의 인물이 누구냐고 묻고 대답하던 중 문득 "이것으로 아예 TV 프로그램을 만듭시다." 해서 만든 TV 프로가 바로 공전의 인기를 끌었던 <TV는 사랑을 싣고>다.

그러곤 첫 방송에서 수십 년 전에 가까웠던 동창 희영이를 찾아 나선 건데 금방 찾긴 했다. 대전 근처 어느 중학교 선생으로 근무하고 있다는 걸 알아냈다. 그녀는 같은 직종의 남자와 결혼해서 아이들까지 있다고 하면서 TV에 나오는 걸 극구 사양해 성희영과의 상봉은 사실상 무산되었다. 나는 햇수로 무려 48년간이나 성희영의 사진 작품을 끼고 산 셈이다. 그럴 만한 이유가 충분히 있었다. 성희영의 얼굴 작품을 보면 내가 순식간에 청소년 시대로 돌아가는 느낌이 들고 또 내가 생애 최초로 좋아했던 여자가 저토록 아름다운 소녀였다는 생각이 나를 스스로 흐뭇하게 만든다. 손목

한 번 잡지 못했지만, 평생 잊지 못하는 나의 첫 풋사랑 느낌이 물씬 든다는 애기다.

이쯤 되면 사람들이 대번에 "그런 식이라면 지금까지 도대체 몇 명의 여자와 인연이 있었던 것이냐." 묻고 싶을 것이고 그러면 나는 이렇게 떳떳이 대답할 수 있다. "이래저래 합해 두 번 결혼, 두 번 이혼을 포함하면 얼추 피카소만큼은 되지 않것시유?" 그럼 성희영 다음은 누구냐. 바로 대답하겠다. "네, 두 번째 풋사랑은 강은교姜恩喬입니다." "뭐라구? 현재 우리나라 최고의 여성 시인 그 강은교란 말이냐. 점입가경이구나! 정녕 시인 강은교가 너의 옛날 풋사랑이었다구? 너 또 명예 훼손으로 고발당하려고 그러느냐?" "지난 재판 때는 감옥 근처까지만 가 봤지만 이번 일로는 감옥 갈 준비가 되어 있습니다." "그래? 그럼 어서 순순히 진술해 보거라."

강은교 시인 이야기를 하려면 성희영 시절로 다시 거슬러 올라간다. 삽교중학교를 졸업하고 아버지가 병석에 눕게 되자 나는 서울로 밀려 올라가는 신세가 되었는데 그때 평소 나를 제자 이상으로 살뜰하게 대해 주셨던 강연희 영어 선생님이 쪽지 한 장을 건네주며 나한테 길게 설명했다.

"너 이번에 서울 가면 애를 꼭 만나 봐라! 이름은 강은

강은교 시인의 젊은 시절. "떠나고 싶은 자 / 떠나게 하"라는 구절의 서정시 '사랑법'으로 많은 사랑을 받았다. [사진 중앙일보]

교, 내 사촌 여동생인데 작년 경기여중에 수석 입학했어. 예쁘고 착한 아이란다. 그런데 은교가 나폴레옹을 숭배한대. 네가 그림을 잘 그리니까 나폴레옹을 크게 그려서 은교한테 전해 줬으면 좋겠어."

그리하여 나는 강은교의 서울 주소와 전화번호가 적힌 쪽지를 들고 고등학교에 다니기 위해 서울에 올라왔다. 물론 나의 괴나리봇짐 속에는 성희영의 증명사진과 제법 크게 그린 나폴레옹의 초상화 작품이 곱게 들어 있었다. 나는 큰누나 조영옥이 경영하던 을지로 6가 수구문 근처 조그마한 약방에 기거하면서 우선 서울 말씨와 전화 거는 방법부터 배웠다. 그리하여 내 생애 최초로 전화를 건 상대가 바로 강은교였다. 그러니까 내 생애 최초 기계 문명 접선 상대가 바로 강은교였던 셈.

달달 떨리는 손가락 끝으로 전화기를 돌렸다. 저쪽에서 받는 것 같았다. 나는 침착하게 연습해 둔 대사를 읊었다.

"저는 삽다리 강연희 선생님이 보내서 올라온 조영남입니다."

나의 떨리는 목소리에 저쪽에선 뜻밖에도 "네에, 아! 저, 어쩌나…."

우물쭈물하다 전화가 끊겼다. 반갑다, 만나자, 나폴레옹 어쩌구 할 새도 없이 그렇게 됐다. 나는 차마 다시 걸 용기가 안 났다. 그리고 바로 잊었다.

그렇게 세월이 흘러 나는 용문 고등학교를 거쳐 한양대 음대생이 되었고 내가 지휘를 했던 동신 교회 학생 성가대원 중에 경기여고 학생이 몇 명 있는 것을 보고 어느 날 문득 묻는다.

"야! 니네들 혹시 강은교 모르냐?"

얘들은 아무렇지도 않게 대답했다.

"알아. 은교 걔 우리 반 반장이야."

"그럼 다음 주에 내 이름 대고 한 번 데리고 와 봐!"

이렇게 해서 4년 만에 나는 강은교와 실제로 첫 만남을 갖게 된다. 눈이 부리부리하게 컸다는 것과 어른스러운 말투로 분위기를 제압한다는 것이 내 뇌리에 남아 있는 그녀에 대한 첫인상이다.

그 후 강은교는 얼마간 동신 교회에 나왔고 예배가 끝나면 은교가 사는 혜화동까지 걸어가 꺾어져 들어가는 골목 앞까지 바래다주었다. 왜 그랬는지 그녀의 집엔 한 번도 못 가봤다. 어떤 땐 내가 로터리 한 켠에 있던 빵집에서 기다리면 은교가 특이하게 큰 보폭의 걸음걸이로 나오기도 했다. 은교는 분명 여고생이었는데 대학생인 내가 듣기에도 어려운 얘기를 많이 했다. 나는 그때 처음으로 철학자 니체에 대한 얘기나 모든 사물에는 영혼이 들어 있다는 범신론 같은 얘기도 들었다. 나는 사실 미학적으로 머리를 길게 길러 양 갈래로 땋을 수 있고 하얀 옷깃 칼라가 맵시 나는 이화여고를 좋아했는데 은교는 천상 아무리 추워도 오버코트를 못 입게 했던 전형적인 경기여고 타입이었다.

나는 아버지가 이미 반신불수이신 걸 한 번도 말 안 했는데 은교는 자주 아버지(독립운동가로 건국 훈장 애족장을 받았고 체신부 장관을 지낸 춘산 강인택)의 노환을 세상이 꺼져라 한숨을 내쉬며 걱정하곤 했다. 어느 해 눈이 펄펄 내리는 일요일 은교 친구들한테 "은교 아버지 돌아가셨어." 라는 소릴 듣게 된다.

나는 속으로 '음, 그래서 교회엘 안 나왔구나.' 생각했다. 그리곤 또 잊었다. 또 세월은 껑충 뛰어 나는 서울대 음대로 옮겼고 음대 연극반에 끼어 정신없이 왔다 갔다 할 때쯤 우리는 연극 코치로 연세대에 재학 중이던 오태석과 정하연을 초빙한다(오태석이 대한민국 연극계에 우뚝 선 것과 정하연이 TV 드라마 작가로 유명해진 걸 보면 우리의 연극반 문호근과 이건용의 예지력이 얼마나 예리했던가를 여실히 보여 주고도 남는다).

그러던 어느 날 나는 정하연이 들고 있던 〈연세춘추〉라는 두툼한 대학 학회지 첫 장을 무심코 넘기다가 추천서 같은 것이 있어 들여다봤는데 어라! 작자의 이름이 바로 강은교가 아닌가. 시 제목은 「순교자」인가 그랬다.

나는 정하연한테 이 강은교가 이러이러한 강은교 맞냐고 물었더니 바로 내가 알던 강은교였다. 내가 <딜라일라>로 유명한 가수가 되었을 때 이미 강은교는 여러 개의 상을 받으며 여성 시인으로 우뚝 서게 된 거다. 그때 나는 강은교가 같은 업종으로 시를 쓰는 남자와 결혼했다는 얘기도 들었다. 나는 그동안 어느 여성 시인이 임신과 함께 무슨 병으로 사경을 헤맨다는 뉴스를 얼핏 듣긴 했는데 그게 내가 아는 경기여고 강은교일 줄은 꿈에도 몰랐던 거다.

당시에 퍼졌던 소문대로 강은교는 안 좋은 상태에서 결정적인 수술을 앞두고 있었다. 나는 강은교가 명동 성모 병원에 입원 중이라는 얘기를 듣고 정하연을 앞세워 병원을 찾아가 강은교를 만나 보게 되었다. 병실에 들어서자 온통 붕대로 머리 부분을 휘감은 강은교가 빙긋이 웃으며 나를 반갑게 맞아 주었고 옆에 있던 남편분과도 인사를 나누게 되었다. 그녀가 마침 죽을 먹고 싶다기에 정하연과 나는 냄비에 든 죽을 밀어 넣고 병원을 나왔던 기억이 생생하다.

또 세월이 흘러 LA 교외에 살고 계신 강연희 선생님 댁을 방문해 옛 얘기들을 나누며 강은교가 지금은 몸이 완쾌

1970년대 초반의 조영남과 김민기.

되어 부산 쪽의 동아대학교 교수로 있다는 소식도 들었다. 우리는 뜬금없이 편지를 주고받기도 했다. 「혜화동」이라는 시詩도 직접 받아 읽었다. 그런데 아직 「혜화동」이라는 시를 노래로 만들겠다는 나의 약속은 지켜지지 못하고 있다.

나는 피카소가 늘 부러웠다. 그림 그리는 재능은 물론 부러웠지만 그보다는 일찍부터 그가 늘 시인들과 교제를 트며 산 것이 특히 부러웠다. 막스 쟈코브, 아폴리네르, 장 콕토 등과 교제했던 것 말이다. 그런데 이번에 어설픈 풋사랑 얘기를 쓰면서 깨닫게 됐다. 나도 남부럽지 않게 시인들과 교제를 트고 살았다는 점이다. 한국 최고봉의 강은교 시인을 중학교 선생님의 배려로 열다섯 무렵에 알게 되었으니 말이다.

그뿐 아니다. 나는 『사랑굿』의 김초혜(소설가 조정래의 부인)라는 이름의 여성 시인과도 일찍부터 가깝게 되었고, 여성 시인 문정희 여사와는 한 아파트에 살기도 했다. 〈아침 이슬〉을 쓴 김민기(우리 김민기의 시는 노벨 문학상을 탄 밥 딜런을 무색케 한다), 〈우리는〉을 쓴 송창식, 〈두 개의 작은 별〉을 쓴 윤형주, 〈나 그대에게 모두 드리리〉의 이장희, 『황톳길』의 김지하 선배와도 가까웠고 누구나 다 아는 마종기 시인과도 인연을 갖고, 〈모란 동백〉을 쓴 이제하 시인, 세계에서 가장 많은 시를 암송하고 계신 김

2020년 11월 김동길 교수의 자택을 찾아간 조영남.

동길 선생님까지 가까이할 수 있었으니 나는 정녕 피카소를 더 이상 부러워하지 않아도 되었다.

'쎄시봉'과의 첫 인연

이제는 조영남 하면 사람들이 자동 반사적으로 떠올리는 단어 쎄시봉(C'est Si Bon) 시절에 대해서 이야기하려고 한다. 원래 신문에 연재할 때는 편집진이 주목도를 높이기 위해서였는지 쎄시봉 이야기부터 시작하는 것이 좋겠다고 해서 그 제안에 따른 바 있다. 그런데 책을 내면서 유년 시절, 내 기원에 대한 이야기를 앞에서 먼저 하는 것이 좋겠다는 판단이 들었다. 왜냐하면 쎄시봉에 오기 전, 그러니까 유명하기 전, 아무것도 아니었던 어린 조영남의 모습을 나도 나름 진지하게 꺼낼 필요가 있었기 때문이다. 어쨌든 이제 쎄시봉 이야기를 털어놓겠다.

글쎄! 내가 거길 왜 갔을까. 쎄시봉 말이다. 그때 나는 음악 대학을 다니는 촉망받는 성악도였다. 아무리 생각해도 거길 왜 갔는지 생각이 잘 안 난다. 그건 송창식이나 윤형주

1986년 LA 슈라인 오디토리엄에서 열린 쎄시봉 공연 당시 모습. 1960~70년대에 음악 다방 쎄시봉은 청바지, 통기타로 상징되는 청년 문화의 상징이었다. 많은 스타가 이곳을 거쳐 갔다. 왼쪽부터 윤형주·김세환·조영남·송창식·조동진·이장희.

한테 물어봐도 소용없다. 내가 분명 그네들보다 훨씬 앞서 쎄시봉 출입을 했을 것이기 때문이다. 하는 수 없다. 77세 노인이라는 무기로 오염된 기억의 예스터데이를 뻔뻔하게 써 내려가는 거다.

글쎄, 쎄시봉엘 내가 왜 갔을까. 추측해 보니 몇 가지 단서가 남는다.

첫째로 짚이는 것은 그때 다니던 대학과 교회에 대한 노골적인 반발심이다. 나는 실제로 두 곳의 대학을 찔끔찔끔 다녔다. 한양대 음대 주최의 고교 음악 콩쿠르에서 1등을 하는 바람에 당시 김연준 총장님으로부터 전액 장학생으로 스카우트되어 들어갔던 것이고, 잘 다니다가 2학년 초 1년 아래 못 말리게 예쁜 여학생과의 뜨거운 염문으로(당시 그 여학생은 약혼자가 있었다) 급기야는 자진 퇴학을 결정하고 벼락치기로 공부를 다시 해 서울대 음대에 들어갔던 터였다.

그런데 나한텐 대학을 다니는 게 총체적 난맥상으로 느껴졌다. 나는 고교 성악 콩쿠르에서도 1등을 했고, 서울대 음대 재학생 오디션의 결과로 푸치니의 오페라 〈잔니 스키키(Gianni Schicchi)〉의 주인공을 맡아 당시 최고의 공연장인 광화문 소재 시민 회관(지금은 세종 문화 회관)에서 일반인들을 대상으로 공연을 펼쳤을 만큼 촉망받는 성악가였는데 성악가의 최종 꿈인 오페라를 직접 해 봤더니 어느 정도 계산이 섰다. 세계적인 성악가는 그만두고라도 두 가지 문제, 먹고 살 만큼의 돈벌이가 될 것이냐, 재미있을 것이냐 그게 문제였다. 헐! 당시의 사정은 이랬다. 전망이 무망. 바로 그거였다. 오페라를 해 봐야 나의 똥자루같이 작은 체구와 바리톤(중음)으로는 '세빌리아의 이발사'나 '리골레토' 정도뿐이라는 한계에 부딪힌다. 몇 달을 죽어라 연습

용문고등학교 학생 시절 트럼펫을 부는 조영남.

해서 고작 하루 이틀 공연으로 끝을 맺어야 하는 구조나 그에 대한 보수도 영 시원치 않을 것이라는 게 나를 암울하게 만들었다. 지금 생각하면 황홀한 고민이었지만 말이다. 그래서 나는 한양대 때 만난 두 친구, 바이올린 전공의 이병훈(일찍 간경화로 죽었다.)과 성악 전공의 변건호(나는 지금까지도 그를 똥건호라고 부른다. 지금 대구 근교에서 음악카페를 운영 중이다.)와 의기투합해 쎄시봉을 함께 찾아갔을 가능성이 크다. 그때도 나는 병훈이나 건호가 흥얼대는 서양 팝 음악이 괜히 좋았다. 특히 건호 아버지는 종로 한복판에 그럴싸한 규모의 '향원' 다방을 경영했기 때문에 우리는 수시로 거길 들어가 서양식 팝 음악에 원 없이 심취했던 것이다.

학교에 대한 불만도 컸지만 교회에 대한 불만도 컸다. 나는 소위 모태 신앙의 표본으로서 교회는 그냥 무조건 다녀야 하는 곳으로 알고 그냥 줄창 다녔다. 나는 지금도 가수 지망생들에게 교회에 다닐 것을 적극 권장하곤 한다. 왜냐하면 나는 교회에서 음악의 기초를 잘 다졌기 때문이다. 성가를 잘 소화하는 것은 노래하는 사람에겐 결정적인 도움이 될 수 있기 때문이다. 그런데 그 당시 나는 교회로부터 엑소더스(탈출)를 감행해야만 했다. 내 깐에는 그만한 이유가 있었다. 내가 다녔던 동대문 근처 동신 교회에서 나는 같은 성가대원 출신의 이단열(성신여대 음대 교수가 됐다.)과

트럼펫 이중주를 하게 됐었는데, 같은 교회 성가대원이었던 경기여고를 다니는 여학생 동료에게 빌렸던 은빛 나는 보면대(악보를 펼치는 대) 두 대를 잃어버리고 말았다. 비가 많이 오는 날 보면대를 들고 탔던 버스에서 나는 트럼펫만 달랑 들고 내렸다. 믿거나 말거나 용문고교 밴드부 시절 나는 트럼펫 주자였다. 얼마 안 있어 교회에선 '조영남이 보면대 두 대를 팔아먹었다'는 소문이 퍼졌다. 나는 그 일로 교회를 뛰쳐나오며 "교회는 여기서 끝이다." 이렇게 소리를 질렀다. 이런 교회에 대한 불만의 표출로 교회 대신 쎄시봉을 택했을 수도 있다. 그리고 한 가지 추측이 더 남는다.

서울대 음대 연극반에서 미국 극작가 손톤 와일더의 그 유명한 연극 〈아워 타운〉, 즉 〈우리 읍네〉라는 제목의 연극을 하면서 눈이 맞은 키가 훌쩍 큰 최시현과의 사랑의 도피처로 말로만 듣던 쎄시봉을 갔을 것이라는 추측이다.

이 너저분한 세 가지 추측 중에 어느 게 맞는 건지는 나도 모른다.

쎄시봉은 종로 무교동 근처 공안과 병원 뒤편 골목에 있던 카바레 코파카바나와 스타더스트 사이 골목에 움푹 들어가 있던 평범한 음악 감상실이었다. 쎄시봉은 프랑스어로, 영어로 치자면 'It's so good' 정도 되는 '괜찮아! 멋져'쯤 되는 의미다. 바로 이 쎄시봉이 그때 막 일기 시작한 소위 청년 문화의 산실이었다. 특히 청바지 세대의 선두 주자였던 최인호(2013년 세상을 떠났다.)가 머물렀던 장소다.

쎄시봉 입구. [사진 한국대중가요연구소]

쎄시봉 입구에 가면 우선 입장 티켓을 파는 박스가 있고 티켓을 구해 문 앞에 서 있는 문지기 용출이한테 티켓을 주면 드디어 입장이 허락되었다. 문을 열고 들어서면 조명이 좀 더 어둡고 왼쪽 몇 계단 높은 곳에 큼직한 LP판 부스가 있을 뿐 일반 다방과 크게 다를 게 없었다. 안내양이 자리를 안내하고 마실 것을 주문받는다. 음료를 받으면 아무 자리에나 앉아 마지막 음악이 나올 때까지 죽치고 앉아 있어도 무방한 곳이다. 졸아도 상관없다. 떠들지만 않으면 오케이인 곳이다.

며칠을 다니다 보면 문지기 용출이의 경상도 사투리 섞인 중얼대는 소리를 들을 수가 있다. 용출이는 정말 용출이처럼 생겼다. 마치 노영심이가 영심이처럼 생겼듯이 말이다.

"(경상도 사투리)아! 이거 상규 히야(형)가 새로 산 내 웃저고리를 갖다가 무교 여관에 팔아 뿌렸다 아이가!"

그리고 또 한 가지, 소를 훔쳐서 파는(소도둑) 사람처럼 생기신 덩치 큰 쎄시봉 주인아저씨의 맨날 똑같은 레퍼토리. 이번엔 지독한 이북 사투리다.

"(이북 사투리)야, 갸들! 덩말 찡땅거리는구나. 야! 거 볼륨 좀 줄이라우! 볼륨 좀!"

이 소리는 지금까지도 이상벽이 내는 흉내가 압권이다. 그럼 나는 어찌하여 이 전설적인 쎄시봉의 정식 멤버가 될 수 있었나? 이름 없는 아마추어가 대뜸 쎄시봉 대표 가수로 올라선 것은 아마도 내 경우가 최초였을 것이다. 그다음에 한대수, 송창식, 윤형주쯤으로 그 계보가 이어졌을 것이다.

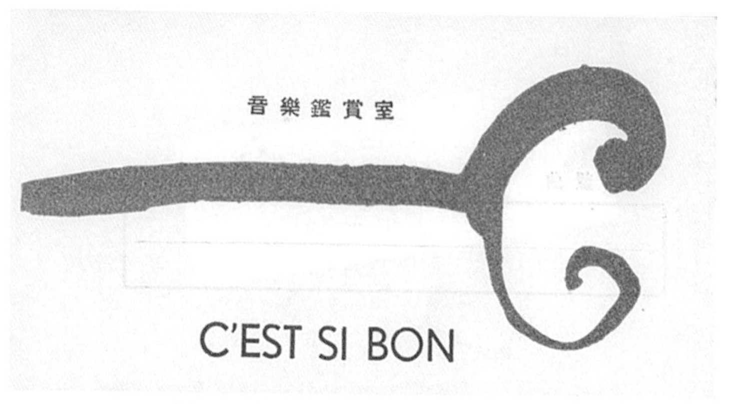

쎄시봉의 신청곡 용지. [사진 한국대중가요연구소]

이때의 얘기도 말하는 사람마다 다 다르다. 그래서 나는 쎄시봉의 터줏대감 이상벽의 증언을 따르고 있다. 모종의 음악 이벤트가 있던 날인데 엘비스 프레슬리의 'Anything that's part of you(낙엽 따라 가 버린 사랑)'를 번안해서 대히트한 차중락 선배(몇 년 못 살고 세상을 떠나셨다.)가 약속 시각에 나타나질 않자 급한 김에 쎄시봉 위아래로 앉아 있는 관객에게 아무나 나와서 노래하라고 했는데 머리 덥수룩하고 끔찍이도 못생긴 풍모의 청년이 올라와(쎄시봉은 계단 몇 개의 위층 아래층으로 구별되어 있었다) 피아노를 직접 치며 노래 한 곡 불렀는데 그게 사람들을 들었다 놨다는 것이다. 그 당사자는 물론 나 조영남이었고 내 생각엔 같이 앉아 있던 병훈이나 똥건호 아니면 최시현이 내 옆구리를 쿡쿡 찌르며 나가라고 부추겼을 것 같다. 희미한 기억으로는 얼결에 떠밀려 무대에 올라서게 된 나는 거기에 있던 피아노를 치면서 평소에 배워 두었던 미국 컨트리송 'Don't worry about me(내 걱정 말아요)'를 불렀고 그게 열광적인 찬사를 받아 낸 거다. 요즘 말로 '힙'했던 거다.

그날 즉시 주인아저씨가 "야! 나오라우! 밥 먹으러 가자우!" 해서 나는 일약 정식 쎄시봉 멤버로 군림하게 된 거다. 주인아저씨의 "야! 나오라우!"가 입장권 안 내고 프리 패스하는 특별 멤버가 되는 '싸인'이었다. 송창식, 윤형주, 이장희, 한대수 등이 그런 식으로 "야! 나오라우"의 멤버가 됐을 것이다. 어느 날 주인아저씨가 사주셨던 골목집 비지찌개에서 나는 모처럼 왕건이를 발견해 얼른 입에 넣어 씹었는데 헐! 그건 고기가 아니라 된장 뭉치였다. 그 기억만은 세월이 흘렀어도 또렷이 남아 있다.

'쎄시봉'의 스타가 되다

음악 대학에 재학 중인 학생이 팝 음악 감상실 쎄시봉엘 갔다는 사실은 실상 큰일 날 일이다. 원 세상에 어찌 그런 일이 있을 수 있단 말인가. 쎄시봉은 아무런 문제가 없다. 이런 경우 거길 간 음대생이 죽일 놈이 되니까. 음대생이던 내가 쎄시봉엘 간 게 1966, 1967년 정도니까 호랑이가 담배를 피우던 시절이었다. 아니! 어떻게 클래식 정통 음악을 공부하던 학생이 '딴따라 음악', 그것도 짧은 미국 대중음악(팝)을 전문적으로 듣는 저질 음악 감상실엘 출입할 수 있냐. 요즘은 많이 달라졌다. 많이 바뀌었다. 요즘 웬만한 대학엔 대중음악을 학문적으로 연구하는 실용 음악과가 생겨나 거기 선생 자리 하나 따기에도 매우 치열한 경쟁이 붙는 세상이 됐다.

그러나 우리 때는 달랐다. 나의 음대 3년 선배인 유명한

1960년대 후반 음악 다방 쎄시봉의 공연 장면. [사진 한국대중가요연구소]

테너 박인수 형이 나의 동료 가수 이동원과 세계 최고의 서정시인 정지용(세계 최고라는 수식어에 이의 있다고 생각되는 분은 개인적으로 연락 주시기 바란다. 끝장 토론할 용의가 있다.)의 시 「향수」에 최진희 〈사랑의 미로〉를 작곡한 김희갑 선배가 곡을 붙인 불멸의 듀엣곡을 1989년에 함께 불러, 단지 대중음악 작곡가가 만든 노래를 대중 가수와 함께 불렀다는 이유로 맹비난과 함께 모든 직분을 내려놔야 했던 가슴 아픈 사연이 잘 말해 준다. 얼마나 대중음악과 클래식의 사이가 멀었나를 잘 말해 주고 있다. 이런 살벌한 판국에 정통 음대생인 내가 쎄시봉엘 들어가 정식 멤버가 된 것이다. 막가파, 죽으려면 무슨 짓을 못 하냐 판이 된 것이다. 게다가 거기서 노래 한 곡을 땜빵으로 불러 대환영을 받았으니 이건 놀라 자빠질 일이 아닐 수 없었다.

한 번으로 그쳤으면 말할 필요도 없다. 두 번째도 똑같이, 요즘 표현으로 천장을 찢었으니 문제가 심각해진 것 아닌가. 그동안 나는 노래를 주로 교회와 학교 두 곳에서 해왔다. 하! 그런데 반응이 달랐다. 교회는 경건한 장소니까 박수를 받아 봐야 한계가 있었고, 학교도 마찬가지다. 김정은식 박수 정도면 잘 받는 것이다. 그런데 말이다. 믿어 주시라. 쎄시봉에선 리액션의 강도가 압도적으로 달랐다. “와! 이럴 수가 있구나!” 싶었을 정도다. 검정 군복 물감 들인 작업복 차림에 코 납작하고 헝클어진 머리에 정체 모를(초반에 나는 내가 서울대 음대생이라는 실체를 한사코 안 밝혔다. 으스대는 모습으로 보일까 봐 그랬는데 금방 들통났을 것으로 생각된다.) 20대 중반인 꺼벙한 나의 노래에 그토록 열렬한 환호를 보내 주다니. 말이 나온 김에 한 번 살펴보자. 그 당시 나의 꼬락서니를. 요즘 TV에 나오는 안경 쓴 조영남을 상상하시면 안 된다. 당시 내 행색에 관한 확실한 증거들이 있다.

당시 나는 후암동 종점 해방촌 큰누나네 판잣집에 얹혀 살았는데, 후암동 출발 동대문, 을지로 6가까지 가는(거기에 서울대 음대가 있었다. 지금의 국립 의료원 뒤편에) 버스로 매일 왔다 갔다 했다. 우리 때는 버스에 딸린 여차장이 있었다. 그런데 어느 날 여느 때처럼 버스를 타려 했는데 여차장이 유독 나한테 팔을 벌려 타지 말라는 시늉을 보내는 것이다. 나는 금방 눈치챘다. 그건 버스 안에 나의 잡상인 동료가 탔다는 의미다. 나는 선선히 물러나곤 했다. 버스 안에는 이미 칫솔이나 신형 빗들을 파는 잡상인이 활약하고 있었던 거다. 그때 봤던 얘기 하나를 추가하겠다. 하루는 버스 안에서 나와 비슷하게 생긴 잡상인이 칫솔을 한 움큼 쥐고 "차내에 계신 신사 숙녀 여러분, 이 연필로 말할 것 같으면 역사와 전통을 자랑하는…." 어쩌고저쩌고 칫솔을 들고 연필을 따발총처럼 소개하는 것이다. 사람들이 킥킥 웃자 머쓱해진 상인이 서둘러 버스를 내렸다. 어제까지 연필을 팔다 오늘 칫솔로 품목 바뀐 걸 깜빡했던 거다. 한 가지가 더 있는데 안 쓸 수가 없어서 쓴다.

만원 버스에서 승객을 몸으로 밀어 넣는 안내양.
[사진 중앙일보]

얼마 후에 다시 쓰겠지만 나는 고향도 두 개(황해도와

충청도), 생년월일도 두 개다(44년생과 45년생). 나는 고등학교 이름도 두 개를 가지고 있다. 빌리브 잇 오어 낫(Believe it or not)이지만! 내가 공식적으로 졸업한 고등학교 이름은 지금 안암동 소재 빛나는 용문고등학교다. 벗(But), 그러나 실제로는 동대문 근처에 있었던 강문고등학교 10회 졸업생이다. 이 학교가 안암동 쪽으로 옮겨가면서 용문으로 바뀐 것이다. 나중에 자세히 쓰겠지만 충청도에서 중학을 우수한 성적으로 졸업하고 서울사대부속고등학교에 시험을 쳤다. 낙방하고 이어서 대광고등학교에 덤볐다가 또 떨어지고 무시험이었던 강문고등학교에 당당하게 들어갔던 것이다. 당당하게라는 수식어를 쓴 것은 그냥 상투적으로 쓴 게 아니다. 그때는 뭔 궐기 대회, 반공 대회, 미국 대통령 아이젠하워 환영 대회 같은 것이 줄을 이었다. 강문고교 밴드부였던 나는 국가 행사로 동대문 운동장(지금은 동대문 외국 여행객들의 최고의 인기를 끄는 백화점 두타 밀리오레 건너편에 있는 둥근 알루미늄 재질의 잡화 건물로 변함)에 매 대회마다 나팔을 들고 참여해야 했다. 의례적인 행사가 끝나기 직전 확성기에선 반드시 이런 멘트가 흘러나온다.

"지금부터 중앙청까지 행진하는 순서를 말씀드리겠습니다. 가나다순으로 강문고등학교, 경기고등학교, 경복고등학교…." 이렇게 나간다. 서울고등학교는 저 뒤 꽁무니에 붙어서 보이지도 않았다. 여기서의 핵심은 우리의 강문고등

2006년 대권 주자였던 손학규와 대구의 한 요양원에서 목욕 봉사를 함께한 조영남. 조영남은 강문고 밴드부 시절 경기고 밴드부였던 손학규와 시가 행진을 함께 하며 인연을 맺었다. [사진 중앙일보]

학교 밴드가 경기고등학교 밴드를 끌고 행진했다는 사실이다. 지금 내 얘기는 우리 때의 경기고교와 지금의 경기고교의 차이를 이해하지 못하면 알 수 없는 얘기다. 나는 지난 5년간 재판을 받은 사람이다. 우리 때의 경기와 지금의 경기의 차이를 설명하는 걸 자제하려고 한다. 왜냐하면 LH(한국 토지 주택 공사)의 땅 투기 의혹만큼이나 민감한 정부 정책적 사안이기 때문이다. 한 가지 차이만 얘기하자면 우리의 나팔과 그 학교의 나팔은 광택 면에서 큰 차이가 났다.

우리 나팔은 헝겊에 기름을 발라 몇 시간이나 닦아 낸 광택이었고 경기 걔네들 나팔은 닦을 필요도 없는 으리으리하고 번쩍번쩍한 신형 최고급 나팔이었다. 좌우지간 강문 고교 밴드에서 나는 트럼펫을 불며 경기고교 밴드에서 나와 같은 트럼펫을 불었던 정치인 손학규를 끌고 당당히 행진했던 거다. 세월을 다 보낸 요즘도 우리가 만나면 맨손을 맨 입술에 갖다 대고 〈한국의 자랑〉 같은 행진곡을 딴따라 따라 따라 하고 불어 댄다.

맨 앞에서 나팔을 불며 행진할 때는 당당하기 그지없었지만 또 어떤 때는 비굴해지는 때도 있었다. 고등학교 때의 일이다. 복잡한 버스 안에서 어린 중학생이 한 손에 껌을 한 움큼 쥐고 “차내에 계신 신사 숙녀 여러분 저는 일찍이 양부모를 여의고….” 어쩌고 하다가 구슬픈 노래를 시작한다. “어어머니이 찾아아 사암만리를….” 하는데 버스가 덜컹하면 한쪽으로 쏠리면서 노래를 하는 수 없이 멈추었다가 다시 시작하며 안 쏠리려고 안간힘을 쓰면서 노래를 이어 간다. 내 칠십 평생에 최고로 ‘웃픈’ 노래, 우습고 슬픈 노래였다. 그런데 나한텐 그게 문제가 아니다. 그 소년이 쓰고 있는 학생모의 ‘中(중)’이라는 한자가 틀림없는 강문중학교다. 나는 썼던 모자를 슬쩍 벗어 가방 밑으로 내리며 혼자 중얼거린다. “나는 주간이고 쟤는 야간일 거야.” 아! 비굴 비열했던 필자의 어린 시절이여! 너무 늦었지만 그때 그 중딩 고

학생에게 신의 축복이 있으라. 쎄시봉 출입 당시의 내 꼬락서니를 얘기하다 보니 말이 길어졌다.

하여간 남루하고 허술한 나에게 보내는 환호는 남달랐다. 하기야 조금 있다가 나보다 훨씬 남루해 보였던 송창식이 등장할 때도 마찬가지였겠지만 나에 대한 환호는 끔찍했다. 왜 정식 가수 차중락한테보다 남루한 대학생 조영남에게 더 큰 환호를 보냈을까. 왜 당대 최고의 최희준보다 무명의 신참을 더 좋아했을까. 왜 그랬을까. 왜 그런 현상이 일어났을까.

곰곰이 생각해 보니 내가 쎄시봉에서 그때 받은 아주 특별한 환호는 다름 아니라 그때가 『별들의 고향』의 최인호를 필두로 불기 시작한 청년 문화, 청바지 문화의 광풍의 초기 징조였고, 거기에다 조영남으로 촉발된 우리 멤버들에 대한 유난한 관심 때문이었다. 비웃어도 할 수 없다. 하하! 내가 바로 쎄시봉의 뉴 스타, 지금 최고 인기를 구가하는 송가인의 큰오빠급 되는, '송영남'이었던 거다. 이 광풍은 트로트 열풍이 송가인에서 그친 게 아닌 것처럼 67년 가을 내가 직접 끌고 간 윤형주를 비롯, 송창식과 이장희로 이어지면서 광풍은 폭풍을 만들어 냈던 것이다. 서울대 문리대 출신의 《동아일보》 기자였던 김종철이 쓴 『세시봉 이야기』라는 책자의 30쪽에는 이런 글이 실려 있는데, 내 말이 과장이 아니라는 객관적 증거다.

"조영남! 조영남! 홍익대 밴드의 연주가 끝나자 객석에서 외침이 들리기 시작했다. 맨 앞자리에 앉아 있던 그를 알아본 어떤 젊은이가 그렇게 연호하기 시작하자 다른 사람들이 합세해서 소리가 갈수록 높아졌다. 조영남은 예의 그 멋쩍은 표정으로 뒤통수를 긁으며 무대로 올라갔다. 관중은 〈Don't worry about me(내 걱정 말아요)〉와 〈Sea of Heartbreak(상심의 바다)〉를 주문했다. 조영남은 혼자 피아노를 치면서 두 곡을 이어 불렀다. 쎄시봉 실내가 터져 나갈 듯이 환호성과 박수 소리가 울렸다."

이리하여 나는 '아! 내가 50년 전 가수가 되기 전에 이미 쎄시봉의 송가인이었구나.', 자백을 하곤 한다. 가수도 아닌 가수가 되기 전 버스에서 일용품을 파는 잡상인 행색의, 아직은 이름 없는 무명의 가수 지망생의 입장으로 당시의 최고 가수 최희준을 능가하는 박수를 받았으니 내가 '자백'으로 그때의 송가인이었다고 착각할 수밖에 없었던 것이다.

'쎄시봉'에서 시작된 인연들

앞에 썼듯이 나는 쎄시봉엘 무혈입성하다시피 했다. 일단 여기서 나에게 박수를 보낸다. 짝짝짝! 쎄시봉은 내 인생 전체의 첫 번째 '꺾임'이었다. 꺾임은 '곡절'하고 비슷한 거다. 쎄시봉, 딜라일라, 도미, 이혼, 무슨 파동 뭐 이런 것들이 꺾임이다.

교회와 학교만 다니다가 학교도 못 마치고 쎄시봉에 갔으니까 그곳에 문을 열고 들어간 순간이 첫 번째 꺾임이 되는 거다. 거기 가서 그럼 난 뭘 했나. 팝 음악 듣고 노래 부르고 그곳의 사람들을 만나 교류의 장을 여는 것이다.

'아! 젠장'을 입에 달고 다니던 문지기 용칠이부터 '나오라우!' 주인아저씨…참! 나는 최근까지도 나오라우 아저씨가 복싱 선수 출신이란 걸 까맣게 몰랐었다. 복싱 선수 출신

이어서 무교동 건달패들이 얼씬도 못 했다는 사실을 자료에서 발견했다.

내가 여기서 만난 사람들은 교회나 학교에서 만난 사람들하곤 아주 다르다. 다들 기분이 좋아 보였다.

만난 순서대로 쓰는 건 불가능하다. 쎄시봉의 원조 DJ 판돌이였는데 나중에 교통 방송 부장이라고 해서 깜짝 놀란 허건영, 전설의 명동 국립 극장 개보수 이후에 사장이 됐다고 해서 깜짝 놀라게 한 구자흥은 서울대 문리대 재학 중이면서 알바로 판돌이를 했던 거다. DJ 겸 개그맨이었던 박상규(무슨 일이 있었는지 일찍 돌아가셨다.), 가수 장우 형(나중에 목사가 됐다고 들었다.)도 떠오른다.

그때는 단연 라디오 시대였다. 유명 스타급 연예인 못지않은 인기를 구가하던 최동욱, 박원웅, 박광희 형님들이 수시로 스쳐 갔고 당대 최고의 인기를 구가했던 최희준과 함께 '포 클로버즈' 멤버였던 유주용, 위키 리, 박형준을 비롯해 '노란 샤쓰의 사나이'의 한명숙, 한국의 루이 암스트롱 김상국 등이 왔다 갔다 했다. 연주자들 이봉조, 김광섭, 박선길 등이 단골 음악인들이었다.

'물 만난 고기.' 바로 그것이었다. 거기서 노는 게 나는 그렇게 신나고 즐거웠다. 나는 선천적인 재미 추구자, 재미스트이다. 재미없으면 안 노는 것이 나의 특징이다.

쎄시봉 집의 큰아들로 나중에 TBC에서 PD로 활약하게 되는 이선권 형, 같은 PD 조용호 형, 그리고 그 형들과 형제처럼 지냈던 유명 성우 겸 무보수 판돌이 피세영 형(수필가 피천득 선생의 큰아들, 일찍이 캐나다로 이민 갔다). 그리고 우리 쎄시봉 터줏대감 이백천 선생님. 나는 피천득 선생에게도 붙이지 않은 '님'자를 이백천 선생님께는 굳이 덧붙였다. 그만한 이유가 있다. 내가 교회와 대학을 중도에서 나와 50여 년이 흐르도록 가장 유일한, 말 그대로의 스승이시기 때문이다. 그 시절 얘길 하다 보니 절로 마음이 급해진다. 재미있었던 피세영 형과 조용호 형에 대해 얘기해야 하기 때문이다.

먼저 세영 형이 어느 날 씩씩대며 들어왔다. 왜 그러냐고 물었다. 평소와 다름없이 007 가방을 들고 누굴 만나러 다방엘 들어섰는데 저쪽 먼 구석에서 손짓을 하더란다. 가봤더니 그 사람이 귓속말로 조용하게 '어이! 좋은 외제 은단 없어?' 하더란다. 세영 형은 딱 나만 한 키에 당시로선 획기적인 신형 007 가방을 들고 다녔다.

조용호 형과는 재밌는 일이 제법 많았다. 용호 형은 나에게 은밀하고 우아한 생활 비법을 가르쳐 주고 몸소 시범을 보인 형이다. “남자가 실력만 있으면 얼마든지 멋진 여자를 만날 수 있다.” 바로 그것이다. 용호 형 애인은 당시 내가 입을 떡 벌릴 만한 멋진 여자 아나운서였다.

용호 형이 라디오 PD에서 TV로 옮겨와 TBC에서 〈쇼쇼쇼〉라는 전설의 뮤직쇼의 PD를 맡게 됐을 때다. 건성이 아니다. 그때는 〈쇼쇼쇼〉 방송하는 날은(토요일이었던 것 같다) 길거리가 한산해질 정도였다. 어느 날 급한 목소리로 형이 말했다. 내일 아침 신문에 내야 한다고 했다.

“야! 너 니 초상화 내일 아침까지 그려 올 수 있어?”

내가 말했다. “그걸 뭘 내일까지 그려요. 지금 그리지.” 하며 테이블 위에 있던 빈 종이에 펜으로 쓱쓱 그려 형 앞에 내놓았다. 형은 물끄러미 보더니 어이없다는 투로 “야! 내가 명색이 서울대 미대 출신인데 그림은 음대인 니가 더 잘 그리는데!” 했다.

조용호 형보다 〈쇼쇼쇼〉에서 메인 PD였던 황정태 PD는 이백천 선생과 친한 친구 사이였다. 생각해 보시라. 이백천 선생과 조용호 형의 바로 위에 있는 선임 PD였는데 무조건 날 썼으니 〈쇼쇼쇼〉에서의 그 당시 나의 위상이 어떠

1976년 TBC 프로그램 '쇼쇼쇼'를 11년간 진행했던 곽규석(왼쪽)이 MC 자리를 위키리, 정윤희에게 넘겨 주는 장면. [사진 중앙일보]

했을지 말이다.

이백천 선생은 단지 재미있어서 우리 모두와 가까운 분이 아니었다. 수많은 쎄시봉 어른들 중에 유독 우리와 단연 마음이 통했던 분이시다. 그때 우리는 그냥 붙어살았다고 해야 옳은 표현이다. 선생은 10년 후, 20년 후에 봐도 매번 똑같은 모습이었다. 늘 젊은이와 함께 있었다. 쎄시봉이 경영 문제로 문을 닫으면 계속 이어서 '르시랑스', '청개구리'

등으로 젊은이들을 따라 옮기셨다는 것이다. 우리는 이백천 선생은 영원히 늙지 않는 사람으로 알고 있었다. 모르겠다. 다른 친구들은 어떻게 생각하는지. 허나 나한테는 내 인생 전체에서 최초이자 최후로 결코 녹슬지 않는 스승으로 군림하고 있다. 그 이유는 무엇일까. 이유가 있다. 나는 이백천 선생의 가르침을 지금도 꼭 지켜야 한다고 속으로 다짐하고 있다. 백천 선생의 가르침이 얼마나 효과적이었는지 내가 지금도 〈열린 음악회〉에 나갈 정도로 팔리는 것은 바로 백천 선생 특유의 가르침 덕이었다고 생각한다. 우리가 행여 노래를 잘 불렀다 싶으면 그렇게 좋아하실 수가 없다. "잘 했써어! 조 써어!" 하며 양 손바닥을 위로 뻗어 올릴 때는 정말 귀여우셨다. 우리는 어른들께 '귀엽다'는 어휘를 잘 안 쓰는데 난 상관 안 한다. 시간이 제법 흐른 다음의 일인데, 미국에 살던 어느 날 나는 쭈그리고 앉아 잔디를 다듬고 있었다. 그런데 대여섯 살이나 됐을까 하는 미국 꼬마 녀석이 내 앞으로 오더니 내 앞 머리카락을 좌우로 툭툭 쓰다듬으며 "유 큐트!" 하는 것이다. 그 당시 몇 주 동안 미국 교회에서 노랠 불렀을 때다. 나는 "아니, 요 라이터돌만 한 짜슥이!" 했는데 금방 참았다. 내가 지금 미국 땅에 있다는 것을 실감한 것이다. 여기서 팁 하나를 선물하겠다. 미국 할머니들한테 "유 큐트!" 해 봐라. 그냥 죽어 넘어간다.

이백천 선생의 가르침은 사실 심플하고 간단했다. 내가

음악 평론가 이백천. [사진 중앙일보]

배운 건 두 가지다. 첫째는 좋은 가수가 되려면 노래할 때 너무 잘 부르려 들지 마라. 잘하려고 하면 욕심이 생겨 흐름이 흐트러지게 마련이다. 둘째는 니가 가지고 있는 기량의 70퍼센트만 사용하라. 나머지 30은 다음 공연을 위해 비축

1979년 조영남이 방송국에서 즉석으로 그렸던 초상화.

해 둬야 한다. 신기했다. 이 가르침은 내 아버지 조승초 씨가 나더러 맨날 해 주셨던 말씀과 같기 때문이다. "놀멘놀멘 하라우." 덤비지 말고 천천히 하라는 얘기다. 이백천 선생의 너무 잘하려고 하지 말라는 가르침과 일맥상통하는 얘기다. 오버하지 말라는 뜻이다. 힘 빼라는 뜻이다. 오죽하면 여북하랴. 내가 44년 전인 1978년에 쓴 자전적 소설의 제목이 바로 『놀멘놀멘』이었다. 결국은 절제가 최상이라는 조언인데 빌어먹을! 그 절제를 조절하지 못해 결국 이혼에 이런 저런 파동의 불명예를 지녔어야만 했다.

나는 백천 선생의 조언을 평생 지키려고 애를 썼고 실제로 써먹어 오늘에 이르렀다. 내가 백천 선생이 주신 가르침에 보답한 것이라고는 냇물을 뜻하는 백천의 '천川'자를 충청도 사투리로 바꿔 '똘강'이라는 별칭 혹은 애칭을 지어드린 것뿐이다. 지금도 우리 쎄시봉 친구들 사이에서 선생은 '똘강'으로 통한다. 똘강 선생은 『이백천의 음악여행』에서 "조영남이 장난삼아 지어 준 '똘강'이라는 별명이 묘하게 좋았다."라고 썼다. 지금까지 나는 쎄시봉에서 만난 사람들로 문지기 용출이에서 피세영, 조용호, 이백천까지 썼다. 정작 평생 친했던 친구들인 송창식, 윤형주, 이장희, 김세환을 잠깐 잊었다. 여기서 책을 읽는 분들은 이런 질문을 할 수 있을 것이다. "그럼 쎄시봉에는 남자들만 있었느냐. 여자들은 없었느냐." 있었다. 없을 리가 있나. 통상 여자들이 많아야 남자 손님들도 많은 법이다. 있었다. 성우 이장순, 여류 화가 비함과 이강자, 연세대 음대의 병아리 가수 최영희, 그리고 신인 탤런트 최화라, 그리고 한양대 1학년생이었던 윤여정이 있었다. 얼마 안 되어 윤여정은 사실상 쎄시봉 음악 감상실의 여자 대표격이 되었다.

나는 이백천 선생에게 짓궂은 '똘강'이란 예명을 지어 주었듯이 윤여정도 '윤잠깐'이라는 별칭으로 부르곤 했다. TV

에 등장할 때 잠깐 나왔다가 금방 들어가기 때문이었다. 그런데 지금은 형편이 많이 달라졌다. 싹 달라졌다는 표현도 형편없이 모자란다. 오늘날 우리 쎄시봉 친구들 전부가 '잠깐'을 못 벗어나는데 윤여정은 지금 아카데미에서 여우 조연상까지 받았다. 말 그대로 헐! 이다. 윤여정이 영화 〈미나리〉로 33개 영화제에서 상을 받고 오스카 상까지 거머쥔 사이 우리는 코로나 위중증을 걱정해야 하는 고령층 고위험군 대상이 되었다. 사실 난 지금 윤 씨에 대해 가타부타할 자격조차 없는 몸이다. 이백천 선생이 쓴 『이백천의 음악여행』이란 책자에는 이런 대목이 나온다.

"(중략) 송창식, 윤형주, 이장희, 윤여정, 최영희와 서울대 음대생이던 전혜숙과 이숙영 등이 함께 조영남이 살던 마을 근처 수덕사 중턱까지 갔다 내려오던 길이었다. 계단이 좁아 한 사람씩 길을 내려오는데 갑자기 왜 그런 생각을 했는지 후미에서 일행을 따르던 내가 소리쳤다. '야! 우리 가까운 사람하고 손잡고 내려가자.' 좁은 계단의 왼쪽은 낭떠러지였다. 앞서간 송창식은 이미 아래 평지로 내려와 서 있었다. 나는 곁에 있던 최영희와 손을 잡았고 조영남은 자연스레 윤여정과 손을 잡았다. 세 발짝이나 옮겼을까? '엄마' 하는 비명 소리와 함께 윤여정이 위태롭게 조영남에게 매달렸다."

윤여정이 최고의 '셀럽'이 된 지금 윤여정을 팔아먹는 게 아닌가 싶어 약간 걱정스럽다.

'쎄시봉'에는 시인들이 산다

앞에서 클래식과 대중음악의 가까워질 수 없는 거리에 대해 쓰면서 우리나라 최고의 테너 박인수 형과 얼마 전 작고한 내 친구 이동원이 부른 〈향수〉를 소개하던 중, 작시한 정지용이 얼마나 위대한 시인인지를 강조하느라고 정지용이 '세계 최고의 서정시인'이라고 쓴 적이 있다.

나는 그렇게 쓰고 까맣게 잊어버리고 있었다. 그런데 평소 가깝게 지내던 친구로부터 내 연재가 재미있다는 격려를 받다가 시인 정지용이 훌륭하긴 하지만 세계 최고의 시인이라고 못을 쾅쾅 박은 건 좀 지나친 처사가 아니냐는 얘기를 들었다. 그러니까 내 친구는 내가 오버한 것 같다는 얘기였다. 나는 짐짓 수긍하면서 한편으로는 잘됐다 싶었다. 내가 평소 하고 싶은 얘기를 이번 기회에 털어놓을 수 있을 거라고 생각했기 때문이다.

이 책을 읽는 분 중 어떤 이들에겐 다소 재미가 떨어져도 참아 주시길 바란다. <향수>의 작사가 정지용이 세계 최고의 서정시인임을 입증하기 위해서 시詩를 써먹는, 그러니까 시를 향유하는 우리나라의 특수 구조부터 얘기해야 한다. 가령 우리나라 사람들은 어떤 노래의 작사라고 하면 작사의 내용이 아닌 노래에 건성 따라붙는 글 정도로 가볍게 여기는 경향이 있다.

내가 지금 "정지용 시인이 쓴 '향수'라는 노랫말이 분명 가요의 가사임이 틀림없지만, 그 가사는 굉장히 훌륭한 순수시다. 멋진 서정시다.", 이렇게 얘길 하면 "정 씨가 썼다는 '향수'의 가사가 그럼 진짜 시라구?" 하고 되묻는 분들이 분명 있을 거다. 보통의 경우 나는 또 "노래 가사와 시가 따로 노는 건 아니다. 모든 노랫말 가사는 시다. 믿기 어렵겠지만 '산토끼 토끼야', '학교 종이 땡땡땡', '동해 물과 백두산이', 이런 것들이 전부 훌륭한 시다. '나 보기가 역겨워 가실 때에는', 이런 김소월의 시처럼 똑같은 시다. 내가 쓴 내 노래인 '일사 후퇴 때 피난 내려와 살다 정든 곳 두메나 산골' 이것은 멀쩡한 시다."라고 말할 거다.

따라서 정지용이 쓴 「향수」라는 시 "넓은 벌 동쪽 끝으로 옛이야기 지줄대는('지줄대는'이 얼마나 귀엽습니까. 이런 말은 영어권에도 없는 말입니다) 실개천이 휘돌아 나가고('휘돌아 나가고'도 영어로는 표현이 안 되는 우리만 가진 우리끼리만 알아먹을 수 있는 우리 조상님이 주신 알토란 같은 낱말들입니다) 얼룩백이 황소가 해설피 금빛('해설피'. 아! 얼마나 아련하고 청아한 낱말입니까. '해설피 금빛', 이 말도 영어나 중국어나 심지어 일본어로도 표현해 낼 수 없는 우리만의 보물 같은 낱말입니다) 게으른 울음을 우는 곳(아! '게으른 울음'. 세상 어디에 어느 나라에 이런 적확한 표현력이 존재한단 말입니까) 그곳이 차마 꿈엔들 잊힐 리야('차마'라는 낱말도 우리만의 어처구니없이 예쁜 말입니다. 물론 영어에도 없죠)"는 시 중의 시다.

정지용의 노랫말 가사는 원래 우리네 근대 시 문학사상 길이 빛나던 서정시(글을 자꾸 끊어서 미안한데 내가 이해한 바에 의하면 시는 크게 서사시와 서정시 두 부류로 나뉜다. 서사시는 『오디세이』 같은 긴 얘기를 하는 방식의 주로 긴 시를 말한다.) 분야에 최고봉으로 숨어 있던 것을 내 친구인 술 좋아하는 한량 이동원이 무슨 꿍꿍이속이 있었는지 그걸 낑낑대고 끄집어내 최진희의 '끝도 시작도 없이 아득한 사랑의 미로여'를 작곡한 대중가요 전문 작곡가 김희갑 선배에게 가져가 그 시에 가락(곡)을 붙여 달라고 해서, 그걸 우리의 김희갑 선배가 애당초부터 두 명이 함께 노래하는 방식인 이중창 곡 듀엣으로 만들어 우리나라 최고의 테너 박인수 형과 함께 불러 소위 대박을 친 거다. 우리의 김희갑 선배에게도 박수를 좀 보내 주시길!

분명 말하겠다. 노랫말 가사는 엄연한 시다. 다시 말하겠다. 이번엔 큰 소리로 말하겠다. '산토끼 토끼야 어디를 가느냐.'도 엄연한 시이고, '나비야 나비야 이리 날아오너라.'도 분명 시다. 시의 일종이 아니라 그냥 그대로 시다.

그런 측면에서 우리의 쎄시봉 친구들은 위대한(?) 시인들이었다. 송창식, 윤형주, 이장희, 거기다 나까지 해서. 웃지 마시라, 나도 시를 썼다. 〈내 생애 단 한 번만〉, 〈내 고향 충청도〉, 〈딜라일라〉 등은 내가 쓴 노랫말 용도의 시들이다. 송창식의 〈우리는〉, 이장희가 최인호와 공동으로 썼다는 시 〈그건 너〉, 윤형주가 쓴 〈우리들의 이야기〉 등은 천하의 명시들이다. 최인호를 제외하고 우리들 중에 시 쓰는 걸 따로 공부한 인간은 없다. 그러니까 고등학교 때 배운 국어 실력으로 그런 명시를 써 냈으니까 우린 모두 준천재들임에는 틀림없다. 그때 우리는 돈도 없었지만 욕심도 없었다.

쎄시봉 때 우리는 우리가 시를 쓸 줄 안다는 자각도 할 줄 몰랐다. 그냥 써 내는 것으로 알았다. 김세환이 이렇다 할 노래가 없는 걸 알고 형주가 먼저 세환이한테 〈길가에 앉아서〉를 주고, 이어서 장희가 또 세환이한테 〈좋은 걸 어떡해〉를 주고, 창식이가 세환이한테 〈사랑하는 마음〉을 주고, 이번엔 장희가 형주한테 〈비의 나그네〉를 주고, 장희가 뒤늦게 나한테 준 노래가 바로 〈불꺼진 창〉과 〈안녕〉이다. 이런 얘긴 형주한테 전화해서 알아낸 얘기들인데 윤여정 생일 때 장희가 작사한 걸 즉석에서 생일 선물로 창식이가 불러 준 노래가 〈창밖에는 비오고요〉였다.

저작료가 평생 나온다는 걸 그때 알았더라면(그때는 좀 과장해서 말하면 병자호란 직후다. 그런 용어조차 없었다) 세환이한테 가는 노래나 평생 탐나던 창식이의 〈우리는〉, 장희의 〈그건 너〉, 형주의 〈우리들의 이야기들〉 등을 내가 두 살 위(놈들은 모조리 나보다 두 살씩 아래다. 윤여정을 포함해서) 형이라는 이름으로 가로챌걸. 아! 후회가 막심하다.

지금부터는 내가 왜 요절 시인 이상李箱을 숭배하게 됐는지, 도대체 시라는 게 뭔지, 정지용은 어떻게 알게 됐는지에 관해서 쓰겠다. 쎄시봉 시대를 벗어나 나는 정식 가수가 되고 세계적으로 이름난 빌리 그레이엄 목사 팀의 초청으로 미국에 가서 살게 됐는데 학생 신분으로 알바 삼아 미국 도시 순회공연 중 알게 된 사람이 바로 마종기 시인(그는 동화 작가 마해송의 아들이며 방사선과 전문 의사다.)이었다.

오하이오 주 털리도 시에서 공연과 간증(그때 난 신학대 재학 중이었다)을 할 때 유난히 내 말에 숨넘어가듯 깔깔대며 특이한 반응을 보인 사람이 있었는데 그 사람이 바로 마종기 시인이었던 것이다. 우리는 지속적으로 몇 년간 수시로 만나 부부간의 친교를 다졌는데 우리는 그를 닥터 지바고를 빗댄 마바고라고 불렀다. 시인을 만나 좋은 말 상대가 되려면 최소한의 시를 배워야 한다며 나는 T. S. 엘리엇의 두꺼운 시 입문서를 열심히 봤던 기억이 난다.

시 〈향수〉를 쓴 시인 정지용(왼쪽)과 재미 의사 겸 시인 마종기. [사진 중앙일보]

그리하여 나는 고등학교 때부터 나를 이상야릇하게 사로잡는 이상을 다시 떠올리게 됐고 내친김에 매달려 우리 정지용(〈향수〉의 작사가)이 무시무시한 시인, 급기야는 정지용이 누가 뭐래도 세계 최고의 서정시인이라는 결론에까지 이르게 된다. 소위 예술이라는 것도 그렇지만 문학도 그렇다. 간단하게 말해서 우기는 놈이 장땡이다. 가령 내가 그림 한 점을 그려 놓고 이것은 세계 최고의 미술 작품이다. 그러므로 이 작품의 가격은 100억 원이다. 이렇게 터무니없는 소릴 해도 아무 상관이 없다. 내 그림은 다빈치의 '모나리자'보다 더 값나가는 그림이라고 떠들어도 법에 걸리질 않는다. 그냥 우기면 된다. 잡아떼면 되는 거다. 그래서 난 늘 자신 있게 큰 소리로 외친다. "정지용은 세계 최고의 서정시인이다."라고 말이다.

이런 때 미친놈, 정신 나간 놈 소리를 안 듣기 위해서는 얼마간의 방어책을 강구해 둬야 한다. 대책을 세워 놓는 거다. 그게 바로 '공부'라는 거다. 본격적인 공부를 위해서 나는 이상의 시에 관한 책을 쓰기로 작정했다. 이상을 정말 좋아하는데 이상 시에 대한 변변한 해설서가 이해할 수 없게도 없다는 걸 알았다. (너무 난해해서 엄두를 낼 수가 없는 시라서 그렇게 됐을 수도 있다.) 그래서 에라이 썅! 하고 내가 한 번 쓴다고 덤빈 거다. 너무도 난해 일변도의 시를 공부하다 보니 자연스럽게 그냥 보통 시도 들여다볼 기회가 생기고 그러다 정지용 시에 스톱! 하게 된다.

나는 한편 정지용의 시는 도대체 어느 수준인가(이상의 시는 전혀 다른 쪽 영역이었다) 찬찬히 알아보기 위해 내 나름의 방법으로 알아 가기 시작한다. 우선 유명세를 타는 시인들의 리스트, 가령 T. S. 엘리엇, 보들레르, 랭보, 에드거 앨런 포의 시들과 우리 쪽 대표 시인들인 김기림, 김소월, 윤동주, 백석, 정지용 등의 시들을 맞비교 분석하는 방법으로 공부를 하다가 나는 소스라치게 놀랄 만한 사실에 직면하게 된다. 그건 바로 우리네 시인들의 감성이 외국의 어떤 시인보다 월등히 깊고 넓다는 것이었다. 문제는 외국의 경우처럼 그런 방면의 정상적 교육이 모자란 탓에 우리 스스로 밖으로 표출을 마음껏 못 했다는 것이다.

예를 들어 보자. 우리는 푸시킨의 시구 "삶이 그대를 속일지라도 슬퍼하거나 노하지 말라."를 아주 좋아한다. 그걸 윤동주의 「서시」와 맞대서 비교해 보자. "죽는 날까지 하늘을 우러러 한 점 부끄럼 없기를…." 푸시킨의 시는 편하게 읽히며 내려간다. 아주 쉽고 평이하다. 그러나 윤동주의 '서시'를 읽을 땐 시작 부분부터 읽는 이의 가슴을 아리게 한다. 푸시킨은 읽어 봐야 '아! 좋은 소리, 좋은 내용'으로 끝나지만 윤동주의 시는 읽고 나면 읽는 이의 주먹을 쥐게 하고 마음을 비장하게 만든다. 그런 차원에서 우리의 정지용은 보들레르, 랭보, T. S. 엘리엇, 포 등을 진즉에 넘어섰다. 증거가 있다. (나는 5년간 재판을 겪은 사람이다. 재판 때는 증거가 최우선이다. ㅎㅎ) 정지용의 시 「향수」가 증거다. 어느 누가 내 앞에 「향수」보다 더 멋진 서정시를 증거로 갖다 댄다면, 그래서 더 멋져 보였다면 나는 그 순간부터 붓을 꺾겠다. 빌어먹을!

'알바'하다가 미8군까지

내가 27년 전인 1994년에 고려원에서 발간한 나의 자전적 소설『놀멘놀멘』238쪽에는 이런 대목이 실려 있다.

"만일 누군가 나에게 젊은 날 비타민 역할을 해 준 사람이 누군가 묻는다면 나는 서슴없이 오태석과 이백천 두 사람을 댈 것이다."라고 적혀 있다.

그랬다. 학교에선 오태석, 쎄시봉에선 똘강 이백천. 웃기는 건 오태석이 음악 선생이 아니고 한갓 동아리 연극 코치였다는 거다.

나는 서울대 음대에 입학하자마자 교내 연극 동아리에 들어간다. 우리는 첫 작품으로 손턴 와일더의 〈우리 읍내(Our Town)〉를 올리기로 하고 동아리 리더였던 문호근

1965년 내한 공연한 미국 가수 냇 킹 콜. 맨 왼쪽이 위키 리. 냇 킹 콜 오른쪽이 최희준. 맨 오른쪽이 가수 유주용. [사진 성승모, 중앙일보]

(문익환 목사의 큰아들. 배우 문성근의 형. 예술의 전당 예술 감독을 하다가 일찍 죽는다.)과 그의 짝패 이건용(한예종 총장이 됨. 지휘자 금난새도 동급생이었다.)이 연세대 재학 중이던 오태석을 연극 코치로 초빙해 왔다. 오태석은 조연출로 같은 연대생 정하연(후에 유명 TV 드라마 작가로 성공)과 꼭 삼국지의 장비처럼 생긴 홍익대 미대생 이두식(홍익대 미대 학장이 됨. 몇 년 전 갑자기 죽었다)을 무대장치 겸 진행 요원으로 끌고 왔다.

오태석의 진가는 연극보다도 그가 쓴 글에 더 잘 나타났다. 그 점에서 백남준과 흡사했다. 두 사람 다 달변 근처에도 못 가는데 그네들의 글은 진짜였다. 내가 젊은 날 글쟁이 베스트로 두 사람을 꼽는데 한 사람은 홍익대 미대 출신의 이제하 시인(내가 부르는 〈모란동백〉의 작사, 작곡가)과 다음으론 오태석이다. 두 사람의 글에서는 늘 가락과 홍이 넘실댔기 때문이다.

어쨌거나 나는 그때 연극(윌리엄 인지(William Inge)의 〈버스 정류장〉, 테네시 윌리엄스의 〈욕망이라는 이름의 전차〉도 했다)이나 하고 쎄시봉에 나가 띵까띵까만 해 댈 입장이 아니었다. 한양대 때는 전액 장학생이라 크게 쪼들리진 않았지만 서울대는 많이 달랐다. 교회에서 성가대 솔로이스트라는 명목으로 주는 푼돈도 없어지고, 동신 교회 김세진 목사님이 이따금 남몰래 쥐여 주던 용돈도 받아 챙기곤 했는데 교회를 끊고 쎄시봉 같은 데를 왔다 갔다 하다 보니 앞이 캄캄해졌다. 아버지는 내가 중학교 때부터 중풍으로 반신불수가 되어 하염없이 누워만 계시고.

그리하여 내 생애 최초의 알바가 막 시작된다. 첫 번째 알바는 당시 유행했던 이동훈 선생이 지휘하는 필그림 합창단에 입단하는 것이었다. 이동훈 선생은 내가 다니던 동대문 근처 동신 교회 성가대의 지휘자이셨기 때문에 쉽게 들어갔다. 필그림 합창단은 무엇보다 급료가 좋았다. 이유가 따로 있었다. 매주 용산에 있는 미군 부대 내에 있던 미군 교회에서 하청 성가대 역할을 맡았기 때문이다.

1970년 지구레코드에서 나온 앨범 재킷. 트윈폴리오, 조영남, 펄시스터즈의 노래가 함께 수록되었다. [사진 성승모, 중앙일보]

일요일 이른 새벽이면 미군 대형 버스가 후암동 종점까지 와 나를 태우고 빙빙 돌아 곳곳에 있는 성가대원들을 태우고 용산 미8군부대로 들어간다. 버스에서 내리면 미국 목사실(군목)로 우르르 들어간다. 거기엔 먹음직스러운 도넛(그때는 처음 보는 구멍 뚫린 빵이었다) 수십 개가 비스듬히 누워들 있다. 우리 단원들은 한두 개씩 집어 들고 바로 옆에 그냥 쓱 누르면 자동으로 나오는 커피를 들고 맛있게 먹는다. 물론 나도 따라 했다. 그런데 정작 성가를 불러야 할 시간에 나의 아랫배가 싸하고 아파 오는 거다. 급설사가 난 거다. 예배 시간에 슬금슬금 빠져나와 화장실로 가는 건 정말 치욕적이었다. 그다음 주에도 이번에는 괜찮겠지 하며 또 먹었는데 역시 설사. 나는 세 번째까지 시도해 봤지만 허사였다. 생태적으로 우유를 못 마시는 저급 체질이라 나는 지금까지도 도넛과 커피를 같이 먹어 본 적이 없다.

두 번째 알바는 음대 학생으로선 매우 특이했다. 한양대 때 이병훈과 '똥건호'와 함께 심심풀이 땅콩으로 익혀 뒀던 팝송 몇 곡을 명동 '오비스 캐빈'이라는 음악 카페에서 주말마다 부르는 것이었다. 경희대 노래 패거리 중에 친하게 지내던 테너 엄정행과 베이스 이종범(일찍 죽었다)이 있었는데 종범이 아버지가 그 건물의 주인이셨다. 종범이는 나를 아버지 앞에 끌고 가 "얘는 클래식도 잘 부르고 팝송도 잘 부르는데 한번 써 보시죠!" 해서 취직이 된 거다. 위층에선 '히식스(He6)'라는 그룹이 시끌벅적 연주했고, 나는 아래층 분위기 있는 카페의 연주자였다.

그땐 무대 같은 곳도 없었다. 내가 노래를 부르는 곳은 그리스 신화의 영웅 헤라클레스가 나체로 양다리를 쩍 벌리고 활을 쏘는 조각상 바로 아래에 마이크 하나를 놓고 기타를 치며 노래하는 것이었는데 문제는 어쩌다 왼쪽으로 고개를 돌리면 헤라 선생의 남성 상징이 내 얼굴과 20㎝도 안 되게 가까워지는 것이었다. 민망했다. 그곳엔 매주 싱그러운 여대생 꼭 다섯 명이 토요일 저녁마다 나타나곤 했는데 얼마 후 알고 보니 그녀들은 이화여고 졸업반 학생들이었다. 화장을 짙게 하고 여대생으로 위장해 왔던 거다. 나는 그들과 급격히 친해졌다. 그중의 하나가 오태석 형의 평생 반려자가 됐고 나머지는 내 측근의 부인이나 연인으로 내 곁을 떠났다. 나만 닭 쫓던 개가 지붕이나 쳐다보는 꼴이었다.

아무리 생각해도 모르겠다. 나는 남한테 궁한 내색을 잘 안 하는 편인데 학비 조달이 정말 급했던 모양이다. 오비스 캐빈의 월급은 늘 내 개인 접대비로 다 나가곤 했다. 친구들이 오면 호기 있게 한턱내기도 했다. 내 속사정을 잘 아는 똘강 이백천 선생이 나를 미8군부대의 'A Train(에이 트레인)'이라는 악단의 강철구(색소폰 연주자) 단장에게 데려갔다. 무슨 노랠 불렀는지 기억도 안 나는데 나는 즉시 오디션 후보군으로 발탁된다. 후보라는 뜻은 철마다(쿼터제) 치르는 오디션에 응할 수 있다는 예선 통과 같은 의미였다. 바로 그날 화양 쇼단(화양 회사 안에는 수십 개의 작은 쇼단들이 속해 있었다) 전무님이 나한테 LP판 한 장을 골라 주며 이 곡을 연습해서 오디션을 받아 보라는 것이었다.

오디션 보는 날은 살벌했다. 죽느냐 사느냐의 전쟁터였다. 심사 위원들은 전부 미군 장교들이었다. 요즘 우리가 미국 사람을 보는 느낌과 그때 우리가 느꼈던 미국 사람에 대한 느낌은 많이 다르다. 특히 장교복을 입은 미국 사람은 무시무시했다. 나중에 들었다. 그때 내가 불렀던 노래는 유명한 뮤지컬 〈쇼 보트(Show Boat)〉의 주제곡 〈노인의 강(Old Man River)〉으로 웅장하고 매우 드라마틱한 곡이었는데 내가 그 노래를 부르자 미국 심사 위원들이 울었다는 얘기를 들었다.

미국은 자국 군인들을 외국에 파견하면서 처음엔 위문단을 자체로 소화했다. 마릴린 먼로(노래도 잘 불렀다), 〈모나리자〉를 부른 냇 킹 콜, 트럼펫 주자 루이 암스트롱 등이 나섰지만 파견 숫자가 많아지면서 유명인들은 몸값이 너무 세서 현지 위문단을 조직하게 된 거다. 우리 한국의 경우 소위 미8군 쇼단이 그것이다. 40여 개 쇼단이 있었다니 이 연재를 쓰면서 체험하게 된 건데 미8군 쇼단의 활약은 이 나라 역사 이래 최초의 서양 문명의 물꼬를 직접 튼 거의 혁명에 버금가는 사건이었다. 미8군 쇼단 출신의 가수들이 김시스터즈, 최희준, 현미, 패티김…. 이들이 한국 가요계에 끼친 영향만 봐도 얼추 짐작이 가리라 믿는다. 흠! 내가 역사적 순간에 존재했던 거다.

화양 쇼단 연습실에 가면 각 악단의 연주자 및 남녀 가수, 무용단원들이 득실득실했다. 나는 운 좋게 '에이 트레인'

이라는 전통적인 쇼단의 최희준, 왕손王孫 가수 이석(<비둘기 가족>으로 유명)의 배턴을 잇는 가수로 등용된 건데 나의 여성 파트너가 양양이 누나였다. 양양이 누나의 남편은 다른 쇼단의 피아니스트 박선길(<오늘 같은 밤이면>을 부른 박정운의 아버지) 단장이었다. 박 단장님이 어느 날 장충동 녹음실에 가자고 해서 구경 삼아 따라갔는데 거기서 나는 꿈에 그리던 대형 가수들, 최희준, 유주용, 위키 리, 박형준 등을 만나게 된다. 그때는 미국 팝송을 우리말로 번안해서 부르는 게 유행이었는데 주로 영어를 구사하는 실력자들이 주도해 나갔다. 박선길 단장은 편곡자였다. 으리으리한 장충 녹음실에서 녹음하다가 번역된 한국말의 아퀴가 잘 안 맞아 옥신각신할 때에 내가 어깨너머로 이렇게 이렇게 고쳐 부르면 되지 않느냐고 해서, 그날부터 나는 얼결에 유명 외국곡 번안가가 되어 버린다.

예명도 얼른 지어냈다. 고철高哲이었다. 왜 고철이었는지 난 지금도 모른다. 어렸을 때 못 쓰는 고철 수집가들이 있었는데 쓸모없어진 철물들에 연민을 느꼈음일까. 나는 그때부터 고철로 이름을 바꾸지 않은 것을 가끔 후회도 해 봤다. 나는 어림잡아 고철의 번안곡이 대여섯 곡쯤이나 될까 말까 싶었는데 나의 LP 컬렉터(고대 근처 정신과 성승모 원장)에 의하면 물경 30곡이 넘는다고 해서 기절할 뻔했다. 부수입이 짭짤했음은 물론이다.

그즈음 동시에 일어난 일이다. 나는 미8군 쇼 오디션 연습 중 다른 쇼단의 연습생인 나보다 어려 보이는 늘씬한 여성 자매를 알게 된다. 우리는 금방 친해져서 우리끼리 따로 트리오를 결성해서 일반 무대에 진출하자는 야멸찬 계획으로 맹연습에 돌입했다. 이 소식을 알게 된 똘강 이백천 PD가 잘됐다면서 한번 동양 방송 10층으로 오라고 했다. 지금의 서소문 《중앙 SUNDAY》 건물에 TBC 방송국이 있었다. 우리 셋은 설레는 가슴으로 기타를 하나씩 들고 약속 장소인 10층을 찾아갔다. PD들의 휴게소 같은 곳이었다. 똘강 선생이 한번 불러 보라고 해서 우리는 준비해 온 컨트리 포크송 〈Before This Day Ends〉를 열심히 불렀다. 내가 가운데 서고 양쪽에 자매가 하나씩 붙었다. 정작 노래를 시켜 놓고 똘강 선생을 비롯해 아무도 우리한테 눈길을 주지 않고 "됐어! 집에 가 있어."라는 소리만 들었다. 우리는 그 후로 가타부타 연락을 받은 적이 없다. 그게 이 세상에서 가장 불운했던 '조영남과 펄시스터즈' 트리오의 전말이었다.

그 후로 내가 연락받은 건 나와 우리 악단이 A급 쇼단으로 합격했다는 것이었다. 한 달 후에 나온 월급봉투를 열어 보고 나는 거의 실신한다. 거금 6만여 원이 들어 있었다. 그때 음대 한 학기 등록금이 6만5천 원인가 그랬다. 나는 그 길로 교회에 이어 학교마저 미련 없이 때려치웠다.

사랑 때문에 대학을 그만두고

젊은 치기였는지는 모르지만 미8군 쇼단 소속의 가수가 되어 첫 월급을 받고 보니 더 이상 음대에서 공부해야 할 이유가 없어 보였던 거다. 그래서 때려치웠다. 3년 전에도 잘 다니던 한양대 음대를 2학년 재학 중 중퇴했는데, 지금 돌아보면 서울대 음대는 돈 때문에 그만두게 된 것이고, 한양대 음대 때는 사랑 때문에 때려치운 것이었다.

빌 게이츠나 스티브 잡스가 일류대 중퇴생이라는 점에 늘 고무가 되기는 했지만 내 경우 한양대 음대 중퇴의 원인이 오로지 사랑 때문이었기 때문에 나는 비즈니스보다 사랑 우선주의를 택했다는 점에서 나름대로 우쭐댈 수가 있었다. 누가 뭐래도 나는 사랑 우선주의자이기 때문이다.

왕십리에 있는 한양대 음대 2학년 1학기 개학 첫날. 교문에서부터 온통 신선한 봄기운이 감돌았다. 구름 떼처럼 올라가는 학생들 틈에 나는 어느 여학생의 뒷모습에 내 눈길을 꽂게 된다. 대부분이 남학생인데 그 틈에 섞인 여학생이라는 점과 초록색 머플러를 둘렀다는 점, 그리고 구름 위를 걷는 듯 미끄러지는 사뿐사뿐한 걸음걸이. 지난 1년 동안 학교에 다녔지만 나는 머플러를 두른 학생을 본 적이 없다. 마치 이만희 감독의 영화 〈만추(1966년)〉의 여주인공 같았다. 나는 덤덤하게 영화과 학생쯤 되겠지 싶었는데 어라! 우리 음대 방향으로 걸음을 트는 것이었다.

조영남이 과거 사진들을 콜라주 형식으로 만든 작품. 오른쪽 노트를 들고 서 있는 모습과 아래 누워 있는 모습이 한양대 음대 시절. 맨 왼쪽은 서울대 음대 시절 오페라 '쟈니 스키키' 주연을 맡아 분장한 모습. 가운데는 강문고등학교(지금의 용문고등학교) 졸업 사진.

개학 첫날이라 여러 신입생이 엉켜 분주하게 돌아가는

틈에 나는 그녀가 우리 음대 신입생이라는 것과 이름이 오명자라는 걸 알게 된다. 물론 남의 눈에 띄지 않게 흘깃흘깃 살펴봤지만 와우! 비비안 리와 소피 마르소가 반반씩 합쳐진, 단연 눈에 띄는 미모였다.

내가 왜 그럴까. 평생 두 명의 누나를 가까이에서 보았고 늘 다니던 교회에서도 수없이 여학생을 봐왔는데 왜 하루 종일, 그리고 그다음 날도 오명자의 모습만 떠오르고 지워지질 않는가. 지독한 병에라도 걸린 것 같았다. 잠들기 전 그녀 생각에 난생처음 몸을 뒤척이기도 했으니 말이다.

상사병에 걸렸음에도 아닌 척 천연덕스럽게 연기하며 언젠가는 기회가 오겠지 했는데 과연 사랑의 신은 나를 버리진 않은 것 같았다. 음대에는 합창이라는 교과 과목이 있고 이 시간엔 기악과, 성악과, 작곡과 전교생이 큰 강당에서 합창 수업을 받는 거다. 당시 서울 시립 교향악단의 상임 지휘자였던 정재동 선생이 학교 기념식을 위한 드라마틱 칸타타를 연습하는데 주인공인 장군이 전쟁터에 나가면서 〈잘 있거라 내 고향아〉를 불러야 하는 장면이 나오게 되어 있다. 우리 학교엔 기라성 같은 성악과 선배들이 있는데 정재동 선생이 하필 나한테 "조영남, 네가 한 번 불러 봐!" 하는 것이었다. 아! 드디어 기회가 오는구나 하며 필사적으로 솔로를 해냈다. 이런 말을 하면 너무 잘난 척하는 것 같지만 내가 그때 정말 노래는 잘 불렀던 것 같다.

수업이 끝나고 여러 사람으로부터 잘했다는 격려를 받으면서 나는 아무렇지도 않은 듯 병훈이, 똥건호, 이정호 등과 6층 꼭대기 피아노실로 몰려와 평소처럼 시시덕대고 있는데 '똑똑똑' 하는 노크 소리가 들려왔다. 두 평이나 될까 한 좁은 공간에 피아노 한 대가 놓여 있고 문에는 손바닥보다 조금 더 큰 유리창이 있어 밖에 모습을 내다볼 수가 있었는데 헐! 오명자가 오묘한 메조소프라노의 음색으로 "조영남 씨 교무실에서 조상현 선생님이 부르십니다." 하고 돌아서 갔다. 나는 속으로 '왜 이 시간에 내 성악 담당 교수님이 날 찾으시지?' 하며 책가방을 챙겨 들고 교무실이 있는 계단을 성큼성큼 내려가는데 갑자기 나를 막아서는 사람이 있었다. 바로 오명자였다.

"미안해요. 제가 거짓말했어요. 합창 시간에 너무 노래를 잘 불러서 그 얘기를 해 주려고 그랬어요."

그때부터 우리의 꿈만 같은 데이트가 시작되었다. 한양대 뒷문으로 나가면 광나루 가는 긴 다리를 건너 하염없이 강둑이 펼쳐져 있었는데 우리는 강둑에 앉아 데이트를 즐겼다. 유독 그해에는 봄비가 매일처럼 내려 그녀가 펼쳐 든 우산을 보며 짐작했다. 우산대가 은색으로 번쩍대는 게 별

써 귀티가 펄펄 났다. 귀가 시간이 여섯 시 근처로 차츰 알게 됐지만 그녀는 나보다 한 살 위로 몸이 허약해 2년간 병원 생활을 하다가 담당 의사와 약혼을 하고 몸이 건강해져서 학교에 입학했다는 것이었다. 명동 한복판에 사는데 왜 일정한 시간에 집엘 가야 하는지도 알게 됐고 집에 가선 약혼자한테 일일이 보고해야 한다는 얘기도 들었다.

오명자의 사진을 활용한 조영남의 1987년 작품 〈나의 첫 사랑〉.

그러면 그럴수록 우리는 치열하게 만났다. 병훈이, 똥건호를 비롯 남자 친구 녀석들은 모른 체 넘어가 주었지만 동기생인 여자아이들은 오명자와 나의 데이트에 대해 생난리였다. 내가 불여우에 홀렸다는 것이다. 집에까지 찾아와 내 큰누나한테 고자질하고 불여우를 떼어 놓아야 한다고 들쑤시는 판이었다. 그러거나 말거나 나는 성격대로 하는 타입이다. 내가 좋거나 재미있으면 끝까지 가는 게 내 스타일이었다.

몇 년 전 나는 큰누나(누나가 살아 계실 때)와 이런 전화 통화를 한 적이 있다. 누나가 대뜸 오명자 얘길 꺼내는 게 아닌가.

"영남아! 나 이따금 오명자 생각이 나. 너 내가 명자한테서 온 편지 한 번 읽었다고 내가 얼마나 너한테 혼났는 줄 알아?"

내가 기억이 안 난다고 하자 큰누나는 계속 낄낄거리며 "야! 우리 집에 걔가 편지를 자꾸자꾸 보내길래 도대체 무슨 내용이 있을까 하고 딱 한 번 뜯어보고 너한테 줬는데 내가 얼마나 너한테 혼났는지 모르지? 네가 펑펑 울면서 난리더라. 남의 편지를 도둑질해서 뜯어봤다고 길길이 뛰는 거야."라고 했다.

잠깐! 여기서 내가 인상적으로 기억하는 대목은 내가 펑펑 울었다는 대목이다. 그것도 편지 한 번 뜯어봤다고. 내가 또 물었다.

"정말 내가 펑펑 소리 내어 울었다구? 눈물 흘리면서?"

"엉! 목 놓아 울었어야."

"편지 내용이 뭐였어?"

"내용 없었어. 그냥 보고 싶다는 얘기 같은 거였어."

나는 평소에 단 한 번도 이성 문제로 눈물을 흘려 본 적이 없다고 은근히 남성성을 자랑해 왔었다. 난 아버지나 어머니가 돌아가셨을 때, 큰누나나 작은누나가 죽었을 때도 눈물이 안 나왔고 다 커서 좋아하던 여자와 헤어질 때도 눈물이 나지 않았다.

그러나 결정적인 증언이 큰누나의 입에서 나온 것이다. 나는 울어야 하는 이유가 있는 경우 펑펑 울기도 했던 사람이다. 그때는 내가 큰누나 집에 얹혀살 때였다. 후암동 종점에서 내려 여러 계단을 거쳐 꼭대기 동네 판잣집에 살았는데 여름만 되면 반드시 물난리를 겪곤 했다. 동네엔 공동 수도가 딱 한 군데라서 그 물을 받으려면 물통 행렬의 끝에 갖다 놓아야 한다. 그때 나는 우리 집 물 담당이었다. 나는 물론 내 나름의 특단의 방법을 터득하고 있었는데 특히 오명자가 집에 오는 날이면 물지게를 지고 남산 위로 물줄기를 찾아 여행을 떠나는 것이다. 울창한 숲이 우거진 곳에 잘만 찾으면 바위틈이나 잎새에서 '똑똑똑' 떨어지는 물소리를 듣게 된다. 바로 그 밑에 물동이를 밀어 넣으면 두 통의 물통이 찰 때까지는 우리의 자유 시간이다. 거기엔 하늘도 있고 바람도, 석양도 있고 별이며, 은하수도 있었다. 윤동주가 좋아했던 것들이 죄다 있었다. 우리는 거기서 물통이 찰 때까지 우리가 아는 노래를 몽땅 부르곤 했다.

그해 여름 방학에는 간첩 요원처럼 오명자가 몰래 우리 시골집에 며칠씩 다녀갔다. 병석에 누워 계신 아버지, 작은누나, 내 동생 영수는 세상에 저렇게 아름다운 여자가 이런 촌구석엘 올 수가 있을까 눈이 휘둥그레졌다. 오명자는 내가 하는 일을 다 따라 했다. 감자, 고구마밭에 똥거름을 퍼서 뿌리는 일도 도왔고 꽁보리밥에 마늘종을 막 된장에 찍어 먹는 일도 다 따라 했다.

가을 학기가 되자 음대 내에 오명자와 조영남이 연애한다는 소문이 무성해졌다. 오명자의 약혼자가 나를 찾아와 담판을 낸다는 소문도 파다했다. 한편 나는 모든 상황에 대비를 해 놓은 상태였다. 교무처장이건 오명자 아버지건 오빠건 약혼자건 덤빌 테면 덤벼 봐라. 다 상대해 주겠다. 오명자가 내 편인 이상 나는 무서울 게 없었다. 드디어 디데이가 왔다. 약혼자가 아래층 공터에서 기다린다는 것이었다. 담판을 짓자는 행동이었다. 나는 주먹을 단단히 움켜쥐고 아래층으로 내려가기 시작했다. 6층 건물이었는데도 그때는 엘리베이터가 없어 걸어갈 수밖에 없었다. 계단이 많아 생각할 시간이 충분했다.

나는 천만다행으로 결정적인 순간에 오히려 차분해지는 타고난 재능이 있었다. 그런 일은 사람들 앞에서 노래를 부를 때 종종 나타나는 증상이다. 침착해야 한다. 화내면 진다. 1층이었다. 저쪽에 깡마른 한 사람이 서 있다. 오명자의 약혼자다. 나는 영화 〈하이눈〉에 나오는 게리 쿠퍼처럼 걸어가 먼저 낮은 바위에 앉았다. 앉는 순간, 어? 내 양다리가 상하로 움직이기 시작하는 거다. 나는 양팔로 지그시 눌렀지만 상하 운동은 멈추질 않았다. 한 번 더 힘을 주며 나의 탁탁탁 떨고 있는 무릎을 강하게 눌렀다. 어! 그런데 누르면 누를수록 빌어먹을 나의 양쪽 발은 타타타 구두 뒤축 바닥을 치는 소리만 요란했다. 김국환의 '타타타'는 저리가라였다. 서 있던 오명자의 약혼자는 앉자마자 벌벌 떠는 측은한 모습을 보다 말없이 돌아섰음이 틀림없다.

교무처장이 나를 불렀다. 전액 장학생이 그렇게 남의 가정을 파괴하면 어쩌냐. 당장 중지하고 잘못을 빌어라. 학교냐. 오명자냐. 다 좋았다. 그러나 '전액 장학생'이라는 어휘가 나는 심하게 거슬렸다. 그래서 "그럼 학교를 포기하겠습니다." 이랬던 거다. 한양대학교를 때려치운 내력은 이러했다. 학교와 사랑 중에 겁 없이 사랑을 택한 것이다. 서울대 음대에 들어가니 돈 많은 부잣집 딸들이 더 많았다. 나는 오명자를 내가 좋아했던 성악과 선배에게 소개했고 둘은 결혼해 미국으로 이민을 갔다. 나중에 우연한 자리에서 만난 오명자의 친동생으로부터 언니는 이혼하고 외국인과 재혼해서 살다가 일찍 세상을 떠났다고 들었다.

다시 모인 '쎄시봉' 친구들

'쎄시봉'이 왜 '쎄시봉'이 되었던가. 지금에서야 얘기하는 거지만 그건 좀 우습게도 똘똘한 내 여사친(여자 사람 친구)의 한 마디에서 비롯되었다.

당시 나는 이미 10년 가까이 MBC 라디오의 〈지금은 라디오 시대〉라는 방송국 대표 프로그램에서 지금은 TV 홈쇼핑계에서 여왕 노릇을 하는 최유라와 함께 메인 MC를 맡고 있었다. 추석이 다가오자 우리는 매년 하던 대로 특집 프로그램을 준비해야 했다. 그때 옆에 있던 최유라 씨가 혼잣말처럼 꿍얼대는 것이다.

"아저씨! 이번에 아저씨 친구들 한번 불러 모으는 게 어때?"

이 짧은 한 마디가 우리 다섯 명, 송창식, 윤형주, 이장희, 김세환 그리고 조영남의 말년 인생을 뒤바꿔 놓을 줄이

2009년 MBC 프로그램 '지금은 라디오 시대'에 출연한 쎄시봉 다섯 친구. 윗줄 왼쪽부터 조영남, 최유라, 윤형주, 김세환. 아랫줄 왼쪽부터 이장희, 송창식.

야 누가 짐작이나 했겠는가. 나는 그냥 편안한 'DKNY(독거노인)'로 <지금은 라디오 시대>의 MC를 맡아 안락하고 무난한 나날을 보내고 있을 따름이었다.

"그래? 그럼 연락 한번 해볼까?"

나는 평소에 안 하던 짓을 했다. 누구한테 전화하는 짓 말이다. 그것도 내가 아쉬워서 하는 부탁 조의 전화를 나는 통 하지 않았다. 내 기억에 그때까지 몇 년 동안이나 그런 전화를 안 했다는 것이다. 내가 잘나서가 아니라 피차 읍소나 하소연 같은 거 나누지 않고 지내는 것이 민폐를 덜 끼치는 것이라고 생각했기 때문이다. 내 생각에는 기계 혐오증 비슷한 기질도 한몫했을 것이다. 내가 사용하는 전화기도 구식이고 컴퓨터니 SNS니 하는 건 무슨 소린지조차 몰랐으니까 말이다. 그런데 참 희한했다. 연락하는 족족 다들 OK인 것이다. 내가 최유라 씨와 방송 작가들한테 약간 우쭐할 수 있었던 건 녀석들 모두가 "형이 원한다면."이라는 짧지만 갸륵한 단서를 붙였기 때문이다.

내가 혼자 생각하기로는 내가 형인 건 맞는데 사실상 형 노릇을 해 본 적은 한 번도 없었다. 나는 누구를 통제하거나 리드하는 데서 재미를 느끼는 사람이 아니다. 우리 사이에서 형 노릇은 이장희가 다 했다. 장희는 다 아시다시피 미국 땅 LA에서 한인 방송 '라디오 코리아'로 크게 성공했는데, 수년에 한 번씩 서울에 건너올 때마다 우리 쎄시봉 친구들을 소집해 저녁 만찬을 거나하게 냈으니 그가 중심이었고 메인이었다고 볼 수밖에. 여기서 거나하다는 표현은 내가 소박하게 표현한 것이고 사실에 가깝게 말하자면 서울이라는 도시에서의 최고급 파티라고 해도 과언이 아니었기 때문이다. 신라호텔 중식당, 그곳 독방을 예약해 최고급 코스를 주문하는 식이었다.

초대된 참석 멤버 또한 장희다웠다. 일단 우리 다섯 명, 송창식, 윤형주, 김세환, 조영남, 그리고 본인 이장희, 거기에 '아침이슬'을 만들어 부른 김민기, 홍익대 미대 학장이었던 이두식, 말없이 노래만 할 줄 알았던 조동진, 사진장이 김중만, 기타리스트 강근식, 싱거운 개그의 장인 전유성, 여기다 소설가 최인호, 앞에서 몇 차례 언급한 똘강 이백천 선생, 쎄시봉 시절 우리의 영혼을 책임지셨던 김성수 신부(후에 성공회대학교 총장과 성공회 대주교가 되심), 이런 식으로 모였으니까, 우리가 그때 정치에 뜻을 두었다면 원내 구성은 충분히 가능했었으리라. 그러나 우리는 모두 예인이고 장인이었을 뿐, 정치와는 거리를 두었다.

생각해 보시라. 적지도 않은 인원이 서울서 제일 비싼 음식을 주문해서 배부르도록 먹었으니 돈이 얼마나 나왔겠는가. 형이랍시고 매번 얻어먹는 게 미안해 나도 한 번 낸 적이 있는데, 말 그대로 식겁한 적이 있다. 식겁이란 겁을 집어먹는다는 뜻이다. 물경 400만 원 이상이 나왔으니 말이다. 장희 녀석은 와인 없인 저녁을 못 먹는 고약한(?) 버릇이 있다.

이런 와중에 내가 최유라의 말을 듣고(여자 말 잘 들으면 손해나는 일은 없다. 맞는 말이다.) 전화했더니 "형이 부르면."이라고 해서 MBC에서 2009년 10월 3일(꼼꼼한 윤형주의 기록상)에 한 '라디오 추석 특집 쇼'에 한 놈, 두 놈 통기타 하나씩을 끼고 드디어 송창식까지 다섯 명이 몽땅 모인 것이다. 몽땅이란 얘기는 그냥 하는 소리가 아니다. 개성이 상이한 우리들을 아는 이라면 도대체가 믿을 수 없는 일이었다. 우리는 그날 그렇게 모이기 전까지 다섯 명이 모여 함께 노랠 해 본 적이 단 한 번도 없었다. 이건 자랑도 아니고 그냥 자연이 부리는 조화였다고 보는 게 맞다.

몇 년 전 미국 LA에서 현지 교민 위문 공연을 한 적이 있었는데, 처음으로 다섯 명이 나란히 서서 노래하는 줄 알았는데 글쎄 앞 순서에 나간 이장희가 그 유명한 슈라인 오디토리움(가끔 아카데미 시상식도 열렸던 5,000석짜리 대형 극장) 앞에 서서 기타를 들고 "나 그대에게"까지 부르고는 멈추는 것이다. 다시 노랠 시작했으나 이번에도 "나 그대에게"까지만 부르는 것이다. 자기가 작사, 작곡한 노래인데 장희는 그걸 앞 소절만 부르더니 더 잇지 못하고 그냥 무대 뒤로 퇴장해 버렸다. 우리는 장희가 너무 오랜만에 노래를 해서 고국에 있는 여자를 생각하느라 심정이 격해서 노래를 차마 이어갈 수 없었던 것으로 알았는데 쇼가 다 끝나고 세환이가 "형! 왜 노래를 안 한 거야?" 하고 물으니까 장희 왈 "야, 시캬 그다음 가사가 생각나질 않는 거야." 하는 것이다. 그 바람에 최초일 수 있었던 다섯 명의 공연은 물 건너가고 그제야 육십 노인이 되어서 함께 노랠 부를 수 있게 된 거다. 말이 육십 노인이지 사진을 보면 알 수 있지만 창식이의 모양새는 정말 눈 뜨고 볼 수 없을 지경이었다.

"왔니." "엉 나 왔어." "뭐하지?" "별것 아냐." 만나서 어수선하게 인사를 나누다가 세환인가가 "우리 노래하려면 한 번 연습이라도…." 이때 "야! 연습은 쥐뿔! 무슨 연습이야. 그냥 하던 대로 하면 되지. 야! 형주야! 니가 두 시간짜리 순서 대충 적어 놔봐. 그냥 그대로 하면 될 거야." 이렇게 시작됐던 것이다. 이런 즉흥성이라니, 이것은 못된 내 특징 중의 하나였다.

구차한 변명을 하자면 나는 뭘 꼭 '각 잡고' 하는 것 같은 느낌이 싫었다. 그것은 드라이한 질서에 순응하는 것이다. 사실 우린 며칠 전쯤 만나 연습을 했어야 옳다. 그러나 연습을 하다 보면 몇 년 만에 처음 보는 설렘, 긴박감 같은 느낌을 포기하고 연습한 대로 해야 하는 기계식 마음으로 변질될 수가 있다. 똘강 선생의 지침대로 너무 잘하려고 욕심내지 않고(연습 없이 하는 게 이에 해당한다) 평소 하던 대로 하자는 게 내 견해였다. 내 아버지 조승초 씨가 남긴 금과옥조 "놀멘 놀멘 하라우." 식인 것이다.

드디어 저녁 8시경 놀음이 시작되었다. 최유라를 비롯해 이종환 형이나 배철수, PD, 방송 작가들도 노인네들이 연습

없이 뭘 어쩔까 심히 걱정했을 것이다. 최유라가 낭랑한 목소리로 시작 멘트를 했고, 우린 그냥 하던 대로 2시간 넘게 논스톱으로 라디오 쇼를 끌고 나갔다. 그리고 며칠 후에 방송된다는 얘기만 듣고 모두 헤어졌다.

그리고 방송이 나간 모양이었다. 나는 그런 걸 챙겨 보는 성격이 아니다. 와! 그런데 특집 방송의 여파가 이렇게 클 수가 있다는 걸 처음 알았다. 개중엔 울면서 들었다는 청취자가 많았는데 난 아무리 생각해 봐도 우리가 청취자를 울게 만든 구석은 없었는데 어느 대목에서 울었는지가 궁금했다. 그뿐이 아니라 그 '추석 특집 쇼 조영남과 친구들'을 청취자들의 요구에 따라 재방송까지 했다는 것이다. 라디오 MC 경험에 실로 처음 있는 일이었다. 얼씨구! 곧 삼탕 재방까지 했다고 들었다. 그냥 이런 것도 될까 싶어 한번 해 본 라디오 특집 방송 하나로 누가 봐도 버라이어티한 TV 시대에 라디오 스타 역시 존재한다는 사실을 체감했다.

그리고 그다음 해 2010 TV로 옮긴 특집 '쎄시봉 친구들'이 방송되면서 윤형주, 송창식, 김세환, 조영남은 육십 줄에 라디오 스타에서 TV 스타로 올라선다. TV에서 불을 지핀 건 친하게 지냈던 김명정 TV 구성 작가에 의해서였다. 그러니까 라디오 쇼에선 최유라가 시동을 걸었고, TV에선 김명정이 최유라 역할을 맡았던 거다. 나는 참 여복이 많은 편이다. 여기서 내가 후배 가수들에게 팁을 하나 준다면 그건 평소에 방송 작가와 친하게 지내 두라는 것이다. PD, 물론 중요하다. 그러나 TV의 경우 방송 작가의 파워가 전체를 좌지우지할 수 있다는 사실을 알아야 한다.

이미 성공한 라디오 특집과 이번 TV 특집 사이에는 절대적으로 다른 점이 있었다. 그건 이장희의 불참이다. 지난번 라디오 때도 나는 사실상 이장희를 염두에 둔 건 아니었다. 그런데 마침 서울에 와 있던 장희가 "라디오 쇼? 알았어. 형!" 했다. 그건 자신이 십수 년 미국에서 라디오 코리아로 성공했기 때문에 라디오의 특징, 얼굴을 비치지 않고도 무한 편집이 가능하다는 걸 알고 선선히 나왔던 것이다. TV 쇼 때는 이장희가 미국에 들어가 있을 때였기 때문에 다소 유연하고 느슨하게 나머지 네 사람으로 커버해야 했다. 이때도 내 기억엔 연습을 날을 잡으면서까지 한 것 같지는 않다.

내가 들은 얘기는 촬영이 자연스럽게 길어져서 1부, 2부로 늘렸다는 것 정도였다. 방송이 나갔는데 대박이었다. 어쩌면 자연스러운 결과였다. 라디오에서 성공한 쇼를 TV에 옮겨 온다고 성공한다는 보장은 아무 데도 없다. 그러나 참 희한하게 TV에서도 기대 이상의 큰 성공을 거두었다. 기분은 좋았지만 당사자인 우리들에게는 좀 어이없는 일이기도 했다. 왜 사람들이 옛날 옛적의 팝송 '나부랭이'들을 그토록 좋아할까. 비디오 스타가 라디오 스타를 죽인다는 어떤 팝송을 비웃듯이 우리는 드디어 라디오 스타에서 TV 스타로 올라섰다. 사람들은 60대 초중반의 노인들을 아이돌이나 방탄소년단쯤으로 좋아해 줬다. 우리는 한 마디로 방탄노인(?)들이었다.

2011년 MBC 설 특집 방송에 출연한 쎄시봉 멤버들.

그런데 이 서사가 여기서 끝이 나는 게 아니다. 방송은 우리를 가만 놔두질 않았다. 그다음 해 2011년 'MBC 설 특집'을 찍자는 것이었다. 이번엔 쇼를 더 새롭게 만들기 위해 이장희까지 부르자는 것이었다. 참 난감했다. 형주나 세환이나 나는 그래도 정상인에 가깝다. 그러나 송창식이나 이장희는 다르다. 이 두 친구는 외계인이다. 얘네들은 한번 안 한다 하면 그게 끝이다. 이런 얘기는 나처럼 그들과 함께 살아 보지 않고는 설명할 길이 없다. 이장희는 다시는 TV에 등장하지 않는다고 선언을 해 온 터였다. 작가 김명정이나 PD 신정수도 이 사정과 고집을 알 수가 없다. 그러니 막무가내로 이장희가 합세해서 완전체를 이뤄야 한다는 것이다. 그런데 이 일은 작가 김명정도 PD 신정수도, 윤형주도 못 하는 일이다. 장희를 움직일 수 있는 건 나밖엔 없다. 청하고 설득해야 하는 이런 역할이 좋을 리 없다.

나는 장거리 전화로 차근차근 설명했다. 이장희와의 통화는 늘 십여 초만에 끝나곤 했다. 그러나 이번만은 다르다. 나는 별의별 이야기를 다 하며 차근차근 "야! 장희야. 니가 울릉도에 니 몸을 묻는다는 거 다 알구 있어. 자! 그런데 장희야, 니가 어차피 울릉도에서 말년을 보내는 데 있어서 아무도 모르는 무명으로 보내는 게 효과적이겠냐 아니면 유명인으로 말년을 보내는 게 효과적이겠냐." 교묘하고 신통한 질문으로 나는 결국 이장희를 TV에 등장시키는 데 성공을 거둔 것이다. 장희는 나한테 화답이라도 하려는 듯 귀국하는 비행기 속에서 우리 4명에게 보내는 정이 그득 담긴 편지를 써 와 녹화하던 TV 쇼에서 공개하므로 또 대박을 치게 된 것이다.

근년에 TV 조선에서 〈미스트롯〉을 기획해 성공을 거두고 〈미스터트롯〉마저 성공을 거두자 미스트롯2를 제작했는데, 지루하고 상투적이지 않을까 하는 일부의 기우를 일거에 불식시켜 TV 쇼의 '끝판왕'을 만들어 낸 것과 매우 흡사한 일이었다. 원했건 원치 않았건 유명세를 톡톡히 치르게 된 우리는 함박눈이 내리던 겨울 긴 밤, 새벽까지 유재석과 김원희가 진행하는 인기 프로그램 2011년 신년 특집 〈놀러와〉를 찍느라 기진맥진했다. 재론하거니와 쎄시봉이 쎄시봉으로 완성된 것은 두 명의 여사친이 아무렇지도 않게 내놓은 아주 작은 생각에서 비롯된 것이었다. 최유라, 김명정, 고마워.

2부

사람은 숲이고 바다다

성직자들과의 인연과 사연

이장희가 초대하는 '거국적인' 만찬에는 쎄시봉 식구 다섯을 포함해 대개가 음악하고 방송을 하고 문학을 하고 사진을 찍는 사람들이 모였다. 형주와 내가 기억하는 멤버들은 대강 그렇다. 그런데 거기에 예외적인 인물이 포함되니 그이가 바로 김성수 신부님이다. 성공회대학교 총장을 역임하신, 바로 그 김성수 신부님 말이다. 문화 예술인들 모임에 신부님이 초대되었다니 좀 기이하게 느낄 만도 하다. 사실 이것은 지금 하는 생각이지만 나는 할 수만 있다면 그 자리에 강원룡 목사님과 김장환 목사님, 그리고 한 분 더 김수환 추기경님까지 모시고 싶었다. 이분들이 우리 모임에 못 나오신 이유는 시차 때문이다. 이분들은 내가 이미 가수로 성공하고 나서 인연이 된 분들이다. 만찬에 나오셨던 김성수 신부님은 초장에 우리 쎄시봉 식구들과 함께 우리가 유명해지기 훨씬 전부터 동고동락해 온 분이기에 함께 어울릴 수

김성수 신부와 쎄시봉 멤버들. 왼쪽부터 조영남, 한 사람 건너 김성수 신부의 부인인 김 후리다 여사, 송창식, 김성수 신부, 윤형주, 두 사람 건너 윤여정.

있었다. 그러니까 쎄시봉 훈련소(?)에는 두 분의 스승. 현실 담당 똘강 이백천, 영혼 담당 김성수 신부님이 계셨다고 보면 틀림없다.

그러면 우린 어떤 사연으로 김 신부님을 만나게 되었는가! 당시 쎄시봉 동료 중 하나였던 윤여정 때문이다. 당시 윤여정 씨는 한양대 1학년이었는데 아주 가깝게 알고 지냈던 연극배우 출신의 드라마 PD 최상현 선생이 윤여정 씨한테 "너 TV 탤런트 한번 안 해 볼래?" 해서 팔자에도 없는 배우 길에 들어서게 됐던 것이고 최상현 PD의 배재고등학교 짝꿍이 바로 김성수였던 것이다. 최 PD를 통해서 우리는 김 신부님이 영국에서 신부 수업을 마치고 영국 신부(?)와 함께 서울로 오게 됐다는 얘길 들었고 강화도의 부잣집 아들이라는 것과 함께 고등학교 때 별명은 '개뻑다귀'라는 것을 알게 되었다.

최상현 PD의 생김새는 정말 멋졌다. 키도 늘씬하게 크고 미켈란젤로의 조각품 다비드상과 비교해도 손색이 없을 만큼 용모가 수려했다. 게다가 수줍음 띤 미소라니! 최 PD와 김 신부님은 고등학교 때 아이스하키 선수였다는 얘기도 들었는데 김성수 신부님의 별명이 왜 개뻑다귀였는지 지금은 생각이 잘 안 난다. 김 신부님이 윤여정과 최상현 PD를 따라 쎄시봉까지 오게 된 것만은 확실한데 말이다.

김 신부님과 우리는 만나자마자 급격하게 친해진다. "왜 성직자 티가 안 나냐." "왜 천주교 신부가 결혼했냐." "왜 하필 외국 여자와 결혼했냐." "우리 같은 껄렁패와 함께 놀면 신부복 벗게 되는 거 아니냐." 집요하게 물어도 늘 허허 웃으셨다. 길을 가다가 지나가던 사람이 무례한 행동을 보이면 김 신부님은 당신의 신분도 까맣게 잊고 "저눔의 자식이!" 한다. 난 또 꼬박꼬박 "아이그! 신부님이 무슨 말을 그렇게 애들처럼 해요." 하면 "야! 시캬 신부는 사람이 아니냐?" 했다. 옆집에 맘씨 착한 형 같았다.

우리 일행은 걸핏하면 인천 모처의 신부님 사택으로 쳐들어가곤 했다. 거기엔 갓 결혼한 새 신부(김 신부와는 다른 의미다) 외국 여자가 있었다. 우리는 거길 가서 술을 내놔라, 밥을 해 내라, 간식을 내와라 하면 외국 아내는 군말없이 꼬박꼬박 해 온다. 우리는 눈치로 알 수 있다. 우리 김신부님이나 신혼의 외국인 아내는 전혀 싫은 내색을 안 하고 최선을 다해서 우리를 보살폈다. 거기 가면 일단 배고픔이 해결되고 잠자리도 해결되었으니 우리가 그곳을 얼마나 자주 갔겠는가. 그럼에도 언제나 환대였다. 송창식과 특히 인천 건달패 출신이었던, 세상을 떠나신 박상규 형의 식성을 이해하지 않고서는 김성수 신부님의 해량을 온전히 알 수는 없을 것이다. 그런데 신기한 점이 있었다. 우리가 술타령과 밥 타령으로 밤을 꼬박 지새고 아침을 만나면 그날이 일요일에 틀림없는데 우리더러 교회에 나가서 예배를 드려야 한다는 말 한마디가 없다는 것이었다. 우리는 그걸 이해할 수가 없었다. 종교인인데, 이래라저래라 푸시가 없었던 거다. 우리는 도대체 성공회라는 게 무엇인지, 교회를 다니면 금방 성공한다는 뜻일까. 정확한 교리를 몰랐다. 아니다. 아무런 관심을 안 뒀다는 것이 맞을 것이다. 우리는 선교 같은 일에 관심을 안 두는 김성수 신부님을 그냥 주변머리 없는 개뼈다귀 신부님으로 치부할 수밖에 없었다.

나중에 내가 어른이 되어 미국엘 가서 종교에 관해 공부하면서 그때야 아하! 영국의 헨리 8세 때 왕손을 못 이어가던 본부인을 내치고 앤 불린이라는 다른 왕비를 맞을 때에 지구상 최대의 권한을 쥔 로마 황제로부터 꼭 이혼을 허락 받을 필요 없이 법적으로 교황의 영역에서 벗어나 영국만의 교회를 만들자 해서 종교사적으로 분리가 된 영국 기독교가 바로 성공회라는 걸 알 수 있었다.

나는 신부님 냄새도 안 풍길 뿐 아니라 길을 가다가 수틀리면 '이 자식이 저 자식이' 같은 저잣거리의 말이 아무렇지도 않게 나오는 우리와 다른 점이 어느 구석에도 없는 성공회 신부님이 과연 신부님 노릇이나 제대로 할까 싶었다. 내가 쎄시봉 식구들 중에서 제일 먼저 〈딜라일라〉라는 외국 노래 한 곡으로 높이 뜬 뒤에, 간혹 김성수 신부님의 근황이 궁금할 수밖에 없었는데 이따금 고개를 돌려 볼 때마다 우리의 김 신부님이 계속 위로 올라가는 것이었다. 신부님은 금방 큰 교회의 담당 신부로 올라가고 우리는 늘 "뭐라구? 그 신부님이 성공회에서 제일 높은 주교가 됐다구? 뭐? 성공회대 총장이 우리가 아는 그 김성수 신부님이라구?" 이렇게 감탄을 동반한 질문을 하게 됐다. 우리가 그렇게 놀랄 수밖에 없었던 것이 김 신부님의 기도 스타일 때문이었다. 보통 목사님들과는 패턴이 너무나 달랐다. 하나님을 그냥 형제나 이웃 아저씨나 우리들의 맏형쯤으로 대하는 것 같았다. 보통 늘 쓰는 "하옵고, 하옵시며." 같은 어투가 전혀 없었다. 우리끼리 그냥 대화하듯 "하나님 안녕하세요! 오늘 우리들은 또 모였습니다. 잘 좀 봐주세요!" 하는 식이었다. 그런데도 놀랍게도 조금 있다가 서울 시청역 옆에 있는 성공회 본당으로 옮겨 가시고, 또 얼마 있다가 주교로 올라가시고, 또 얼마 있다가는 더 이상 올라갈 수 없는 대주교로 올라가고 심지어는 우리나라에서 가장 바른 소리가 많이 나오는 성공회대학교 총장까지 올라가셨다. 그때마다 우리는 "엉터리 신부가 어째서 자주 그렇게 높게만 올라가냐." 하고 입방정을 떨었는데 신부님은 아무렇지도 않게 "이 나라에 인물이 없는 거지 뭐." 하고 대답했다. 내가 요즘도 써먹는 "인물이 없다."라는 술어는 그때 신부님한테 배운 말이다.

나는 사실 성스럽게 살질 못했다. 그 반대로만 살았다. 극단적인 이기주의로 명예와 돈만 좇았다. 그럴 때마다 우리 김 신부님은 한마디쯤 "야! 임마 정신 좀 차려라." 할 법했지만, 그럴 권리를 가지고 계셨지만 지금까지 단 한 번도 이래라저래라 한 적이 없다. 물론 수양딸처럼 여기며 귀여워했던 윤여정한테도 이래라저래라 하지 않았다. "하나님 안녕하세요! 고맙습니다." 세상에 이 얼마나 귀여운 기도인가.

만일 살아만 계셨더라면 내가 우겨서 우리 만찬에 모셨을 경동 교회의 강원룡 목사님도 정말 귀여운 분이셨다. 목사님은 우리 쎄시봉 식구들이 막 뜨고 있을 때 우리를 찬양의 밤에 정식 초청했는데, 우리나라 기독교 음악사상 통기타를 들고 교회 강당에서 찬양을 부른 최초의 사건이었다. 우리의 기타를 치는 교회 음악회는 당연히 큰 호응을 받았다. 그 후에 우리를 만나면 마치 어린아이처럼 "내 얘기가 맞지? 통기타를 치면서 교회 음악을 해도 괜찮게 됐지?" 하시며 좋아하셨던 기억이 새롭다.

김수환 추기경님도 역시 귀여우셨다. 한번은 한·일 시각 장애인 축구 대회가 한강 변에서 개최된 적이 있다. 나는 우리나라 가수 대표로 영광스럽게 국가 제창을 리드하는 가수로 뽑혀 그 자리에 갔었다. 귀빈석이 따로 넓게 마련되어 있었는데 정작 참석한 우리 쪽 인사는 김수환 추기경님과 나 한 사람뿐이었다.

나는 한양대 때 바이올린을 전공한 일찍 죽은 내 친구 병훈이를 따라 시각 장애인 학교를 방문한 기억이 있어서 (병훈이는 그때 장애 아동들에게 바이올린을 가르쳤다.) 시각 장애인들의 축구 경기 룰을 알고 있었다. 축구공에 소리가 요란하게 날 수 있는 물질을 넣어 청각으로 방향과 거리를 조정해 공을 차는 것이었다.

김수환 추기경님이 나타나자 나는 본능적으로 벌떡 일

시각 장애인 행사에서 만난 조영남과 고 김수환 추기경. 서로 인사한 후 조영남이 먼저 허리를 펴는 바람에 인사를 받는 것 같은 모습이다. 2005년 조영남이 사진을 활용하여 미술 작품으로 제작했다.

어나 90도로 허리를 굽혀 인사를 드렸다. 내가 허리를 다시 편 순간 어느 기자가 셔터를 눌렀는데 김 추기경님이 90도 각도로 허리를 굽혔다가 느리게 허리를 펴는 바람에 마치 내가 김 추기경님의 절을 받는 장면으로 바뀌어 버린 것이다. 나는 지금까지도 그 우스꽝스러운 사진을 고이 간직하고 있다.

화제를 바꿔 한 달 전쯤 나는 정대철(전 국회의원) 형과 함께 신촌 홍대 옆에 있는 극동 방송 회장으로 계신 김장환 목사님과 점심을 함께 한 적이 있다. 그 자리에서 내가 이렇게 말씀드렸다.

"목사님! 제가 젊었을 때는 교회가 저를 먹여 살렸는데 제가 늙었을 때는 사찰에서 저를 먹여 살려 주고 있습니다. 그래서 제가 이번에 불교 노래 10여 곡을 녹음했습니다." 이렇게 말씀드렸더니 역시 쿨하게 "괜찮아! 나 스님들하고 친해." 이렇게 받아 주었다. 김장환 목사님 역시 그렇게나 열려 있는 분이었다.

내게는 목사님께 그렇게 말씀드릴 만한 사연이 있었다. 몇 년 전 나는 미술 대작 사건으로 형사 고발을 당했을 때 집만 남기고 가지고 있던 돈을 몽땅 날렸었다. 변호사 비용이나 미술 환불 처리로 말이다. 그때 부천 소재 석왕사라는 사찰에서 연락이 왔다. 공식적으로는 다른 어떤 곳에서도 공연이 불가능했다. 그런데 석왕사에서는 음력 4월 초파일 석가 탄신일에 산사 음악회를 청탁하는 것이었다. 나는 우리 음악 팀과 함께 멋진 공연을 해 드렸다. 석왕사에서는 음악회뿐만 아니라 나의 미술 전시도 열게 해 주었다. 불교 본당을 미술관으로 임시 조정해 전시회를 열었던 거다.

그다음 해에도 석가 탄신일에 조영남 특별 콘서트를 열게 해 주었고 믿거나 말거나 또 그다음 해에도 음악회를 열어 주었다. 재판을 받는 내내 무려 네 번씩이나 똑같은 가수의 똑같은 노래를 들어 주었다. 관중은 해마다 늘어나 3,000명 이상이나 운집했다. 작년에는 부득이 콘서트를 개최할 수 없었다. 그 대신 불교 노래를 CD 한 장 분량으로 녹음해 주는 게 어떠냐는 제의가 들어왔다. 나는 고심하다가 가수는 광대이고 광대는 사람들이 좋아하는 곳에서 가진 재능을 발휘하는 게 정답이다 싶어 열심히 녹음을 했다. 그리고 나는 만일의 경우 어느 방송에서건 "다음은 조영남 씨의 〈옴마니반메훔〉을 듣겠습니다." 했을 때 김장환 목사님이 깜놀하실까 걱정되어 미리 말씀을 드렸던 것이다.

두 걸물, 김민기와 이제하

나는 앞 편의 글에서 화가 피카소가 일찍부터 시를 쓰는 친구들과 친하게 지낸 걸 부러워했다고 말하면서 나도 돌아보니 좋은 시인들과 교류를 했고 강은교, 김초혜, 마종기, 김지하, 이제하 등의 이름을 댔다. 문제는 내가 김민기, 이장희, 송창식, 윤형주의 이름까지 거론하면서 그중에 〈아침 이슬〉을 쓴 김민기가 노벨 문학상을 탈 만한 실력가라고 인정한 것이다. 지금 생각으론 〈모란동백〉을 쓴 이제하도 노벨 문학상을 타는 것이 전혀 이상한 일이 아니다.

그런데 한 가지 걱정되는 게 있다. 이 글을 읽는 분들 중에 "뭐라구? 고작 유행가 가사 나부랭이를 쓴 친구들이 노벨 문학상을 탄다구?" 하며 타박하는 분들이 있을 수 있다는 거다. 노파심에서 2016년 미국의 대중 가수 밥 딜런이 실제로 노벨 문학상을 받았다는 걸 새삼 일러두는 바이다.

그땐 나도 깜짝 놀라 '아니 세상에 밥 딜런이 카뮈나 사르트르나 헤밍웨이가 탄 그 노벨 문학상을 탔단 말인가.' 하며, 즉시 밥 딜런이 썼다는 자서전『바람만이 아는 대답』(문학세계사)을 구입해 읽으면서 드디어 '아하! 노벨 심사위원들이 나이롱뽕을 치다가 상을 준 것이 아니구나.'라는 걸 알았다.

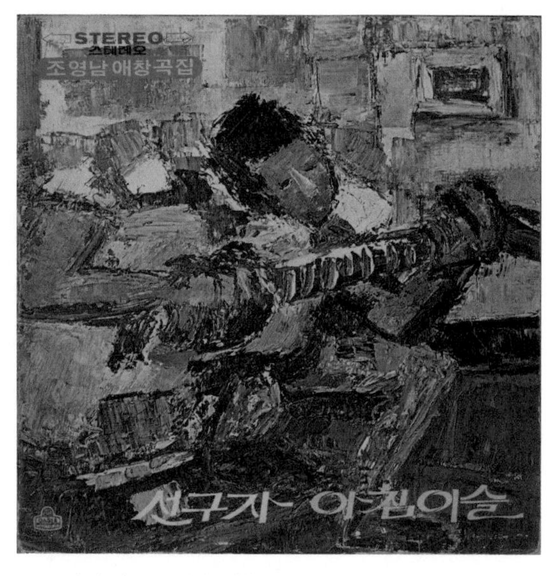

1972년에 나온 조영남 애창곡집. 김민기가 제작에 참여했다. 〈행복의 나라로〉에서 조영남과 함께 기타 연주를 했고 〈작은 별〉에서는 대사를 맡았다. [사진 성승모]

그런데 왜 내가 느닷없이 김민기와 이제하를 들먹이느냐. 간단하다. 그들은 죽었다 깨어나도 자기들 입으로 으쓱대는 걸 못 하는 인물이기 때문이다. 그래서 내가 대신 나선 셈이다. 나는 막 군대에 입대해서 일등병이던 시절쯤 김민기를 처음 알게 된다. TV에 출연한 걸 봤는데 빡빡머리에 양반다리를 한 채 무대 바닥에 앉아 기타를 치며 노랠 부르는 것이 심상치 않아 보였다. 알고 보니 바로 KS(경기고에 서울대)였고 당시 서울대 미대 회화과 학생이었다. 내가 그림을 좋아한다는 말을 꺼내기가 무섭게 스물한 살의 청년 김민기는 "형은 그림을 그려야 해. 핫핫핫." 하는 바람에 나는 군대 때 그림에 몰두할 수가 있었다. 김민기가 핫핫핫 요란한 소리를 낼 때는 극히 상태가 양호하다는 뜻이다.

군대 때 무슨 그림이냐 하겠지만 나는 군대 생활 36개월을 쭉 용산 삼각지에 있는 육군본부에서 근무했는데 누가 믿겠는가. 낮에 육본 사무실 책상에 앉아 행정 사무를 볼라치면 복도를 지나는, 특히 여군들이 창문으로 시도 때도 없이 내 얼굴을 훔쳐보기 위해 기웃거렸다는 것을. 믿거나 말거나 그때 나는 〈딜라일라〉로 이름이 꽤 알려진 인기 짱의 현역 가수였다. 그런 이유 때문에 중대장이 나한테 합창실이나 육군 회관 같은 데 가서 일을 보고 퇴근 시간에 와서 얼굴만 비치면 된다고 해서 나는 군대에서 바짝 그림에 몰두할 수가 있었다.

주말이면 미아리 나의 여자 친구네 집 마루에서 온종일 김민기와 함께 음대생인 나는 그림을 그렸고 미대생인 '맹갈이'는 옆에서(민기는 한글의 고어식으로 '맹갈'이라는 별칭이 있었다.) 기타를 튕기며 노래를 해 댔다. 군에서 만기 제대를 하고 세계적인 기독교 부흥 강사 빌리 그레이엄 쪽과의 인연으로 미국으로 건너가게 되었을 즈음 이미 내가 그려 놓은 그림들이 제법 많아졌다. 이를 어쩌나 했는데 김민기가 이랬다.

"뭘 우물쭈물해 형! 전시하면 되지. 핫핫핫."

1971년 '김민기 1집'. <아침 이슬>과 <친구>가 들어 있다. 100만 원 선에서 거래된다. [사진 성승모]

그런 전시회 기획이 맹갈의 머리에서 나온 것으로 보아 맹갈은 문화 기획에 탁월한 재능을 타고난 것임이 틀림없다. 그가 훗날 '학전'이라는 이름의 전설적인 소극장을 운영한 것만 봐도 알 수 있다. 그림의 검증을 위해 당시 서울대 미대 윤명로 교수와 김차섭 화백에게 나를 끌고 간 것도 맹갈이었다. 그 두 선배들로부터 가수보다 화가로 나가는 게 어떠냐는 칭찬을 받은 것도 그때였다.

전시장을 잡는 것 역시 맹갈의 솜씨였다. 우리는 형식에 따라 추천의 글 같은 걸 써야 했는데 누가 가수 나부랭이의 그림에 추천서를 써 주겠는가.

"형, 그럼 까짓것 내가 쓰지. 핫핫핫." 해서 쓴 게 천하의 명 추천 글로 남아 있다. 지금 읽어도 가관이다. 노벨 문학상에 딱이다. 이렇게 나간다.

"조영남 씨의 작품을 보고… / 그가 미술 교육을 전혀 받지 못한 비전문가라고 생각할 때 그의 작품을 놓고 어떤 고차원적인 의식상의 문제나 높은 예술성 같은 것을 논한다는 것은 매우 무리일 것이다. 아그리빠나 줄리앙의 석고 데생도 해 보지 못했고 그래서 가장 기초적인 조형 훈련도 쌓지 못하였으며 또 그가 저속한 유행가 가수라는 점을 보아서도…."

이런 식으로 쭉 나가다가 끝머리의 마무리가 절묘하게 떨어진다.

"그에 대한 최대의 찬사는 '그림이 괜찮은데. 흥, 꽤 재미있어. 노래를 부르는 가수이고 돈도 꽤 벌고 할 테니 이렇게 취미 삼아 해 보는 것도 괜찮겠지…. 껄껄껄.'일 것이며 '이제 그가 저속한 가수라는 점과 그의 치졸한 작품전에 최대의 동정을 보내는 바이다.'라는 이야기들은 완전히 반대이거나 거의 다 틀린 이야기들일 것이다. 1973년 11월 10일 김맹갈."

당시 우리 둘 사이의 통로는 술이었다. 나는 그가 3박 4일 연속으로 자세 한 번 흐트러지지 않고 술 마시는 모습을 쭉 보아 왔다. 그럴 땐 무박 3일이라고 해야 맞는다는 말뜻도 그때 알았다. 언어 표현의 정확성에서는 그를 따를 자가 없는 것 같다. 사전에도 없는 노 추러블럼(no troublem)이라는 트러블(trouble)과 프라블럼(problem)의 교묘한 합성어도 만들어 냈고, 내가 가끔 쓰는 '모순에 어긋난다'는 말도 그자한테서 배워 둔 술어이다. 내가 미국에 체류할 때 그자가 편지에 써 보낸 쌀농사 짓는 얘기는 밥 딜런의 자서전을 초라하게 할 정도로 흥미로웠다. 나는 그자가 만든 노래 〈아침 이슬〉을 녹음한 적이 있는데(금년이 〈아침 이슬〉이 세상에 나온 지 꼭 50년이라고 한다), 거기에 이어서 한대수의 노래 〈행복의 나라로〉를 조영남, 김민기 둘만의 통기타로 연주해 낸 희귀한 LP판 〈조영남 애창곡집〉을 지금도 고이 간직하고 있다.

시인 마종기 선배로부터 얘기를 전해 들은 이제하 형은 어느 날 나에게 〈모란동백〉이란 자작곡 노래 CD를 보내

커피를 마시는 이제하 시인의 사진을 활용한 1985년 조영남의 콜라주 작품(부분).

왔다. 들어 봤더니 참 좋았다. 내 생각에 딱 하나 문제점은 그가 원래 마산 출신이라 노랫말의 발음이 지독한 경상도 사투리였다는 점이다. 가령 '떠돌다'를 '뜨돌다'로 부른 거다. 그래서 나는 <모란동백>을 표준어 발음으로 불러 둬야겠다는 맘을 먹고 그룹 '사랑과 평화'의 건반 주자였던 김명곤한테 편곡을 맡기고 녹음에 들어갔다.

노래 <모란동백>이 세상에 널리 알려진 점도 희한한 경로를 통해서였다. 당시 MBC 라디오의 <싱글벙글 쇼>라는 프로그램을 진행하던 강석(지금은 은퇴했음)의 공적이 절대적이었다. 강석이 이 노래를 처음 듣고 좋은 노래로 판단하여 계속 틀어 댔기 때문이다. 2016년부터 나는 미술 대작 사건으로 장기 재판 중이었는데 걸핏하면 강석이 전화를 해 "형! 이 노래 좋아. 이 노래 크게 뜰 거야. 난 이 노래가 너무 좋아." 저녁엔 "형! 여기 노래방이야. 내가 지금 '모란동백'을 부르는데 '나 어느 벼언방에', 이 '변'을 어떤 식으로 불러야 하는지 지금 형이 빨리 한 번만 불러 봐 줘." 이런 식이었다.

나 역시 이 노래의 가치를 높게 평가해서 아예 시나리오를 만들어 놨었다. 무슨 시나리오냐. 제법 현실성이 있는 시나리오였다. 강석 같은 라디오 DJ들에게 부탁하는 거다. "만약 내가 죽으면 최소한 사망 소식과 함께 사망자의 노래를 틀 것 아니냐. 그때 〈제비〉나 〈딜라일라〉 대신 꼭 〈모란동백〉을 틀어 달라." 이것이 나의 유언 같은 부탁이었다. 이런 옹색한 부탁을 하는 데는 물론 그럴 만한 이유가 있었다. 대한민국 가수 증명서를 소유한 사람한테는 협회에서 정식 가수장을 치러 주는 관례가 있다. 몇 년 전 황금심 대선배의 장례식이 있었다. 황금심 여사는 그 유명한 〈타향살이〉의 주인공 고복수 선배의 사모님이셨다. 물론 나는 검은색 옷을 입고 참석했다. 장례식이 모두 끝나고 사회자가 마지막 순서로 선배님이 남기고 가신 〈알뜰한 당신〉을 다 함께 불러 드리고 장지로 모시자고 했다. 난 노래 제목부터 기분이 이상했다. 장례식과 안 맞는 것 같았다. 혀를 깨물며 간신히 웃음기를 참고 끝을 맺었다.

누가 믿겠는가. 불과 며칠이 안 되어 고운봉 선배가 작고하셨다. 이번에도 가수 장례식이라 또 참석했다. 이번에 관 앞에서 함께 부른 노래는 <선창>이었다. 이번에도 쉽지 않았지만 잘 참고 부를 수 있었다. 내 옆에 앉았던 코미디언 남보원 선배 때문에 사달이 났다. 헌화 줄에 서 있던, 가수 협회장을 오래 하신 사중창단 '블루벨즈'의 리더 박일호 선배한테 "야 일호야." "네! 선배님." "니네들 죽으면 니네가 불렀던 히트곡 '잔치잔치 벌렸네(<즐거운 잔칫날>)' 그 노래 불러줄게." 하는 바람에 때아닌 웃음소리가 들리는 장례식장이 됐다.

집에 돌아와서 생각해 보니 이게 남의 일이 아니었다. 내가 안 죽는다는 보장도 없고 내가 죽으면 가수 협회에서 나의 장례식을 치러 준다며 공지를 할 것 아닌가. 자! 장례식을 무사히 끝내고 사회자가 고인을 위해 장지로 모시기 전에 무슨 노래를 함께 부를 것인가. <제비>는 박자가 어렵고 <달라일라>는 영어 가사가 있는데 무슨 수로 합창할 수가 있는가. 천생 부르기 쉬운 <화개장터>의 '구경 한 번 와 보세요.'를 부를 게 아닌가. 장례식장에서 '구경 한 번 와 보세요.'라니. 그런 경우를 위해서 준비해둔 노래가 바로

〈모란동백〉이다. 장례식장 노래로는 최상이다. 나는 내가 죽은 다음에 벌어질 일까지 꼼꼼히 처리하는 계획이 있는 사람이다.

나는 〈모란동백〉의 작사가, 작곡가, 거기에다 가창가이기도 하셨던 이제하 선배를 그가 경영했던 동숭동의 아주 많이 허름한 맥주 카페를 찾아가 인사를 드린 적이 있다. 이 글을 쓰면서 전화를 드렸더니 제주도에 가신 지 몇 년 됐다는 것이었다. 이제하 선배가 마산고등학교 학생 때 쓴 시 「청솔 그늘에 앉아」는 교과서에도 실렸을 정도로 널리 알려졌다. 이제하 선배가 쓴 소설집 『밤의 수첩(나남)』은 밥 딜런의 자전적 얘기 못지않게 멋있다. 생뚱맞지만 그 안에 들어 있는 단편 「밤의 창변」의 첫 문장은 이렇게 나간다.

"중僧 하나가 오토바이 뒤에 수녀 하나를 태우고 산속으로 들어간다."

얼마나 우주적인가. 이 문장 한 줄로 이제하는 노벨 문학상이나 아니면 '예스벨 문학상'을 충분히 거머쥘 수 있지 않을까. 나에게 사람은 숲이고 바다이고 우주다.

하늘나라로 간 '여사친'들

시작은 피카소였다. 나는 세계 최고의 화가 피카소가 젊은 시절 유독 시인들과 돈독한 교우 관계를 맺은 걸 부러워하면서 나도 피카소에 못지않다며 우리 쪽 시인들, 강은교, 김초혜, 마종기, 김지하, 이제하, 김민기 등의 이름을 들먹였다. 그런데 나는 요 며칠 내내 그 유명한 서강대의 영문학 교수였던 장영희의 이름을 빼먹고 얼마나 속상했는지 모른다. 차라리 잘 됐다 싶다. 이제 정식으로 장영희 얘기만 잔뜩 할 수 있게 됐으니 말이다.

십오륙 년 전쯤으로 돌아간다. 언제부턴가 나는 한 일간지에 매주 실리는 장영희의 칼럼에 강한 눈길을 주게 되었다. 매주 한 편씩 영시를 소개하는 칼럼인데 나는 영시보다 짧고 강렬한 그녀의 코멘트에 열광하곤 했다. 무엇보다 칼럼 구석에 실린 그녀의 얼굴 모습이 너무 좋았다. 그러다가 나는 KBS의 토크쇼 〈조영남이 만난 사람들〉의 진행을 맡게 되고, 나는 못 말리는 광팬의 심경으로 장영희의 TV 출연을 요청했고 흔쾌히 그녀가 받아들였다. 약속한 날 나는 방송 카메라 4대를 대동하고 강의실에 직접 들어가 2시간짜리 강의를 방청하고 인터뷰를 했다. 나중에 들은 얘기지만 내 쪽에서 인터뷰 요청이 들어왔을 때 그녀는 야심 찬 궁리를 했다고 한다.

'그래. 내가 거기 출연해 주고 조영남 씨더러 우리 아버지 10주기 추모식 때 특별 노래를 청하면 들어줄지도 몰라.'

그녀의 계획은 한 치의 오차도 없이 실현되었다. 10주기 추모식 장소인 서강대 소강당 입구에는 부녀의 이름이 적힌 책이 나란히 전시되어 있다. 나는 화들짝 놀랐다. 장영희의 아버지는 장왕록. 내가 무슨 성경책이나 되는 것처럼 한때 머리맡에 놓고 읽었던 소설 『북회귀선』의 작가 헨리 밀러와 대담을 한 사람이 장왕록 아니던가. 세상에! 이럴 수가! 이름이 꼭 중국 이름 같다고 여겼던 서울대 영문과 장왕록 교수가 바로 장영희의 아버지라니! 나는 그날 추모 노래로 〈오! 마이 파파〉 등 몇 곡을 불렀다. 우리는 급격히 가까워졌고 상호 고맙다는 의미로 한두 차례 저녁 식사 모임을 가졌다.

모임에는 우리들의 공동 짝패 멤버였던 행복 전도사 최윤희, 화가 김점선, 시 쓰는 수녀 이해인, 여기자 이나리와 박선이가 꼭 끼었다. 그렇게 잘 나가다가 2005년에 쓴 책 『맞아 죽을 각오로 쓴 100년 만의 친일 선언』이 화를 불렀다. 내 본의는 한국 사람들이 '친일'을 무조건 '매국노'로 생각하는 건 너무 과격하다는 뜻이었다. 이 책이 일본에서 유명한 고단샤講談社라는 출판사에서 번역되어 일본에 건너가 여러 매체와 인터뷰를 했는데, 그중에 하필 보수지인 산케이 신문에 내가 마치 일본을 두둔하는 것처럼 내용이 잘못 실린 것이 화근이었다. 나는 하루아침에 이완용 동생으로 여겨져 책 제목처럼 국내 여론에 맞아 죽는 지경에 이르게 된다.

이 일로 미술 대작 사건으로 5년 유배 생활을 하기도 전에 나는 이미 2년의 유배 생활을 치르게 되었다. 공교롭게도 광역 지자체장, 대기업 총수 등이 연달아 유명을 달리한 시점이었기 때문에 아! 다음은 내 차례구나 하고 자포자기 백수 생활로 전전긍긍하고 있을 때였다. 어느 날 한 뭉치의 소포가 날아왔다. 보낸 사람 이름이 바로 장영희였다. 용기를 잃지 말라는 예쁜 손 편지와 몇 권의 책이 들어 있었다. 나는 즉시 전화해서 이틀 뒤로 최윤희, 김점선과 함께 저녁 약속을 잡았다. 내가 받은 몇 권의 책 중에 예의 차원에서라도 한 권쯤 읽어야 한다고 골라잡은 것이 미국 현대 문학을 대표하는 여성 작가 카슨 매컬러스의 소설 『슬픈 카페의 노래』다.

이 글을 읽고 계신 분이라면 이 소설을 빨리 늙어 보시라고 권하고 싶다. 나처럼 빨리 70대 영감이 되어 보시라. 희한하게도 옛날에 읽었던 그저 그런 책들이 훨씬 재밌고 중요하게 읽힌다. 옛날에 읽었을 때는 더럽게 재미없는 책, 이걸 왜 미국 영문학의 대표 소설이라 하나(나는 당초에 픽션이나 소설은 영 취향이 아니었다) 싶었던 책이 늙어서 읽으니까 아! 이런 거였구나, 좋은 내용이었구나, 아! 그래서 장영희가 이걸 번역해 놨구나, 내막을 알게 됐다는 얘기다.

약속 날 나는 약속 장소였던 신촌 이대 뒷문 건너편에 있던 카페 프로방스 2층으로 올라갔다. 거기에는 우리 고정 멤버인 최윤희, 김점선 그리고 예의 똘망똘망한 눈빛의 장영희가 날 기다리고 있었다. 앗! 그리고 테이블 위의 생일 케이크. 와! 나의 얼굴 사진이 케이크 위에 붙어 있었다. 케이크 위엔 "60회 생일을 축하하며"라는 글귀와 함께 말이다. 내 생일은 이미 지난 4월이고 지금은 8월 초인데 뒤늦은 생일잔치다. 전부 장영희의 깊은 배려심의 결과였다. 나는 너무 기분이 째져, 장영희! 돌아오는 생일에는 내가 오직 장영희 당신만을 위한 콘서트를 열어 줄게! 화답의 멘트를 날렸다. 그녀의 생일은 9월이라 금방 다가왔다. 나는 약속을 지켰다. 문화 도시 헤이리에 그랜드 피아노와 완벽한 오디오 시스템을 구비한 레스토랑 소유자 황인용 선배에게 장소를 허락받고 유명 PD 출신인 주철환에게 즉흥 쇼의 연출을 시키고, 진행과 홍보 담당에 기자 조우석을 준비시켰다.

2005년 장영희 서강대 영문과 교수를 위해 조영남이 열어 준 생일 파티 장면. 왼쪽부터 화가 김점선, 장영희 교수, 조영남.

이제 와서 드는 생각이다. 일종의 짝사랑 프러포즈였던 거다. 지금 후회하는 것 중에 하나는 그때 내가 "야! 장영희. 나 널 좋아해."라고 한 번쯤은 했어야 했다. 그런데 그렇게 못한 이유가 있다. 내 측근 중에 누군가가 장영희를 좋아하는 남자가 꽤 된다고 귀띔해 준 것이다. 그런 가짜 뉴스를 유출한 인간을 색출했어야 하는데 유효 기간이 지난 것 같아 그냥 흐지부지된 게 못내 아쉽다. 하다못해 여동생으로라도 정의해 놓았어야 한다. 내 아버지 조승초 씨가 형제들 중 막내라 나는 일가친척 중에 남동생만 딱 하나 있고 여동생이 지금껏 단 한 명도 없다. 그래서 나는 여동생이라는 말이 평생 정겹게 느껴졌다. 장영희를 위한 특별 생일 쇼는 PD 주철환의 멘트로 멋지게 시작되었다. 주철환이 막을 열고 대회를 선언한 다음 자연스럽게 마이크를 오늘의 주인공 장영희한테 먼저 주었다. 예의 명쾌하게 부서질 듯한 음성과 함께 이런 식으로 답사를 한 것 같다.

"헤이리 콘서트에 대한 소문이 퍼져 나가자 저희 학교에선 난리법석도 아니었어요. 사방에서 전화가 걸려 오고 학생들이 물어 오고 이메일이 날라왔습니다. '조영남과 보통 관계가 아니라던데 사실이냐.' 그래서 제가 일일이 말해 줬습니다. '얘들아! 그런 소리 말아라. 나같이 깨끗한 사람이 조영남 같은 한 번 갔다 온 사람과 사귀는 건 너무 억울한 것 아니냐.'고 말입니다."

그날 나는 장장 한 시간 반짜리 생일 축하 노래를 불렀다. 물론 거기 모인 관객들에겐 오늘의 특별 음악회에 관한 내막을 주철환 PD가 잘 전달해 주어 음악회 분위기는 최상이었다. 나는 그렇게 생각했다.

얘기가 좀 빗나가지만 그날 관객 중엔 출판사 한길사 대표 김언호 사장 부부가 참석했었다. 콘서트가 끝나고 뒤풀이 시간에 김 사장님이 인사차(나는 그렇게 믿었다) "영남 씨! 우리 출판사에서 책 한 권 써 보시죠."라고 한 걸 철석같이 믿고 나는 두 권의 책을 연달아 냈다. 한 권은『어느 날 사랑이』라는 제목의 내 사랑 이야기를 쓴 책이고 또 한 권은『현대인도 못 알아먹는 현대 미술』이다. 이 미술책 제목은, 싱겁게 웃기는 전유성과 얘기하다가 "형! 현대인은 현대 미술을 못 알아먹잖아." 하고 투덜대는 걸 그대로 받아 제목을 썼는데 책 내용보다 제목이 훨씬 그럴듯한 것 같았다.

생일 콘서트엔 행복 전도사 최윤희를 비롯해 말馬 그림으로 유명한 화가 김점선이 장영희와 시종 함께했다. 김점선과 나 사이엔 '우리는 그림을 그린다. 전공은 아닌데 그래도 그림을 그린다.'는 공통점이 있어 급격히 가까워질 수 있었다. 김점선은 막판에 화투를 소재로 하는 그림을 그렸다. 왜 갑자기 화투 그림을 그리느냐 물었더니 컴퓨터에 손을 얹는 게 힘들어서 영남 씨처럼 그리기 쉬운 화투를 그린다고 대답했다. 아! 맹갈이 같은 시키! 이것은 나 자신한테 하는 푸념이다. 그때 나는 몰랐다. 내 동료 친구 장영희의 단짝 김점선이 바로 암 투병 중이었다는 것을 까맣게 몰랐다.

이 말을 믿어 주실까! 맹세코 그때 나는 김점선이 암 투병 중이라는 걸 상상도 못 했다.

행복 전도사였던 최윤희. [사진 중앙일보]

지금도 얼핏얼핏 기억나는 게 있는데 미국 소설가 윌리엄 포크너의 『음향과 분노』라는 책 얘기를 둘이서 재밌게 주고받아서 나는 집에 돌아오는 길에 부리나케 책을 사 들고 와 읽었는데 두 페이지를 넘길 수 없었다. 이게 글인지 넋두리인지 분간이 안 될 만큼 이상하고 어색했다. 그런데 장영희와 김점선이 어느 부분의 어느 장면을 얘기하며 감탄하는 모습을 보며 그때 나는 아하! 저자들은 내가 범접하지 못하는 문학의 딴 세상에 들어가 있구나, 그러면서 둘이(사실은 옆에 나도 있었는데) 어쩌고저쩌고 무슨 수치가 모자라서 주사를 못 맞았다는 식의 얘기를 너무 즐겁고 유쾌한 톤으로 했기 때문에 털어놓고 말하지만, 그때도 그게 항암 주사라는 걸 꿈에도 인지하질 못했다. 지금 생각해도 어처구니가 없다. 나랑 특히 가까운 최윤희도 시종 옆에 있었는데 왜 그런 언질을 안 주었는지 도무지 납득이 안 된다. 자책하는 바이지만 내가 워낙 이기적이라서 남의 아픔에 그다지 신경을 안 쓴 이유 때문인 것 같기도 하다. 하기야 내가 신경을 쓴다고 뭐 달라질 것이 있으랴만 말이다. 딱한 건 그때의 정황이 너무도 궁금한데 지금 전화를 해서 물어볼 수도 없다는 것이다. 내 휴대폰에는 최윤희의 전화번호가 아직도 살아 있다. 김점선한테도 물어볼 수가 없고 물론 장영희한테도 물어볼 수가 없다. 누가 믿겠는가. 그들은 모두가 일찌감치 이 풍진세상을 떴다. 기록에 의하면 김점선이 지금으로부터 13년 전인 2009년 죽었고 두 달 후 장영희가 죽었고 최윤희도 그 다음 해인 2010년 눈을 감았다.

장영희의 생일은 9월이다. 내가 어느 해인가 물었다. "어이 장영희! 금년에도 내가 생일잔치 해 줄 용의가 있는데 어때?" 하고 물었는데 가타부타 소식도 없이 그해 9월을 넘겼다. 나중에 김점선한테 전해 들은 얘긴데 그해 생일은 윤여정과 함께 보냈다는 것이었다. 나는 혼자 중얼거렸다.

"그럼 됐네."

청바지 문화의 기수 소설가 최인호

나는 앞 편에서 10여 년 전 한꺼번에 세상을 떠난 나의 여자친구들에 대해 썼다. 서강대 영어 영문학 교수 장영희, 나와 함께 그녀의 말년에 화투 그림을 그렸던 김점선, 그리고 나와 형제처럼 가깝게 지냈던 행복 전도사로 알려진 최윤희다. 이들은 어이없게도 2009년부터 불과 몇 개월 차이로 모두가 내 곁을 영영 떠나갔다. 저세상으로 간 거다. 이 책을 읽는 분들 중에는 틀림없이 왜 꼭 당신의 여자 친구들만 그렇게 죽을 수가 있는가. 혹 남자 친구의 경우는 없었는가 궁금해하실 것 같다. 이럴 때 나는 내 죽은 남자 친구들 중에 지면상 유명한 친구들만 따로 골라야 하는 내 입장이 참 원망스럽다.

일단 두 명이 떠오른다. 한 친구는 유명한 소설가 최인호이고 다른 한 명은 유능한 소설가 겸 번역가(주로 그리스 신화) 이윤기다. 둘 다 죽었다. 이 편에서는 최인호에 대해서만 쓰겠다. 나이가 같아서 우리는 일찍부터 '야자'를 텄다. 남자들은 다 안다. 그게 무슨 뜻인지를.

나는 인호가 병원에 다닌다는 소식을 듣기 전쯤 청담동 한강이 훤히 내려다보이는 장어구이 집에서 만나 무려 4시간이나 수다를 떤 적이 있다. 남자의 수다도 여자의 수다 못지않게 요란할 수가 있다. 무슨 얘길 했는지 기억이 안 나는 것으로 보아 그냥 너저분한 얘길 했던 것 같다. 원칙적으로는 후배 이장희와 선배 최인호가 만나는 자리에 내가 낀 게 맞다. 인호는 장희의 서울고등학교, 연세대학교 2년 선배였다. 물론 나는 장희를 훨씬 먼저 알게 됐다. 내가 용문고등학교 3학년 때 내 단짝 친구 이영웅(죽었다)이 자기의 조카(영웅이 형의 아들)가 서울고등학교에 입학했다며 자랑을 했는데 그게 이장희였다. 그러니까 인호와 장희는 일류 학교 출신이다. 지금은 거의 없어졌지만 우리 때는 일류 학교와 아닌 학교의 차이가 엄청 컸다.

이장희가 방송에서 어쩌다 가수가 됐냐는 질문을 받으면 삼촌과 함께 살 때 삼촌 친구인 조영남 형이 놀러 와 통기타를 치면서 부르는 〈와이 베이비 와이(Why Baby Why)〉 같은 컨트리 송을 들으며 나도 커서 가수가 되어야겠다고 말하곤 했는데, 그게 바로 그때 얘기다.

왼쪽부터 최인호, 조영남, 이장희. 2013년 최인호가 세상을 떠나기 3, 4년 전쯤 찍은 사진으로 조영남은 기억했다.

인호는 내가 쎄시봉에 들락거릴 때 친분을 트게 됐다. 쎄시봉에서 밖으로 나오면 큰길 건너편에 샤모니 빵집과 연다방이 있었는데 거긴 주로 서울고, 연세대 출신들의 아지트였다. 나는 장희와 형주(연세대 의대)의 친분으로 그쪽 그룹에도 낄 수가 있었다. 쎄시봉의 이장희, 윤형주, 송창식, 김세환, 서유석, 한대수, 고영수, 김민기, 조영남 일파의 사실상 정신적 반장이었던 최인호의 첫인상은 좀 복잡했다.

혹자가 "최인호는 노래와는 아무 상관도 없는 사람인데 왜 최인호가 온통 노래 패거리의 반장이 될 수 있었다는 거요?" 하고 물으면 나는 할 말이 궁하다. 지금 굳이 이유를 댄다면 그때 우리는 노래 부르기보다 글쓰기를 한 수 위로 간주했던 게 아닌가 싶다. 글쎄, 세상 권력 구조가 참으로 오묘하다. 옛날에 글쓰기 대회에서 일 등(장원 급제)을 한 사람을 높은 자리에 앉힌 것이 어느 정도는 이해가 된다. 인호의 첫인상이 내 머릿속에 남아 있는 건 그가 숫기가 없고 심하게 낯을 가린다는 점 때문이다. 나 역시 숫기가 없는(못 믿으시겠지만) 편이었지만 그렇게 심한 편은 아니라고 생각됐기 때문에 그의 낯가림증이 내 눈에 크게 확대되었던 것 같다.

그러니까 항상 나는 최인호를 보며 '저 친구는 도대체 뭐가 못마땅해서 저토록 짜증스러운 인상을 쓰고 다닐까.' 할 정도였다. 그는 먼저 말을 거는 타입도 아니었고 더구나 뭘 떠벌리는 사람도 아니었다. 다정스럽게 사람 대하는 걸 아주 모르는 사람 같았다. 그러나 그가 어쩌다 말을 시작하면 연발총 나가듯 재빠르게 해치워 버렸다. 마치 주어와 동사만 구사할 줄 아는 사람처럼 말이다. 우리 때는 PC방, 게임방은커녕 디스코텍도 없던 시절이었다. 뭘 했는지도 모른다. 특이한 오락거리가 없던 우린 그저 연다방이나 음악 감상실 쎄시봉으로 꾸역꾸역 몰려들었다. 일반 다방이나 음

1998년 최인호가 조영남에게 그려 준 예수와 십자가 연필 스케치. 최인호는 1987년 가톨릭에 귀의했다.

악 감상실을 우습게 보면 안 된다. 왜냐면 거길 출입하려면 최소한의 경비가 필요했기 때문이다. 나는 처음부터 쎄시봉 대학생의 밤에서 노랠 불러 티켓을 안 사고 출입할 수 있었지만 이장희와 최인호는 어디서 돈을 구해 그런 델 다녔을까. 궁금해 미국에서 돌아와 울릉도에 들어간 장희한테 전화를 걸었다. 장희는 "아이! 그 정돈 낼 수 있었어!" 하며 인호에 관한 딴 얘기만 늘어놨다.

"인호 형은 고등학교 2학년 때 《한국일보》 신춘문예에서

「벽구멍으로」라는 소설을 써서 가작에 입선하며 한국 문단에 올라섰었어. 나는 그 옛날 미국에서 인호 형을 만나 미국 서부 여행을 함께 했고 그때 인호 형이 단편 소설「깊고 푸른 밤」을 영화 대본으로 썼었어." 하는 것이었다. 내가 "야! 장희야 그땐 몰랐지만 우리가 쎄시봉엘 막 다니기 시작했을 때가 청바지 문화의 시작이었어. 우리가 그때 현장에 있었던 거야." 하니까 장희가 또 "형! 청바지 문화라는 말도 인호 형이 만들어 냈던 말이야." 한다. 내가 또 "아 참, 장희야. 니가 <그건 너> 가사를 인호와 함께 썼다며?" 물었더니 "맞아 형! 내가 1절을 만들어 놓고 강근식과 연습하면서 인호 형한테 전화했더니 한 시간 후에 2절 가사가 왔어."라는 것이다.

<그건 너>의 1절은 "모두들 잠들은 고요한 이 밤에" 이렇게 나간다. 인호가 만들었다는 2절 가사는 "어제는 비가 오는 종로 거리를 / 우산도 안 받고 혼자 걸었네 / 우연히 마주친 동창생 녀석이 '너 미쳤니?' 하면서 껄껄 웃더군 / 그건 너, 그건 너, 바로 너 때문이야." 이렇다. 장희가 인호의 가사에 탄력을 받아 금방 썼다는 3절 가사는 "전화를 걸려고 동전 바꿨네 / 종일토록 번호판과 씨름했었네 / 그러다가 당신이 받으면 끊었네 / 웬일인지 바보처럼 울고 말았네." 이거다. 와우! 최인호는 그러니까 노랫말 가사에 음절을 꿰맞출 줄 아는 특이한 재능을 타고났던 거다. 그리하여

이장희와 최인호는 〈그건 너〉를 통해 순수한 우리말로 된 대화체 가사의 틀을 서태지보다 먼저 만들어 오늘날 무서운 랩(언어 구사로만의 음악) 음악의 선구자가 된 셈이다.

그때는 차마 몰랐다. 우리가 인호를 향해 통속 소설이나 쓴다고 빈정대도 인호는 아무런 반응을 보여 주지 않았다. 예의 두 손을 양쪽 바지 주머니에 찌른 채 혼자 낄낄대며 길가에 빈 깡통만 냅다 걷어차는 게 그의 유일한 대꾸였다. 인호는 불쾌했던 게 틀림없다. "뭐! 내가 통속적인 글만 쓴다고?" 하면서 말이다. 얼마 후 그는 조선 시대 거상 임상옥을 다룬 5권짜리 장편 『상도』(2000년)를 써서 베스트셀러로 떠들썩하더니 곧 TV 드라마로 각색되어 난리가 아니었다. 한 작가가 소설을 써 우리나라에서 그토록 영화나 TV 드라마로 자주 연결된 경우는 최인호가 단연 최상이었던 거다. 뿐인가. 그는 『유림』이라는 제목의 장편 소설을 쓰며 우리네 민족의 정신세계까지 쥐락펴락해 댔다. 나는 사실 '유림儒林'의 '유'자도 모른다. 내가 아는 거라곤 중국 성인 중엔 공자, 맹자, 노자, 장자처럼 '자'로 끝나는 인물이 많다는 것 정도다.

나는 최인호를 떠올릴 때마다 마음 한구석이 켕기는 게 있다. 나는 언젠가 인호더러 "문학에서든 종교에서든 네가 우리의 중심을 잡아 줘야 하는데 왜 하필 중국 쪽에 가서 공자, 맹자, '탱자탱자'하고 있느냐, 빨리 뛰쳐나와 우리 쪽의 중심이나 잡아라." 이런 식으로 주제넘은 조언이랍시고 해댄 것이 못내 켕긴다는 얘기다. 평소 그가 가만히 손 놓고 있을 친구가 아니라는 점은 잘 알고 있었다. 생각해 보시라. 고2 때 그렇게 어렵다는 신춘문예의 문턱을 넘어선 꼬마 셰익스피어가 영화 〈별들의 고향〉의 술집 호스티스 아가씨 경아를 탄생시켰으니 한국 문학계가 얼마나 발칵 뒤집혔겠는가. 그다음부터는 TV 드라마, 심지어는 영화계까지 독보적으로 휘저었으니 우리는 그때 최인호와 가까이 있다는 것만으로도 우쭐했을 정도다. 인호는 상업 쪽으로 너무 치우쳤다는 평판이 싫어 평단과 인연을 끊고 『상도』 같은 역사소설을 쓰게 됐다.

인호는 나의 예상을 깨고 일찌감치 80년대에 마지막 구원을 그리스도로 단정해 버려 나는 놀라 자빠질 정도로 충격을 받았다. 소크라테스도 석가도 공자도 아니고 오로지 유일한 건 그리스도라고 설파했다. 그런 사정을 은밀하게 나한테 털어놨다. 믿어지질 않았다. 저 까칠한 친구가 어울리지도 않을 법한 기독교에 빠지다니. 최인호와 예수는 잘 어울리지 않는다.

나중에 나는 또 이번엔 놀라 자빠지는 게 아니라 까무러치게 된다. 다른 사람이 아니라 이 나라 전체에서 우리네 삶에 관해 가장 많은 정보를 가지고 온갖 방면에서, 모든 사안에서, 옳고 그름을 손톱만큼의 오차도 없이 지적해 주곤 했던 삶의 최고의 테크니션 이어령 교수까지 기독교에 귀의하게 되었다는 소식을 들었던 거다.

이쯤에선 나를 아는 사람들은 "야! 영남아. 너도 한때 빌리 그레이엄이 어쩌고저쩌고하면서 그쪽에 빠진 적이 있지 않았더냐." 할 것이다. 그렇다! 나는 뼛속까지 빠졌었다. 나도 한때 한국 기독교 이래서는 안 된다. 내가 나서서 루터나 칼뱅처럼 개혁해야 한다며 큰맘 먹고 몰래 한 번 여의도 순복음 교회를 순찰해(?) 본 적이 있다. 그런데 수천의 사람들이 양손을 들고 아멘! 아멘! 하는 소리를 듣고 그 길로 나는 슬그머니 빠져나왔다. 개혁을 한다면 손을 들고 아멘! 하는 사람들을 내가 치유해 줄 수 있는 방안을 제시해야 하는데 나한테는 당장 그런 대안이 '1도' 없었던 것이다.

생뚱맞은 소리지만 그림은 위대하다. 예술은 진짜 영원한 것 같다. 인공위성, 인공 지능 하는 시대에도 루브르 박물관에 걸려 있는 모나리자의 값이 끄떡없이 3조 원(어느 일본 평론가가 매긴 값이다)을 견지하고 있으니 말이다. 나도 그만한 가치의 그림 한 점을 소유하고 있다. 23년을 내가 잠자는 방에 걸어 놓고 살아왔다. 연필 스케치인데 태양 아래 예수가 십자가에 매달린 그림이다. 그림 속 사인한 날짜는 1998년으로 적혀 있고 작가 사인은 분명 최인호로 되어 있는데 글은 잘 썼지만 최인호의 글씨는 더럽게 악필이다.

"인호야 잘 있지? 지금 니가 옛날에 내 방에 앉아서 끄적거린 그림을 보고 있다. 인호야! 나 어저께 백신 주사 맞았다. 응! 쪼금 더 살려구."

그리스·로마 신화의 대가를 아우로 두다

앞에서 소설가 최인호에 대해 쓰면서 나는 약속을 했다. 그리스·로마 신화 전문가인 이윤기에 대해서도 쓰겠노라고.

언젠가 나의 청담동 집 응접실 소파에 '멍때리고' 앉아 있던 이윤기가 나한테 말한 걸 나는 기억하고 있다.

"내 생애를 통틀어 두 달 동안 연속적으로 다섯 번이나 만난 사람은 형님이 처음입니다."

그의 발언은 실로 놀라운 발언이었다. 왜냐하면 당시 이윤기는 사람을 안 만나는 은둔자로 알려졌기 때문이다.

나는 오래전 캐나다에서 만난 오강남 교수의 소개로 이윤기를 만나게 된다. 오강남 교수는 『예수는 없다(2001년)』라는 책을 쓴 내가 아는 한 대한민국 최상급의 비교 종교학

전문가다. 오강남 교수를 내가 만나게 된 스토리가 꽤 흥미롭다. 나를 일찍이 미국으로 데려간 사람은 지금 극동 방송 사장이며 수원 중앙침례교회 담임이었던 김장환 목사님이시다. 세계 최고의 빌리 그레이엄 전도 집회에 통역사로 참여해 세계적인 명성을 얻게 된 목사님으로 내가 미국에서 성가 가수로 활동할 수 있게 만들어 준 결정적인 조력자였다.

나는 평생 처음 김장환 목사님과 함께 비행기에 올라 미국 주요 도시의 전도 집회를 다니다 캐나다 토론토까지 방문하게 된 참이었다. 김 목사님의 설교와 나의 성가 발표로 구성된 저녁 집회를 막 마치고 잠을 자러 호텔로 가는 길에 우리를 태워다 준 어느 캐나다 교포의 차 안에 있던 신문 몇 장을 무심코 집어 들었다. 《한국일보》 LA 지사에서 나온 신문이었는데, 나는 거기 실린 종교 칼럼을 무심코 읽게 되었다. 어라! 종교 얘기를 그렇게 재미있게 써 놓은 것이었다. 섬뜩한 글솜씨였다. 글쓴이를 보니 캐나다 리자이나대학교 종교학 교수 오강남이었다. 나는 나를 데려다준 교포한테 얼른 전화를 걸어 오강남이 궁금하다고 했더니 마침 오 교수가 오늘 저녁 집회에 참석했고 연락이 가능하다는 답변을 들었다.

다음 날 아침, 내 호텔 방문을 노크하는 소리가 들려 문을 열어 보니 수더분한 차림의 남자가 "제가 오강남입니다." 라고 하는 게 아닌가. 그래서 그날 아침부터 친교를 맺고 그 후 몇 년 동안 우리는 캐나다와 미국 플로리다 사이에서 꾸준히 긴 손 편지를 주고받았다. 오 교수와 나의 친분은 내가 오 교수의 첫 번째 책 『길벗들의 대화』(1994년)에 서문을 쓸 정도로 긴밀해졌다. 오 교수는 책 출판 관계로 이따금 서울을 방문했는데 나는 매번 "조 형이 이윤기를 꼭 만나야 하는데…." 하며 구시렁거리는 소리를 듣곤 했던 것이다. 그러다가 드디어 디데이(D-Day)가 온 것이다.

차 두 대에 오강남 교수를 비롯해 무시무시한 책 『예수는 없다』를 출간해 준, 말 그대로 미모와 지성을 갖춘 현암사 조미현 사장과 그녀의 부친 조근태 회장님 등과 나눠 타고 양평에 거주하고 있다는 은둔자 이윤기를 찾아갔다. 은둔자라 해서 나는 무슨 움막이나 굴을 파고 사는 줄 알았더니 허허벌판에 덩그러니 서 있는 매우 평범한 시골 기와집이었다. 나는 가는 길에 이미 차 속에서 그리스·로마 신화에 관한 한 따를 자가 없다는 얘기를 듣고 잔뜩 졸아 주눅이 들었다. 그럴 수밖에 없는 것이 나는 태생적으로 픽션(현실적이 아닌 초자연적인 것)을 멀리하거나 무시하는 버릇이 있었는데 소위 신화라는 것은 온갖 가상 세계의 잔치, 각종 신神들의 놀이 세계가 아니던가! 나는 평소 SF 영화도 잘 안 본다. 나와 상관없는 딴 나라 세상으로 여겨지기 때문이다.

내가 지금 만나러 가는 인물이 내가 전혀 관심을 두지 않았던 그리스·로마 신화의 대가라니 주눅이 들 수밖에 없었다. 그런데 정작 만나고 보니, 너무 달랐다. 노태우식으로 그냥 보통 사람이었다. 그의 아내도 곱디고운 보통의 아낙네였다. 은둔자라고 해서 길게 털을 길렀거나 말을 느릿느릿 멋내서 하는 사람도 아니었다. 오강남 교수보다도 훨씬 명랑하고 유쾌한 사람이었다. 자리에 앉자마자 특히 나를 반갑게 맞이하며 내 옆자리에 성큼 옮겨 앉으며 이렇게 말했다.

"지금부터 제가 형님으로 부르겠습니다."

아! 우리는 이렇게 사람끼리 처음 만난 자리에서 상대에 대한 존칭을 어떻게 해야 하나 하는 시답지 않은 고민으로 얼마나 많은 께름칙한 시간들을 허비했던가. 차라리 사람을 안 만나고 사는 게 낫지. 이윤기한테 붙은 은둔자라는 수식어가 충분히 이해되는 대목이었다. 이윤기는 그 불편함을 잘 알고 있던지 그런 애매한 분위기를 5분 안에 깨 버리는 것이었다. 그것은 결코 쉬운 일이 아니었다. 생각해 보시라. 그리스와 로마는 얼마나 먼 나라인가. 게다가 그가 번역한 움베르토 에코의『장미의 이름』은 얼마나 먼 나라의 고리타분한 얘기인가. 그런 일로 평생 찌든 이윤기 앞에 고작 대중가요 가수 한 명이 나타난 것이다. 나이가 좀 늙수그레하게 들어 보이는 가수다. 거기다 책도 쓰고 그림도 그린단다. 뭐라고 이 사람을 불러야 마땅한가. 이런 경우 상대방에 대한 호칭이 깔끔하게 정리되지 않는 나라는 이 지구상에 자랑스러운(?) 대한민국 한 곳뿐이다. 참으로 끔찍스럽게도 어정쩡한 분위기를 이윤기가 나서서 간단하게 해치워 버렸다. "형님으로 부르겠습니다."

조영남과 생전 이윤기. 조영남은 이윤기가 번역한 니코스 카잔차키스의 소설 『그리스인 조르바』의 두 주인공처럼 우정을 나누었다고 회고했다.

그렇다. 이윤기는 뉴 미스(New Myth), 새 신화를 창조한 것이다. 이건 과장이 아니다. 진실이다. 외관상 나이가 나보다 대여섯은 더 먹어 보이는 남자가 자신보다 훨씬 더 젊어 보이는 남자한테 영남이 형님이라는 존칭을 썼으니. 그것도 여러 사람들 앞에서. 거기서 신화가 끝나는 게 아니다. 내가 신화를 이어갔다.

"야! 동생 윤기야! 우리끼리 형 동생 하는 건 좋다. 네가 나보다 두 살이나 아래니까 마땅히 나를 형님으로 불러야지. 그러나 윤기야! 너와 나는 타인을 혼란케 하거나 동요시켜선 안 된다. 무슨 소리냐 하면 윤기야 우리 이렇게 약속하자. 사람들이 보는 앞에선 내가 너한테 윤기 형님! 너는 나한테 영남이 동생! 이렇게 거꾸로 하는 거다. 우리 인류의 평화를 위해서 말이다."

우리의 약속은 몇 년간 제대로 이행됐다. 이윤기가 신화의 대가, 양평 은둔자라는 가면을 벗고(원래는 그런 호칭을 바란 적이 없는 사람이었다) 대중 가수인 나한테 살갑게 대한 이유는 따로 있었다. 아! 그건 지금 생각해도 신비스럽고 놀랍다.

이윤기, 그는 우리가 통상 부르는 유행가, 가령 〈봄날은 간다〉, 〈번지 없는 주막〉, 〈울고 넘는 박달재〉 같은 노래의 출처 및 가사를 3절, 4절까지 모조리 눈 뜨고 외우고 있었다. 어떤 땐 몽골 드넓은 초원 별빛 아래서 배웠다는 몽골 민요까지 불러 젖히는데 와! 조영남은 그냥 광대 나부랭이고 이윤기는 소설가, 신화 전문가가 아닌 오리지널 광대, 실력 있는 광대로 불려야 마땅한 실력이었다.

내 동생 이윤기는 참 이상한 구석이 있는 친구다. 당시 나는 그토록 시간을 많이 잡아먹는다는 이유로 골프라는 운동을 저주하다시피 했는데 어느 날 골프를 친다는 여친 하나를 맥없이 따라갔다가, 노느니 멸치 똥 뺀다고 몇 번 따라서 골프를 치다가 막 재미가 들렸을 때였다. 그런데 윤기도 골프를 친다는 것이었다. 소설가 겸 신화학자가 골프를 친다니 뭐 그러려니 했다. 그런데 얘기를 들어 볼수록 수상한 구석이 있는 것이었다. 연습을 엄청나게 했으며 준프로급(80대 이내)으로 칠 자신이 있다는 것이다. 그래서 한 수 배울 겸 같이 치자고 제의했더니 난감한 표정을 지었다. 왜 그런가 했더니 단 한 번도 남들과 함께 필드에 나가서 실제로 골프를 쳐 본 적이 없다는 것이다. 연습장에서만 죽어라 쳤다는 얘기다. 말인즉슨 잘 알지도 못하는 사람과 6시간 이상을 함께 보내야 한다는 게 끔찍이도 싫다는 얘기였다. 과연 은둔자다웠다. 그러면서 처음 치는데 80대 이내를 치면 세상 사람들이 놀라 자빠질 것 아니냐는 것이다. 뭐라 곁들일 말이 없어 나는 "윤기, 너는 변태야." 하고 말았다.

우리의 유별난 변태 짓은 그리고 계속 이어졌는데, 이윤기가 그리스 작가 니코스 카잔차키스의 『그리스인 조르바』라는 천하의 명작 소설을 우리말로 번역해 놓은 것을 알고 나는 처음부터 형은 조르바, 동생은 카잔차키스로 정해 놓고 밤새 낄낄댔다. 조르바라는 인물 자체가 그랬다. 딱 한 번 사는 세상, 되는 대로 맘과 뜻이 가는 대로 살다 죽는다는 극자연인의 샘플이고, 조르바에 홀딱 반한 카잔차키스는 백면서생답게 FM 방식으로 고지식하게 사는 것이다. 조영남처럼 살면 조르바가 되는 것이고, 한 번 이룬 가정 울타리를 벗어나지 않는 건 카잔차키스가 되는 것이다. 나는 똑같은 신학을 공부한 적이 있어 한 번 물어본 적이 있다. 그리스·로마 신화 경전은 기독교 경전(신약, 구약 성경)과는 어떻게 다른가. 이때 이윤기는 숨도 안 쉬고 대답했다.

"신화 경전은 죽은 경전이고, 기독교적 경전은 살아 있는 경전입니다."

나는 말뜻이 영 맘에 들지 않았다. 왜냐하면 내가 우리네의 단군 신화를 가슴 깊숙이 품고 있던 때였기 때문이다. 나는 당시 우리 가슴에 살아 있는 기둥이라며 단군을 세우려다 뜻을 못 이루고 스스로 생을 마감한 나철羅喆 선생을 세계 최고의 현대 시인 이상李箱보다도 더 위대한 사람이라고 악악 떠들어 대던 중이었다. 이윤기 말대로 신화 경전이 죽은 경전이라면 단군 신화의 『천부경』 같은 경전도 죽은 경전이라는 뜻 아닌가! 하여간 자신이 평생 헉헉대며 일구어 낸 신화를 죽은 물건이라고 끌어 내리는 심리가 참으로 신비스럽게 느껴졌다. 지금도 나철 선생에 대한 나의 소신엔 큰 변함이 없다. 지금 이윤기가 살아 있었더라면 그에

단군을 교조로 하는 대종교의 창시자인 나철과 시인 이상의 사진을 활용한 1995년 미술 작품.

대한 최종 답변이 나왔을지도 모른다. 안타깝게도 이윤기는 2010년 삶을 마쳤다.

이윤기 하면 생각나는 풀리지 않는 주제가 또 하나 있다. 윤기 말이 이슬람 신비주의 격언 중에 "알라를 경배하라. 그러나 알라에게 너무 사랑받지는 마라. 빨리 죽는다."라는 게 있다고 했다. 그렇다면 우리의 이윤기는 그리스·로마 신화를 경배한 게 아니라 이슬람 격언을 너무 경배한 것인가. 그렇게 빨리 내 곁을 떠났기 때문에 해 보는 넋두리다.

이윤기는 너무 많은 것을 알고 있는 사람이었다. 우리나라의 이어령 교수와 맞먹을 세상의 정보와 지식을 몽땅 가지고 있는 움베르트 에코의 책을 여덟 권이나 번역한 이윤기. 일본어까지 자유자재로 구사했던 이윤기는 너무 많이 알아 죽음의 신이 빨리 부른 게 아닌가 싶은데 아뿔싸! 실제로 조르바처럼 산 것은 정작 이윤기였다. 병원 가기를 싫어했고, 자연사를 고집한 건 바로 이윤기였다. 조르바처럼 사노라고 위세를 떨던 짝퉁 조르바 조영남은 어제만 해도 서울대 의대 간호원이 내주는 푸르데데한 가운을 팬티 위에 걸치고 병원 침대에 누워 피가 원활히 움직이는가 하는 심전도 조사를 마치고 나왔으니 말이다. 윤기야. 젊은 간호사가 날 더러 "아버님, 무릎을 세워보세요." 하더라. 또다시 맞닥뜨리는 한국식 존칭의 껄끄러움. 내 진짜 딸은 바로 문밖에 있는데. 아! 민망해라.

마광수, 너무나도 정직했던 남자

어떤 연민이나 노스탤지어 때문이었겠지만 나는 앞에서 줄곧 세상을 떠난 나의 친구들에 대한 이야기를 했다. 헉헉대면서도 그런대로 잘 써 내려왔다. 그런데 언제부터인가 또 한 명의 먼저 삶을 마친 친구가 있다는 걸 알게 되었다. 연세대학교 국어국문학과 교수였던 마광수다. 깜빡했으면 그냥 지나칠 뻔했다. 왜 마광수를 그냥 지나치면 안 되는가!

이건 순전히 내 생각인데, 앞 시대를 살다 간 위인이나 선각자들은 한결같이 우리에게 '정직하라! 정직하게 살아라, 그래야 사람답게 살 수 있는 법이다.'라고 가르쳤다. 그런데 마광수는 내가 아는 그 어떤 사람보다 정직하게 살았다. 바보처럼 정직하게 살았다. 마광수는 나에게 정직함의 표본이 되긴 하지만 또한 정반대 방향으로 사람이 진짜 정직하면 얼마나 다른 사람들로부터 핍박을 받게 되는지를 실감케 해 주는 위대한 샘플이 되어 주었다.

지금부터 나는 그토록 정직했던 마광수를 청담동 우리집 응접실에 초대해서 가상의 대화를 나눠 보려고 한다. 내가 평소 픽션이라는 형식을 퍽이나 싫어하는데, 마광수를 이야기하기 위해서는 어쩔 수 없이 픽션에 기댈 수밖에 없다.

조: 어이! 마 교수 오랜만이네. 세상 떠난 지 얼마나 됐지?

마: 아이구! 벌써 4년이나 됐네요.

조: 무슨 병이 있었나?

마: 우울증 같은 게 있었나 봐요.

조: 그럼 사망 원인이 우울증인가?

마: 딱히 그런 것도 아니고 그냥 속상해서 제풀에 꺾인 거 같아요.

조: 그놈의 우울증은 어디서 온 거야? 그 전엔 멀쩡했잖아!

마: 멀쩡했었죠. 잘나가다가 연세대학교 교수직에서 잘리면서 우울증이 도진 것 같아요.

조: 가만있어 봐. 그런데 마광수처럼 성역 없는 상상력으로 거침없이 글을 쓰던 사람이 어떻게 해서 점잖아야 하

1992년 10월 소설 『즐거운 사라』의 외설 시비로 인해 검찰에 소환되는 마광수 교수. [사진 중앙일보]

같은 해 11월 서울 서초동 검찰청 앞에서 열린 마광수 교수의 석방을 요구하는 시위. [사진 중앙일보]

는 대학교수, 그것도 다른 대학도 아닌 기독교 계통인 연세대학교의 교수가 된 거야.

마: 아이. 이거 내 입으로 내 자랑하게 생겼네. 그 옛날 내가 연세대학교 국어 국문학과에 수석 입학했잖아요.

조: 어, 그랬나?

마: 전액 장학금을 타며 대학을 다녔고 학부 성적 올 A로 대학을 마쳤죠. 시인 박두진 선생님 추천으로 《현대문학》으로 등단도 했고요. 그러다가 박사 학위를 받으니까 대학에서 교수하라고 하데요. 그때가 서른둘인가 그랬는데.

조: 그때 박사 논문 주제가 뭐였어?

마: 시인 윤동주요.

조: 우리나라 대표 시인이시지. 내 친구 윤형주의 육촌 형이시고.

『즐거운 사라』 표지

마: 남학생들은 물론 여학생들의 관심을 한 몸에 받았죠. 손톱 길게 기르고 화장 진하게 하고 노랑, 빨강으로 머리 염색한 여자애들요. 그때가 내 인생 최고의 정점이었어요. 내가 큰소리쳤거든요. '나는 야한 여자가 좋다'고 말예요(※1989년 에세이집 『나는 야한 여자가 좋다』 출간). 성에 대해 자유롭게 이야기할 수 있어야 한다는 내 생각을 좀 과장해서

쓴 게 문제의 『즐거운 사라』(1992년)였어요.

조: 그게 시야, 소설이야.

마: 물론 소설이죠.

조: 내가 왜 그런 질문을 했냐 하면 나는 쭉 『가자! 장미여관으로』(1989년)가 소설 제목인 줄 알았는데 그게 온전한 시집이더라구. 그래서 『즐거운 사라』를 혼동했던 거지.

마: 그래요. 혼동할 수 있어요. 『가자! 장미여관으로』는 시집 제목 같지 않죠.

조: 내가 엊그제 그 시를 읽어 봤는데 정말 나무랄 데 없이 훌륭하던데. 대략 4절의 모던 현대 시인데 1절의 서두만 봐도 너무 좋아. "만나서 이빨만 까기는 싫어/점잖은 척 뜸들이며 썰풀기는 더욱 싫어/러브 이즈 터치/러브 이즈 휠링/가자, 장미여관으로!" 멋져 멋져. 그런데 『가자! 장미여관으로』 표지에 실린 그림은 거기 사인을 보니까 마 교수 당신 그림이던데 그 표지 그림은 지금 어딨나!

마: 그건 진작에 팔렸죠.

조: 그래! 마광수 교수가 미술 전시회도 몇 번인가 했었지. 내 기억엔 그림이 담백하고 순수했던 것 같아. 그때 그러니까 법정에 끌려가게 만든 건 『가자! 장미여관으로』가 아니라 『즐거운 사라』였지?

마: 그랬죠. 바로 『즐거운 사라』가 문제가 됐던 거죠. 사라 책이 나를 처음 몰락의 길로 올려놓았죠. 그리고 꽈다당 몰락.

조: 강의하던 중에 잡혀갔다며?

마: 세계 문화사에 유례없는 무례한 일이 벌어졌던 거죠.

조: 마 교수! 이건 내 생각인데 당신의 이혼에서부터 인생이 어긋나기 시작한 거 아닌가?

마: 그렇게 볼 수도 있지만 정신적으로 피곤했던 결혼이라는 고리에서 풀려난 것은 어쩌면 해방 같은 느낌도 들었죠. 결혼의 시작은 꽤 모양이 났었어요. 내가 대학원생일 때 연구 동아리에서 만나 사귀게 된 사람이었는데 내가 일방적으로 좋아해서 들이댄 거예요. 그때 그 사람은 나를 별로 좋아하지 않았어요.

조: 어우! 그땐 남자처럼 터프했겠네. 그래서 반응은 있던가?

마: 그럼요. 조건이 좋잖아요!

조: 조건이라니 무슨 조건?

마: 내가 서른네 살에 연세대에서 인기 있는 대학교수잖아요. 그 사람은 서른세 살.

조: 만난 지 얼마 만에 결혼한 건가?

마: 그럭저럭 10년 만이죠. 그런데 그 사람은 오랫동안 미국에 있어서 한때는 편지 연애를 한 셈이에요.

조: 와우! 베르테르처럼 순박한 플라토닉 연애를 했나 보네.

마: 정말 100퍼센트 그랬어요. 원칙 하나가 있었죠.

2009년 한 잡지에서 대담한 마광수 교수와 조영남.

조: 그게 뭔데.

마: 이 사람한테만은 결혼 전 육체적으로 들이대지 않는다는 원칙이요. 진짜 제가 사모한 여인이었으니까 말예요.

조: 왠지 우습게 들리는데!

마: 진짜예요. 결혼 후 첫날밤을 치르는데 10년 연애만 하다가…. 지금도 생생하게 기억날 정도예요.

조: 결혼 생활은 생각한 만큼 그렇게 좋던가?

마: 아뇨. 딱 6개월만 재밌고 나머지는 꽝이었어요.

조: 그렇게 금방 싫어진 거야?

마: 아녜요. 싫다는 의미가 아녜요. 그냥 재미없고 지루하고 따분하고 뭐 그런 거였죠.

조: 싸우거나 다툼 같은 것도 없었나?

마: 그런 건 없었어요. 먼저 별거에 들어가고 별거에 별

불편을 못 느끼면서 쌍방 이혼하자! OK. 좋아 좋아. 이렇게 된 거죠.

조: 이혼에 이어, 수난이 시작된 거군.

마: 따지고 보면 그렇지요. 그다음부터 수감 생활, 검찰 조사, 법정 출두…. 난리도 아니었죠.

조: 그때 마 교수가 한국 법에 걸린 죄명이 뭐였어?

마: 음란물 제작 및 유포죄, 뭐 그런 거요.

조: 그때가 마 교수 몇 살 때인가?

마: 1992년이니까 마흔한 살이었어요. 『즐거운 사라』가 외설스럽다는 이유로 끌려가 서울 구치소에 곧장 수감됐어요.

조: 그래서 어떻게 됐나?

마: 첫 재판 1심에서 유죄 판결, 징역 8개월에 집행 유예 2년 먹었죠. 그다음 해에 연세대학교 교수 직위 해제, 다시 말해 교수 자리에서 잘린 거죠.

조: 항소 안 했나?

마: 안 하긴요, 했죠.

조: 결과는 어땠나?

마: 항소 2심에서 기각 판결을 받죠.

조: 법원에서 2심 재판을 할 필요가 없다는 거였군. 그래서 그다음은.

마: 대법원 상고심에서 역시 상고 기각 판결을 받아요. 원심이 확정된 거죠.

조: 죽어라 죽어라 하는군.

마: 정말 더욱 비참했던 건 재판 결과가 아니라 그때의 유죄 판결 때문에 제가 대학교수 자리에서 시간 강사로 강등한 것이에요. 별에서 일등병으로 추락한 거죠. 학교에선 제발 네 발로 나가 달라는 협박이나 다름없었죠.

조: 그래서 어떻게 견뎠나.

마: 뭐 그림 대작 사건으로 활동 중단했던 형님처럼 책 쓰고 몇 군데 미술 전시도 했죠. 그러다가 6년 만인 1998년 사면 복권되고 다시 연세대 교수로 복직이 됐어요. 복직된 것까지는 좋았어요. 제가 진짜 큰 상처를 받은 건 그 다음 다음 해, 2000년에 일어난 이른바 교수 재임용 탈락 소동이에요.

조: 그게 무슨 소리야?

마: 같은 연세대 동료 교수들의 노골적인 따돌림으로 나를 교수 재임용에서 탈락시키려 한 거죠. 제일 친했던 사람들이.

조: 배신감이 컸겠는데.

마: 크다마다요. 평소 잘 알던 사람들이 안면을 싹 깔고 배신을 때리는데 무섭더라고요. 그때 상처가 제일 컸죠. 제가 우울증으로 정신 병원을 찾아갔을 정도였으니까요.

조: 오죽했겠어. 친했던 동료들한테 배신당한 거 말야. 그런데 다 지나간 얘기지만 그때 마 교수가 그네들한테 실수한 것도 있는 것 같애.

마: 네, 무슨 말씀이세요. 그게 뭔데요?

조: 당신이 몇 차례 잡지 인터뷰에서 우리나라의 대표 시인들 가령 정지용, 김기림, 백석 그리고 내가 특히 좋아했던 '오감도'를 쓴 이상李箱, 이런 시인들의 시조차 쉽게 알아먹기 어렵게 썼다고 지적했던 것. 거기다 당신의 연세대 직계 제자 겸 후배였던 기형도까지 소통이 안 돼서 난해하다고 한 것은 너무 나간 거였어. 당신도 미술을 했지만 추상화 전체를 뭘 그린 건지 못 알아먹게 그렸다고 통째로 무시한 거랑 같은 거 아닌가.

마: 그런 지적은 할 수 있잖아요?

조: 나는 당신이 무슨 뜻으로 그런 얘기를 했는지 잘 알아. 그러나 당시의 당신 동료들은 그런 시인들을 연구하는 게 일이었으니 앙심을 품었다가 이때다 하고 들고 일어났던 거야. 우선 늦었지만 그들부터 용서해! 당신은 너무 정직했어. 그 정직이 너무 어린아이 같았던 거야. 너무 길게 얘기한 것 같네. 다시 만나서 얘기하는 거로 남겨 놓자구. 빠른 시일 내에 내가 당신 곁으로 달려갈 테니까.

참고로 부기하면 《중앙일보》는 2006년 2월 25일 자 20면에서 70년대 이후 한국 사회에 충격을 준 책을 꼽았는데, 백기완·송건호 등의 『해방전후사의 인식』, 리영희의 『전환시대의 논리』와 함께 마광수의 『즐거운 사라』를 꼽았다.

입방정 탓에 군에 입대하고

이제는 내가 어떻게 군대엘 가게 됐는지 얘기해 봐야겠다. 잘만 하면 나는 군대에 안 갈 수도 있었다. 그 시절은 그랬다. 지금부터 50여 년 전에는 병역 심사하는 이들에게 푼돈을 찔러주고 시력 미달이나 중이염 증세 같은 진단을 받아 군 입대를 몇 년이고 연기할 수가 있었다. 지금으로선 상상도 못 하는 일이 그때는 아무렇지도 않게 벌어지곤 했다. 그런 방식으로 나는 3년째 군 입대를 연기해 놓고 있었다. 그러다가 나는 괴상망측한 모양새로 전격 군대를 가게 된다. 결과론적으로 말하자면 노래 한 곡을 잘못 부르면서 군대로 직행하게 된 것이다.

그때 광화문에 있던 시민 회관(지금 세종 문화 회관 자리)에서는 당시 미국에서 맹활약 중이던 김시스터즈의 내한 공연이 TBC 방송국 초청으로 열리고 있었다. 김시스터즈는 지금 절정에 오른 'K팝'의 출발점이기도 하다. 나는 거기서 초대 가수 겸 MC를 맡았다. 믿거나 말거나 난 그때 〈딜라일라〉를 불러 조용필이나 서태지와 아이들쯤으로 스타덤에 올라 있던 때였다. 행사 당일, 나는 내게 배당된 노래 두 곡을 부른 후에 이번 공연의 주인공, 미국에서 내한한 김시스터즈를 소개하는 것이 그날의 각본이었다.

공연 당일 시민 회관은 인산인해였다. 나는 요란한 박수를 받으며 통기타를 들고 스포트라이트가 비추는 무대 앞으로 나가 기타의 A 마이너 코드를 쾅! 튀기며 "신고산이 우우르르으으." 〈신고산타령〉의 도입부로 들어간 다음 마땅히 "함흥차 떠나는 소리에."로 나가야 하는데 순간 몇 주 전 TV에서 본 와우아파트 붕괴 모습이 떠올라 가락을 따라 "와우아파트 무너지느은 소오리에에에 얼떨결에 깔린 사람들이 아우성을 치누나아아 어랑어랑어허야."로 노래를 이어갔다.

객석에선 박장대소와 갈채가 파도를 이루었다. 내친김에 나는 남인수 대선배님의 노래 〈산유화〉를 부른 다음 오늘의 주인공 김시스터즈를 멋지게 소개하고 퇴장했다. 남은 일은 노래 잘 들었다, 재밌었다, MC를 잘 해냈다, 칭찬받는 일만 남았다. 워낙 관객 반응이 좋았기 때문이다.

그런데 웬걸! 사태는 수상하게 돌아갔다. 방송국 행사 담당자나 내 매니저의 얼굴빛이 누렇게 뜬 채 “야! 조영남 무조건 토껴(도망치라는 뜻). 자리를 피하란 말야.” 하는 거였다. 반대쪽 대기실로부터는 이미 기관원들이 나를 찾는다는 소리가 들려왔다. 시민 회관과 서울 시청의 거리는 매우 가까웠다. 그보다는 그렇지 않아도 서울시가 야심차게 지은 아파트가 무너져 온통 비상사태인데 가수 나부랭이가 무대에서 와우아파트 붕괴를 콧방귀 뀌듯 비웃으며 그걸 노래로 불러 젖혔으니 서울 시청 고위 직원 하나가 “뭐라구? 그 못생긴 조영남이? 그놈 당장 조사해 봐.”, 이렇게 된 거다.

나는 능지처참감이었고 조사 결과 나이 25세에 군 미필이 백일하에 드러난 것이다. 나는 매니저 일행의 도움을 받으며 뒷문으로 빠져나와 단숨에 가까운 서울신문사 장태화 사장님 방으로 일단 몸을 숨겼다. 당시 박정희 정부의 실세였던 장 사장님께 자초지종을 털어놓으면 무사할 것 같아서였다. 바로 얼마 전 서울신문사가 제정한 서울문화대상에서 내가 대상 부문을 수상했고 나에게 직접 시상을 해 주시고 격려도 해 주신 분이 장태화 사장님이었기 때문이다.

거기서 얼마간 숨어 있다가 “됐어! 집에 가 있어.” 소리를 듣고 늦은 밤 내가 살던 동부이촌동 시민아파트로 돌아왔다. 온종일 아들 찾는 전화 소리로 시달리신 어머니가 차

서울신문사의 장태화 사장으로부터 서울문화대상을 받는 조영남.

려 준 저녁을 먹는 둥 마는 둥 나는 잠에 곯아떨어졌다. 얼마나 잤을까. 어머니가 나를 깨우는 것이었다. 밖에 손님이 와서 나를 찾는다는 것이다. 나는 올 것이 왔구나 싶었다. 옷을 주섬주섬 걸치고 나갔더니 카키색 잠바 차림의 두 남자가 정중하게 "같이 가야 겼는디유." 해서 따라 나가 대기하고 있던 지프차에 올랐다. 홍성으로 간다는 것이었다. 내 본적은 충남 예산군으로 되어 있는데 왜 그 옆 홍성군으로 가야 하느냐 했더니 예산에는 아직 법원도 재판소도 없다는 것이었다.

내 생각이 맞았다. 당국에서는 와우아파트 타령으로는 처벌하는 것이 좀 옹색하고 눈치도 보였으므로 병역 기피로 뒤집어씌워 긴급 체포에 나섰던 거다. 솔직히 인정할 수 밖에 없는 것인데, 그러했다. 나의 입방정과 경솔함은 나를 평생 괴롭혀 온 것들이다. 군 입대는 50년 전 입방정의 결과물이지만 최근 5년 전 입방정은 나를 경제적 몰락으로 이끌어 갔다. 다름 아니라 미술 대작 사건이 터졌을 때의 입방정 "내 그림이 맘에 안 들면 내게 다시 가져와라. 환불해 주겠다." 이런 주워 담을 수 없는 말들 말이다. 나는 설마 내 그림을 환불해 달라는 사람이 있을까 자신만만했는데 웬걸! 환불 요청이 물밀듯이 들어오는 것이었다. 나는 쫄딱 망했다. 나는 아파트까지 뺏기는 줄 알았다. 환불 처리에 각종 변호사비에 돈 나가는 속도가 들어오는 속도보다 훨씬 빠르다는 걸 그때 실감했다.

환불해 준다는 입방정 대신 당당하게 "재판 결과를 보고 환불을 고려해 보겠습니다."라고만 했어도 쫄딱 망하지는 않고 모든 재판에서 무혐의 판정을 받았으니 환불 소동도 피할 수 있었는데 아! 후회가 막심했다. 최종적으로 받아 본 법원으로부터의 편지에는 최종 판정이 무혐의였기 때문에 재판으로 인한 손해 액수(환불이나 변호사 비용)는 법적 절차를 거쳐 청구 보상할 수 있다는 내용이 상세하게 적혀 있었다. 나는 우리네 법체계의 완벽함에 새삼 놀랐다.

홍성 재판소 뒷마당에 도착하니 벌써 훤한 아침이었다.

출근하는 사람들의 모습이 눈에 들어왔다. 오전 내내 들어와라 나가라 조사를 받아라, 이런 지시도 없이 그냥 하염없이 시간만 죽이고 있었다. 왜 아무런 말이 없을까. 날더러 도망치라는 의미일까. 나는 그때 아침, 점심 식사를 어떻게 해결했는지 도무지 모르겠다. 생각이 나질 않기 때문이다. 오후로 접어들 무렵 드디어 짜자잔! 세 사람의 구원자가 내 앞에 나타났다. 성경에 나오는 동방 박사 세 사람이 따로 없었다. 첫째는 별을 따라 홍성까지 무사하게 내려온 운전기사 장 씨 박사. 두 번째는 정일형(전 외무 장관), 이태영(이화여대 법정대 학장) 부부의 큰아들(서울대 법대 대학원을 마치고 미국 가기 전이었다. 후에 5선 국회의원 됨) 정대철 형님. 세 번째가 대표 동방 박사다. 대한민국 역사상 최초의 여류 변호사이신 이태영 박사. 이렇게 세 명의 박사가 나를 구출하기 위해 홍성 벌에 나타나신 것이었다.

이태영 학장님은 홍성에서 대전을 오가며 나를 위한 변호를 펼쳤다.

"얘가 와우아파트 노래를 부른 건 정치적으로 다른 생각이 있어서 그런 게 아니다. 얘는 그냥 순진무구한 가수일 뿐이다. 얘를 병역 기피 죄로 감옥에 가두면 뭐가 시원하겠느냐. 내가 보증을 서겠다. 얘를 한 달 이내에 꼭 군대에 책임지고 보내겠다."

그런 내용의 각서에 사인하고 나를 풀려나게 했던 거다.

조영남과 고 이태영 변호사. 조영남은 1973년 군에서 제대한 이후 1974년 미국으로 가기 전에 찍은 사진으로 기억했다.

요즘 같으면 있을 수도 없는 로비가 성립된 데에는 홍성 쪽 검사 조승형(국회의원이 됨)이 이태영 학장의 서울대 법대 후배였던 점이 작용한 것으로 알고 있다.

그럼 어떤 연유로 이태영 학장님이 DDR 딴따라 가수 조영남을 구하러 시골까지 내려오게 된 걸까. 물론 사연이 있었다. 내가 서울대 음대를 다니다가 〈딜라일라〉라는 노래를 불러 일약 톱 가수의 대열에 올랐을 때 이화여대 법정 대학 학생회 측으로부터 신입생 환영 음악회에 초대를 받게 된 것이다. 나는 내 위세를 과시하기 위해 송창식, 윤형주,

김세환을 대동하고 멋진 공연을 펼쳤다. 그런데 행사가 끝난 다음 의례적으로 학장님과 접견하는 자리가 있었는데, 거기서 학장님의 돌발 질문을 받게 된다.

"얘들아! 너희들은 돈 안 받고는 노랠 안 부르니?"

나는 공부를 많이 한 아줌마의 질문이 저렇게 어린아이 같을까 신기하게 여겨졌고 대표 격으로 대답을 했다.

"아닙니다. 돈 안 받고도 얼마든지 노래를 부를 수 있습니다."

이렇게 대답을 함으로써 나는 이후 몇 해 동안 이태영 학장님이 단골로 방문 봉사를 하시던 불광동 소년원을 방문해서 위로 음악회를 기획하고 제공하게 된다. 이 일과 관련해서 내가 유독 이태영 학장님의 눈에 들게 된 것은 그럴 만한 이유가 따로 있었다. 학장님은 우리들에게 소년원 아이들 앞에서는 각별히 조심해라, 상처받기 쉬운 아이들이다, 신신당부했다.

나는 완전 내 스타일로 막 대해 더욱 친근해지는 방법을 구사했다. 그 후 나는 이태영 학장님이 어떤 연유로 조영남과 가깝게 됐는가 하는 질문에 이런 식으로 대답하는 걸 몇 번이나 들은 적이 있다.

"쟤가요. 앤처음(맨처음의 이북 사투리) 불광동 소년원으로 노래를 시키기 위해 데리고 갈 때 참 불안했어요. 그래서 불쌍한 고아원 아이들 앞에서는 각별히 조심해야 한다고 일러뒀어요. 그런데 얘가 고아원 애들 앞에 서서 뭐라 했는지 아세요? '야! 너희들은 내가 누군지 알아? 나는 대한민국 최고의 인기 미남 가수 형님이시다. 코가 납작하지만 그래두 나는 최고 잘나가는 오빠이시다. 너희들은 글렀어! 왜 머리 빡빡 깎고 우중충하게 거기 쭈그리고 있냐. 너희들 나쁜 짓 했지? 그래도 괜찮아. 너희들 용서받고 어서 교도소 밖으로 나와야 해. 밖에서 나를 만나면 꼭 인사를 해야 돼. 약속이다. 약속 안 지키면 혼내 줄 거야, 알았지?' 이러는 거예요. 그러면서 먹던 사과를 아이들 입에 물려주고 먹던 떡도 갈라 먹게 하는 거예요. 그런데 애들이 쟤를 너무너무 좋아하는 거예요. 친형, 친오빠처럼요. 그걸 보고 제가 깨달았죠. 아하! 쟤가 심상치 않구나. 맘을 먹게 됐죠."

그 후 실제로 나는 명동이나 무교동에서 구두를 닦던 아이들이 형! 하며 달려오는 모습을 여러 번 보게 된다.

홍성 재판소에서 풀려난 후 나는 약속대로 한 달간을 이태영 학장님의 봉원동 집 위층에 머물며 군에 입대할 준비를 착착 하게 된다. TV에서도 이장희가 만들어준 <안녕>을 부르며 고별 쇼의 마지막을 장식하게 된다.

이태영 학장님 집에 한 달간 머물면서 많은 문화 충격을 받았다. 가령 온통 집안 식구가 서울대, 이화여대에 박사, 변호사여서 '사람은 공부를 해야 하는구나!'라거나 집에 모여든 김대중 의원 등 정치인들이 토론을 벌이다가 갑자기 언성을 높이며 우리들과 똑같은 모양의 언어로 다투는 장면을 보며 '사람은 인격 수양이 중요하구나!' 하는 식의 문화 충격을 크게 받게 된 것이다. 홍성 재판소에서의 약속대로 이태영 학장님은 나를 차에 태우고 조치원 훈련소로 직접 가게 된다. 지금도 이해가 안 되는 건 가는 내내 이 학장님이 내 옆자리에서 우셨다는 사실이다. 물론 나도 울긴 했지만 도대체 왜 울어야 했는가. 나라를 지키러 가는데 말이다. 하여간 그런 우여곡절 끝에 나는 군대에 들어갔다. 어정쩡하게.

군대 생활과 장성들의 파티

〈와우아파트 타령〉이라는 노래를 딱 한 번 불러 서울시를 우롱했다는 불경한 죄로 나는 엉뚱하게도 군대에 끌려왔고 꼬박 3년을 꼼짝없이 군 복무하게 된다. 이번에는 그 군대 시절의 얘기를 털어놓겠다. 신병 훈련소부터 얘기는 시작된다. 사람들은 보통 훈련소 하면 논산을 떠올린다. 그러나 나는 논산이 아닌 조치원 훈련소 출신이다.

나는 타고난 적응력으로 훈련소 생활을 비교적 잘 꾸려나갔다. 우선 머리부터 짧게 깎고 훈련복을 배당받았는데 한눈에 봐도 먼저 다녀간 선배들이 입었던 빈티지 훈련복이었다. 그런대로 참아 줄 만했다. 틈만 나면 앞에 나와 노래 부르라는 것은 벌써 예상하고 있었기 때문에 요령껏 잘 견뎌 낼 수 있었다.

조영남의 군대 훈련소 시절.

남들은 어떨지 모르지만 훈련소 하면 나에게 가장 크게 떠오르는 생각은 훈련 6개월간 나의 고질병인 졸음과의 정면 대결이 벌어졌던 것이다. 그때는 왜 그렇게 시도 때도 없이 졸음이 침공해 왔는지 알다가도 모를 일이다. 조교가 무슨 얘기만 하면 잠이 쏟아졌는데, 나는 크게 작심을 하고 특단의 대책을 세운다. 곧 오게 되는 휴식 시간 5분을 딱 한 번만이라도 수면으로 이어가 보자, 크게 계획을 세우고 눈을 감은 채 기다리지만 정작 '휴식'이라는 신호만 들리면 언제 그랬더냐 싶게 정신이 번쩍 들고 두 눈이 말똥말똥해지는 것이다. 그러니까 내 생애 통틀어 가장 신체가 건강하던 때였다. 그러면 요즘은 어떤가. 그토록 무지막지하게 밀려오던 잠은 어디로 가고 요즘은 '어서 옵쇼. 어서 옵쇼.' 해도 잠이 오지 않는다. 수면제 한 알을 쪼개 그 반쪽이라도 털어 먹어야 올락 말락이다. 젠장! 늙었다는 뜻이다.

고된 훈련이 오후 늦게 끝나면 훈련병들은 식당 앞에 식판을 들고 줄을 서는데, 이 시간을 나는 지혜롭게 보내야 했다. 다른 중대의 기간병들이 조영남을 보기 위해 몰려들었기 때문이다. 여기저기서 내 이름이 들려온다. "야! 조영남 워딨지?" 머리를 빡빡 깎았기 때문에 비슷비슷해 보이는 모양이다. 심지어는 나한테 와서 조영남을 찾는 일도 있어 나는 천연덕스럽게 "요 근처에 있었는디 워디 갔지?" 하고 대답했을 정도다. 동료들도 나를 숨겨 주는 요령이 생겨났다. 정말 훈련소 동료들은 나를 눈물 나게 감싸고 돌았다. 완전 군장에 M1 소총까지 들고 행군 훈련을 할 때면 으레 막판에 나는 숨이 차 허덕인다. 그때마다 군장을 대신 받아 주고, 소총을 대신 들어 주는 말 그대로 뜨거운 전우애로 나는 힘든 행군 훈련을 무사히 마칠 수 있었다. 많이 늦었지만 50년 만에 내 조치원 훈련병 동기들께 고마움을 전한다.

훈련 생활이 마냥 힘든 것만은 아니었다. 취침 전 나는 팬한테서 온 편지, 특히 이태영 어머니가 보내 준 편지를 읽고 답장을 쓸 때는 달이 훤히 떠 있어서 괜히 심사가 멜랑콜리해지기도 했다. 참 놀라운 일이다. 이태영 어머니와 주고받은 편지를 어머니는 세상을 떠나실 때까지 여의도 이태영 법률 상담소에 잘 간직하셨다가 몇 년 전 내 쪽으로 고스란히 돌려줬다. 대충 훑어봐도 꼭 화가 반 고흐와 그의 동생 테오가 주고받은 서한과 매우 흡사하다.

어느새 6개월간의 훈련이 끝나면 훈련을 마친 신병들에게는 자기가 어느 지역에 있는 어느 부대에 배치될 것인가가 초미의 관심사가 된다. 훈련소장님의 격려 말씀 다음에 전국 각지에서 온 차출 장교 중에 제일 먼저 서울 육군본부 사령부에서 내려온 차출 장교가 단상에 올랐는데 어라! 저 친구! 나의 서울대 음대 성악과 동기 동창생 최홍기가 아닌가. 그는 학군 사관(ROTC)을 거쳐 새로 창설한 육군 합창대 지휘를 맡게 됐고 나를 차출해가기 위해 여기까지 내려오게 된 거다. 최홍기 대위는 나를 비롯해 유명 골프 선수, 컴퓨터 기술자, 암산왕 등을 인솔해 그날 밤 기차로 서울 용산 소재 육군본부까지 올라온다.

다음 날 아침부터 나는 배호 선배의 노래 <돌아가는 삼각지>의, 바로 그 용산 삼각지 근처 육군본부 사령실에서 테이블 하나를 배정받고 행정병으로 군역을 시작하게 된다. 그런데 이 시절에 조영남을 보러 오는 구경꾼들이 너무 많아 차라리 밖에 나가 있다가 저녁 점호 시간에 돌아오라는 새로운 지시를 받았고 그 때문에 군대에 있을 때 미술 습작에 집중할 수 있었다는 이야기는 앞에서 자세히 쓴 바 있다.

오아시스 레코드사에서 1971년에 나온 앨범. [사진 성승모]

용산에서 이태원으로 빠지는 큰길가 본부 건물에 있던 식당으로 가 저녁을 먹고 곧장 다시 큰길을 건너 본부 사령실 건물에 붙어 있던 합창 연습실로 돌아와 합창 연습을 마치고 내무반으로 가서 취침에 들어가는 것이 군에서의 나의 주된 일과였다. 그런데 육군본부에 배속 받은 지 몇 달 후쯤의 일이었다. 참으로 믿을 수 없는 일이 또 생긴 것이다. 어느 날 동료 사병이 나더러 "조 일병! 새로 오신 중대장님이 찾으셔. 빨리 가 봐." 해서 달려가 경례를 하고 차렷 자세로 위를 바라봤다. 높은 장교의 눈을 보는 건 실례다. 신임 중대장이 말했다. “야! 조 일병. 앞을 똑바로 봐.” 나는 앞을 봤다. “어! 너 박치호!” 그는 용문고등학교에서 나와 같은 반이었던 동창 녀석이었다. 무슨 간부 학교인가를 졸업하고 장교로 임관되어 공교롭게도 육본 사령부 중대장으로 부임해 온 것이다. TV 프로 〈세상에 이런 일이〉에 나올 수 있을 만큼 희한한 확률. 합창 대장 최홍기 대위가 대학 동창, 육본 중대장이 고교 동창. 나는 지금 내 얘기를 읽고 있는 분들이 이런 이야기를 듣고 사실 그대로 믿어 주실까, 심히 의심이 된다(박치호는 제대 후 금방 병으로 죽었다).

내가 생각해도 나는 참 이례적인 군 생활을 했다. 러시아에는 알렉산드로프 앙상블(The Alexandrov Red Army Choir), 즉 러시아 군대 합창단이 있다. 엄청 유명하다. 전 세계에 있는 합창단 중에서 단연 세계 최정상급이다. 한국 육군 합창단 역시 러시아를 롤 모델로 창설되었다. 그리고 거기에 조영남이 속해 있었기에 상당히 유명해졌다. TV 방송에도 종종 출연할 정도였다. 그러나 나 조영남에겐 그보다 더 중요한 임무가 따로 있었다. 육군본부와 바로 붙어 있는 국방부에는 별들이 넘쳐난다. 별을 단 장성들이 많다는 얘기다. 전쟁 중이 아니어서 장성 연회가 자주 열리곤 했다. 그 장성들의 연회에 불려 가서 노래를 불러야 했던 것이다. 행여 외부 가수를 초청할 경우 적지 않은 비용이 들어가는데, 당시 〈딜라일라〉를 부른 최정상급의 가수 조영남이 육군 현역병으로 와 있으니 우습게 들리겠지만 그들로서는 엄청난 행운 아니었겠는가.

장성 파티의 단골 가수로 근무하면서 두 가지 일이 각별히 생각난다. 첫째는 문물을 익혀야 한다고 깨달은 점이다. 우선 영어를 배워 둬야 한다는 생각이 들었다. 바로 그것이다. 가령 한국 장성과 미국 장성의 부부 동반 스탠딩 파티가 열렸을 경우 처음에는 그런대로 잘 섞여 있다. 그러나 내 노래 두 곡이나 세 곡쯤 지날 때면 희한하게 분리된다. 한복 입은 장성 부인들이 한쪽 구석으로 몰려간다. 원인은 간단하다. 언어가 안 통하기 때문에 슬금슬금 말이 통하는 한복끼리 모이게 된다는 얘기다. 그런 광경을 내려다보며 나는 어떤 경우에도 영어를 익혀 둬야 한다는 결심이 서게 됐던 거다.

또 하나는 장성 파티 공연 중간에 술을 얻어 마신 것이다. 장성 파티에서 노래를 부르게 되면 재밌는 일들이 발생하곤 한다. 짓궂은 장성이 "조 일병! 쭉 불러." 소리친다. 무슨 소리냐 하면 내가 노래 한두 곡을 부르고 나서 어물어물 서 있으면 계속 노래를 이어 부르라는 명령(?)이다. 별과 밥풀때기 두 개의 일등병은 말 그대로 하늘과 땅이다. 별을 단 상관이 쭉 부르라는데 이유를 달 수가 없다. 쭉 아는 노래를 다 불러야 한다. 그런 때에 누군가 점잖고 우아하고 권위가 실린 목소리로 "조 일병! 노래 그만하고 이리 와. 술 한 잔 마시고 노래해!" 하며 친절하게 술을 친히 따라 주시고 먹을 것을 챙겨 주곤 했다. 대통령 비서실장이던 이범석 씨가 그랬다. 그런 그가 아웅산 묘소 폭탄 테러 사건에서 희생당하셨다.

내 군대 생활의 하이라이트는 상병 때의 일이다. 나는 세계적인 부흥 선교사 빌리 그레이엄 목사의 여의도 집회 때(100만 명 이상의 세계 최대 부흥회로 기네스북에 올라 있단다) 군복 차림으로 특별 성가를 부르게 된다. 육본 교회에 가끔 초빙되셨던 수원 중앙 침례교회 김장환 목사님이 어느 날 "조 상병! 빌리 그레이엄 전도 집회가 곧 열리는데 아마 내가 통역할 껴여. 그때 내가 조 상병 특송을 하게 만들 껴여."라고 특유의 '수원 사투리'로 알려 주었는데 실제로 그 일이 성사되었던 것이다. 김옥길 이화여대 총장님, 법정대 이태영 학장님이 힘을 써 주었다는 얘기도 들었다.

실제로 나는 그와 같은 세계적으로 주목을 받은 무대에서 노래를 부르고 난 후 그쪽 음악 담당인 클리프 배로우 목사님으로부터 제안을 받게 된다. "제대 후 우리가 미국에서 요청하면 미국에 올 의향이 있는가." 이런 요청에 나는 영어로 대답한다. "예스(Yes)." 그런 연유로 당시엔 미국 건너가

기가 쉽지 않을 때였는데 나는 제대 후 미국으로 건너가게 된다.

제대 말년엔 군대 생활이 더욱 수월해졌다. 유신 시대에 막강한 권력을 자랑하던 강창성 장군이 이끄는 보안사에 파견 근무 명령이 떨어졌기 때문이다. 이건 행운이 넝쿨째 굴러온 셈이다. 무엇보다 영외, 즉 집에서 출근할 수 있고 사복 근무도 가능했기 때문이다. 나는 지금도 유신이 무엇인지 잘 모르지만 박정희 당시 대통령이 유신을 발표하면서 유신 선전 연극단을 보안 사령부에서 결성했기 때문에 그 영향권에 있었다. 연극 제목은 〈학당골〉. 전방에서 근무하던 미남 남자 탤런트 노주현과 육본에서 근무하던 추남 조영남을 끌어내어 남자 주인공을 시켰다. 여자 쪽에서는 TV에서 최고의 인기를 자랑하던 한혜숙, 박원숙, 강부자, 김영옥 등을 시켰다. 그때 출연진 중 지금 고인이 된 사람은 여운계와 추송웅, 강계식 등이다.

우리 연극단은 다른 군부대나 일반 극장에서도 곧잘 초대받아 공연했다. 워낙 초호화 캐스팅이어서 인기가 좋았기 때문이다. 특히 막강한 보안사 소속 연극단이기 때문에 어딜 가나 대접이 융숭했다. 그때는 엄청 귀하던 양주가 연극단장 황 소령 앞으로 넉넉히 들어왔다. 노주현과 나는 그때 너무 젊었기 때문에 한도 끝도 없이 양주를 퍼마셨다. 그때 평생 잊지 못하는 일명 '똥 과자' 사건이 발생하게 된다.

매일 공연이 이어지던 때였는데 양주에 만땅 취한 내가 기억하는 건 급하게 화장실을 다녀온 것뿐이고 내가 방문을 열었더니 여자 탤런트 김영옥 씨가 기겁을 하고 뛰쳐나가는 것이었다. 다음 날 김영옥 씨로부터 듣게 된 얘긴데, 한밤에 조영남이 히죽히죽 웃으며 자기 방에 쳐들어와 기겁을 하고 도망쳐 나왔다는 것이다. 그때는 한겨울이었다. 나는 술에 취해 김영옥 씨 방을 내 방인 줄 알고 들어갔다가 거기서 그냥 쓰러져 잤던 것이다. 다음 날 곯아떨어진 채 버스에 실려 다음 공연장을 향해 갔다. 공연장에 도착하여 졸린 눈을 비비며 옷을 갈아입기 위해 군복 바지를 벗었다. 어! 그런데 옷이 벗겨지질 않는 것이다. 엉덩이 쪽에 손을 넣어 보았다. 딱딱한 과자(센베이) 같은 게 붙어 있었다. 꺼내 보니 어젯밤 화장실 갔던 잔재가 남아 하룻밤 새 뜨거운 장판방에서 그렇게 변해 버린 것이다. 내 인생 최대의 엽기적인 사건이었다.

군 감옥 갈 뻔한 사연

이렇게 뜨거운 여름은 내 칠십 평생 처음 겪는 것 같다. 거기다 코로나까지 확산 일로에 있던 지난 주말 나는 오랜만에 라디오 방송에 출연했다. CBS 기독교 방송국에서 매일 오후 6시 25분에 신설 방송하는 〈한판승부〉라는 제목의 프로그램(PD 손명회)에 섭외가 되었던 건데 내가 선선하게 OK를 할 만한 충분한 이유가 있었다. 프로그램 패널 중에 진중권 전 동양대 교수가 출연한다는 것이었다.

그렇지 않아도 나는 진 교수에게 일방적인 신세만 지고 변변히 고맙다는 인사도 제대로 표시하지 못하고 있던 참이었다. 이게 무슨 소리냐 하면 2016년 내가 미술 대작 사건으로 한국 미술계로부터 하룻밤 사이에 파렴치한으로 몰렸을 때, 그리하여 결국 재판정에 들어서는 입장이 되었을 때 포화가 난무하는 인터넷 전쟁터에서 질식사 직전까지 몰린

피고인 조영남을 위해 조자룡 헌 칼 휘두르듯 쨍강쨍강 싸우던 외로운 장수가 한 명 있었으니 그가 바로 진중권이었다.

2021년 7월, CBS 라디오 시사 프로그램 '한판승부'에 출연해 진중권을 만난 조영남.

그리하여 1심 재판 때 나는 어렵게 진 교수의 연락처를 알아내 조심스럽게 내 재판 때 증언자로 나올 수 있느냐 타진했고 놀랍게도 진 교수로부터 흔쾌한 답변을 받아 냈다. 믿겨지지 않겠지만 나는 그때까지 진 교수와 일면식도 없는 사이였다. 인사를 나눈 적도 없고 밥 한번 먹은 적이 없다. 지금 이 순간까지도 그렇다. 진 교수와 생전 처음 만나 악수를 한 것은 서초동 서울 지방법원 3층 재판정 복도에서였다. 그는 아주 멋졌다. 1심 재판 때 증언석에 앉은 진 교수의 피고인 조영남에 관한 방어 논리는 정교하기 이를 데 없었다.

"'붓으로 색을 칠해 그리는 것이 미술이다.' 이건 100년 전에 끝난 얘기다. 지금은 생각의 시대, 개념의 시대다. 조수가 화투를 그려 달라는 작가의 지시에 따라 그렸다면 그건 조수의 그림이 아니고 작가 조영남의 그림이다. 1,000원이건 1만 원이건 조수가 돈을 받았다면 당연히 그림의 임자는 돈을 준 작가다."

이렇게 명쾌한 미술 전문가가 증언을 해 주었으니 당연히 재판은 우리 쪽으로 기울 줄 알았다. 그러나 그게 아니었다. 진중권 교수의 반론은 씨알도 먹히지 않았다. 왜냐하면 1심 재판의 결과가 유죄로 나왔기 때문이다. 징역 10개월에 2년의 집행 유예 결과가 나왔다.

오늘의 내 얘기의 요건은 지금부터다. 이 책을 읽는 분들께 진심으로 고하는 경험자의 얘기다. 간단히 말해 판사님 앞에선 진중해야 된다는 것이다(진중권이 아닌 그냥 진중). 나는 원고 측의, 내가 미술 학원이나 미술 대학 근처도 못 가 본, 더구나 미술 협회에 등록도 안 된 자격 미달의 인물이 미술계를 어지럽힌다는 증언이 너무 어이없어 그냥 웃을 수밖에 없었는데 즉시 나는 재판장님으로부터 "피고는 웃지 마시오."라는 경고를 받게 됐고, 진 교수의 증언이 아무런 효과를 못 거둔 이유는 내가 너무 자신만만한 나머지,

때가 어느 때인데 그럼 이순신 장군이 망치를 들고 거북선을 직접 만들었겠느냐는 식으로 검사님과 판사님의 심사를 조금도 헤아리지 않았던 것이다. 이것이 결국 1심 패배를 자초한 것이다. 그리고 쫄딱 망한 것이다. 그로부터 대오, 각성하여 진중하게 끌고 가 2심 고등 법원에서 무죄, 3심 대법원에서 무죄로 끝을 내긴 했다. 뒤돌아보면 내가 콧방귀를 뀌고 경솔하게 던진 입방정 한 마디 때문에 여러 차례 쫄딱 망하고 쪽박 차는 일이 벌어졌던 것이다.

〈신고산타령〉을 '와우아파트 타령'으로 바꿔 불러 새벽에 홍성 법원으로 끌려간 것도 그랬고, 우쭐대면서 육군 참모 총장 출근 차에 '승전' 경례를 붙였다가 조사받게 된 것도 그랬고, 대통령 앞에서 〈황성옛터〉 대신 〈각설이 타령〉을 불러 '남한산성' 군 감옥 문턱까지 간 것도 그랬다. 그뿐 아니다. 겁 없이 일본 문제를 해결한답시고 책을 내고 국제적 인터뷰를 하다가 2년 간이나 자의 반 타의 반 유배 생활에 처해진 것도 그랬고, 5년 전 미술 대작 사건 와중에 자신만만하게 "내 그림이 떫다고 생각되는 사람은 내 그림 다 가져와라. 환불해 주겠다." 해서 밀려 들어오는 그림을 몽땅 환불해 주느라고 쫄딱 망해(나는 설마 환불해 달라는 사람이 있으랴 싶었는데) 하나 남아 있는 아파트까지 날릴 뻔한 것도 그런 소이연이었다. 또 있다. 노태우 대통령 부부 앞에서 실없는 얘기를 했던 일도 그렇다. 최근 윤여정 씨가 아카데미 상을 탈 때 기자들이 나한테 소회를 물어와 우아하게 몇 마디 했다가 국민 밉상으로 몰렸던 일. 그 일은 좀 억울한 구석이 있다. 기자들이 전화를 해왔을 때 "저는 우리나라에 그 정도로 훌륭한 여배우가 있는 줄 전혀 몰랐습니다.", 이렇게 잡아떼란 말인가.

각설하고 대통령 앞에서 〈각설이 타령〉을 부른 사연을 구체적으로 얘기해 보겠다. 나 때에는 육군 감옥이 남한산성에 있었다(지금은 경기도 이천시). 내가 조치원 훈련소에서 6개월 훈련을 마치고 육군본부로 올라왔을 때다. 어느 날 중대장으로부터 육본 참모장 김창범 소장 앞으로 가 보라는 전갈을 받는다. 여느 행사에는 대대장이나 본부 사령 김경순 준장의 지시를 받으면 그만이었는데 이번엔 달랐다. 뭔가 매우 중요한 행사라는 걸 알아차릴 수 있었다. 며칠간에 걸쳐 김 소장님과 나 사이에 치밀한 각본이 짜여졌다. 노래 순서는 〈황성옛터〉, 〈제비〉, 〈딜라일라〉. 나는 무슨 행사인가 누가 참석하는 행사인가를 감히 물어볼 엄두가 나질 않았다. 여기는 군대다. 밥풀때기 달랑 하나를 어깨에 단 최하의 졸병이 어휴, 별을 한 개도 아니고 두 개나 다신 소장님께 그런 질문 따위는 어림 반 푼어치도 안 되는 얘기다.

드디어 디데이가 왔다. 나는 그저 기타를 움켜 안고 차례를 기다렸다. 내 차례가 왔다는 신호를 받고 나는 무대 위

1975년 군 지휘관을 접견하는 박정희 대통령. [사진 중앙일보]

로 걸어 나갔다. 앗! 그것은 참으로 아찔한 순간이었다. 별들이 반짝반짝 은하수처럼 보였다. 무대 조명이 비치면 그렇게 보인다. 그런데 가운데 테이블에 앉아 있는 저 사람은 누구인가. 육척장신으로 키가 엄청 큰 우리의 서종철 참모총장. 역시 키가 훌쩍 큰 노재현 참모 차장 사이에 요철 모양으로 폭 내려앉아 있는 저 얼굴 까만 사람은 누구인가. 그렇다. 그분은 다름 아닌 박정희 대통령이었다. 아! 비유컨대 임금님을 실물로 처음 뵙게 되는 영광의 순간이었다. 나는 우선 "승전!"이라는 구호를 벼락같이 외치며 거수경례를 올렸다. 순간 내 머리는 자동적으로 퍼뜩하며 굴러갔다. '나는 지금 임금님 앞에 섰다. 그렇다. 나는 왕의 남자가 되어야 한다.' 왕의 남자가 되려면 어때야 하는가. 딱 한 가지다. 최고의 노래를 선물해야 하는 것이다. <황성옛터> 따위의 고리타분한 노래로는 최고의 노래 선물이 못 된다. 획기적인 노래를 불러야 한다. 나는 기타의 A 마이너 코드를 쫭! 내려 긁었다. 그리고 <각설이 타령>으로 들어갔다. 우리의 역사, 우리의 애환이 고스란히 담겨 있는 최상의 노래다. <아리랑>과 거의 맞먹는 노래다.

"작년에 왔던 각설이가아 죽지도 않고 또 왔네. 얼씨구씨구 들어간다 절씨구씨구 들어간다. 일자나 한 자를 들고나 봐. 일선에 가신 우리 낭군님 돌아올 날을 기다린다. 이자나 한 자를 들고나 봐. 이승만 씨가 대통령일 때 부통령에는 본관이었다. 얼씨구씨구…." 여기까지는 박장대소가 나오고 분위기가 좋았다. 그러나 오자 육자를 지나면서부터 분위기가 급랭하는 느낌이 들었다. 육자 칠자에서 끝날 수는 없다. 최소 십자까지는 가야 한다. 이때다. 김창범 소장님이 무대로 직접 올라와 노래하는 내 귀에다 대고 "조 일병! 각하가 좋아하시는 <황성옛터>로 빨리 불러." 하시는 것이다. 순간 나는 '아! 나는 망했구나. 아! 나는 또 죽었구나.' 하면서 각하가 좋아하신다는 <황성옛터>를 부르기 시작했다. 이미 내 온몸이 굳어져 왔다.

"황성옛터에 밤이 되면 별빛만 고요해해에." 앗! 그런데 다음 가사가 생각이 안 난다. 그래서 다시 첨부터 시작했다. 그런데 또 그 자리에서 끊어졌다. 삼세번이면 되겠지 하고 다시 불렀는데 역시 가사가 안 풀렸다. 평소엔 가사를 까먹으면 다른 가사로 즉시 둘러대거나 〈보리밭〉이나 〈딜라일라〉를 불렀으면 아무 탈 없는 건데, 언어 능력을 완전하게 상실한 상태였다. 김 소장님이 다시 내 곁으로 와 "조 일병 들어가." 그렇게 해서 나는 쓸쓸히 퇴장하게 된다.

다음 날 아침, 아니나 다를까 헌병 백차가 기상나팔 소리와 동시에 들이닥쳐 나를 헌병대로 끌고 갔다. 헌병 장교로부터의 직접 심문이 이어졌다. 두 가지로 요약되었다. 하나는 왜 대통령의 신청곡 〈황성옛터〉를 세 번이나 거부했는가. 다른 하나, 이것이 쟁점이다. 내가 부른 각설이 타령 중에 "작년에 왔던 각설이."는 과연 누구를 의미하는가 하는 거였다. 당시는 대통령의 장기 집권을 야당에서 문제 삼던 시기였다. 하지만 나로선 기가 찰 노릇이었다. 내가 나를 잘 변론하지 못하고 횡설수설하고 있을 때, 마침 중위(대위였는지 모르겠다)로 배석했던 신참 법무 장교가 서울대 출신 내 동창(황 씨 성이었다. 이름은 기억나지 않는다. 나중에 부장 판사가 됨)이었는데, 고참 장교한테 "재는 무슨 정치색이 있어서 그런 게 아닙니다. 재는 제가 잘 압니다. 그냥 똥, 된장을 못 가릴 뿐 다른 저의가 없는 친굽니다. 저희들이 완전 책임지겠습니다." 아, 이번에도 천사 같은 구원자 덕분에 남한산성 감옥행을 간신히 면한다. 그 후에 뒤늦게 알았다. 우리 대통령은 매해 한 번씩 관례상 육군 회관에 들르신다는 것이었다. 하! 제기랄! 내가 무슨 수로 그런 걸 알고 있었으랴!

보고 싶은 사람, 보지 못한 사람

내가 우리나라에서 언어 구사력이 가장 탁월하다고 믿어 의심치 않는 분이 김동길 박사님인데, 박사님과는 대략 35년 전부터 가깝게 지내왔다. 그러던 중 언어 구사 능력에서 김동길 박사님과 막상막하인 아나운서 김동건 형님(선배님이라 할까 했는데 그냥 평소 하던 대로 형님으로 정했다. 아! 우리네 존칭의 편치 않음이여!)까지 김동길, 김동건, 조영남 3인 TV 토크 쇼 〈낭만논객〉을 했던 적이 있다.

한참 전인 1985년, 그러니까 지금으로부터 36년 전 김동길 박사님은 당시 정계에서 잘나가던 김대중, 김영삼, 김종필 씨를 향해 "3인은 낚시나 가라."고 일갈을 퍼부었다. 그러니 그 여파가 어떠했겠는가! 그러고서 김 박사님은 정작 미리 계획된 미국 서부 지역 전도 집회에 참석하기 위해 미국 LA에 오셨다. 사람들은 3김은 낚시를 하러 가라 해 놓고 정작 본인은 미국에 몸을 숨겼다고 수군거렸다. 마침 나는 그때 스탠퍼드 대학이 있는 팔로알토에서 친하게 지내던 경기여고 출신 윤영숙 누님 집에 머물고 있었다. 그런데 공교롭게도 김 박사님 역시 나와 함께 임시로 영숙이 누님네 집에 머물게 된 것이었다. 나는 그때 처음으로 김 박사님을 만나 뵙게 되었다.

TV 쇼 〈낭만논객〉을 본 사람 중에는 내가 김 박사님께 종종 무례했다고 하는 이들도 있는데 그렇게 보일 수도 있다고 본다. 왜냐면 김 박사님과 나는 일찍부터 허물없이 친했기 때문이다. 김동건 형은 김 박사님의 연세대 직계 스승과 제자 관계이다. 동건 형이 평소 김 박사님을 대하는 모습을 실제 보면 절로 감탄사가 나올 만큼 끔찍하시다.

팔로알토의 영숙이 누님네 집에서 김 박사님과 함께 숙식하고 있을 때였다. 어느 날 아침 김 박사님이 나한테 "어이 조 군! 우리 총장님 전화 좀 받아 봐." 하시는 거다. 여기서 총장님이란 김 박사님의 친누님인 이화여대 김옥길 총장님을 일컫는 것이다. 나는 오잉? 단 한 번 뵌 적도 없는 총장님이 웬일로 나를 찾으시나 하면서 전화(국제 전화)를 받아 얼른 "예! 저는 조영남입니다." 큰 소리로 말했는데 저쪽에선 아무 말도 없이 연신 "크크크크." 하시며 말을 못 꺼내다가 겨우 "나 동길이가 얘기하는 코 퀜 얘기 들었어. 크크

1960년대 가요계를 풍미했던 가수 리타김. [사진 중앙일보]

크크 헷헷헷헷." 하시는 거다. 나는 그때 그 전화가 어떻게 마무리됐는지도 기억이 없다. 내 인생 최초의 김옥길 총장님과의 전화 통화에 대한 기억은 그저 웃음소리가 전부였다.

그럼 코 펜 애기는 뭔가? 오래전 내가 미국의 최남단 플로리다 주 탬파에서 학교에 다닐 때 얘기다. 지금은 세계 최정상급의 여배우로 변모한 윤여정 씨와 함께 살 때다. 그때 우리 부부는 우리를 미국으로 이끌고 가셨던 김장환 목사님의 가까운 친구였던 케네스 목사님이 제공해 준 교회와 붙어 있는 사택 한 채에 살게 되었는데 얼마 후엔가 같은 동네 바닷가 호텔을 인수해서 이사를 오게 된 맥밀런 씨의 부인이 바로 내 선배 가수 리타김이었던 것이다.

리타김은 〈여인의 눈물〉이라는 노래로 한국 가요계에 데뷔하여, 지금은 은퇴하신 패티김 선배와 동시대에 미8군 쇼단에서나 동남아 특히 홍콩 같은 지역에서 활동했다. 우리 때는 극장식 쇼 무대에서 MC들이 낯선 가수들이 등장할 때 유행처럼 되뇌었던 소개말이 있다. "여러분! 방금 동남아 무대에서 활약하다 돌아온 가수 리처드 조입니다." 리타김이야말로 진짜 동남아 순회공연 때 영국계 미국인 맥밀런 씨를 만나 결혼하는 바람에 한국 연예계에서 일찍 퇴장하게 됐는데 세월이 흘러흘러 공교롭게도 우리가 자리 잡고 살던 플로리다주 탬파의 같은 동네로 이사를 오게 된 것이다. 당연히 이를 계기로 가까워진 것은 물론이다. 특히 그쪽 아이 데이비드와 우리 쪽 아이 얼이 같은 나이, 같은 학교라서 우린 학부모로서도 교감의 폭을 넓힐 수 있었다.

맥밀런과 리타김의 바닷가 수영장 딸린 대저택에는 뒷마당과 연결돼 바다 위로 나가는 길쭉한 데크(나무 통로)가 있어 데크의 끝자락엔 간이 식탁까지 놓인 아늑한 장소가 마련되어 있었다.

사건이 있었던 그날 오후는 우리가 모두 함께 교회 예배에 참석했었는지 하여간 우린 그날 정장 차림으로 데크로 나가 바다 한가운데에서 담소를 나누고 있었다. 두 아이는 바다낚시를 한다고 떠들어 대고 있었다. 그러다가 한순간

으악! 괴성을 지르며 리타김이 얼굴을 감쌌고 맥밀런이 부인의 얼굴을 헤치며 무슨 일인가 했는데 그때 나는 얼핏 봤다. 낚싯바늘이 리타김의 얼굴 중앙 한쪽 콧구멍을 정통으로 꿴 것이었다. 그녀의 아들 데이비드가 낚싯줄을 멀리 던진다고 뒤를 쳐들었다가 힘껏 앞으로 내던지는 순간 낚싯바늘이 바로 뒤에 있던 자기 엄마의 코를 꿰게 된 것이다. 상상해 보시라! 코를 꿴 채 휙! 던지는 힘에 끌려야 했던 순식간의 고통을. 와! 그런데, 그런데 말이다. 나는 그 순간 커다란 철학적 실험을 완수했다. 그것은 감성이 이성을 단연 이긴다는 사실이었다. 나는 맥밀런이 부인의 양손을 헤치는 순간 그것의 실태를 쓱 보게 되었다. 나는 안타까움과 고통스러움을 함께 표현했어야 마땅했는데 그렇게 못 했다. 웃음이 쏟아져 나오는 걸 참아야 하는 고통에 직면하게 된 거였다. 감성이 이성을 앞선 것이다. 코끝에 매달린 미끼용 주꾸미 다리에 송골송골 맺힌 핏방울이 정말 우습게 보일 수밖에 없었다. 낚싯바늘은 속성상 뺀다고 흔들면 더 깊숙이 파고든다는 걸 전혀 모르던 터. 우리는 일단 집 안으로 들어가 해결하자는 의견 일치를 보고 자리를 옮기기로 했는데 내 얘기의 핵심은 지금부터다. 먼저 리타김의 남편 맥밀런이 부인을 일으켜 세우고 문제의 낚싯대를 짊어지듯 어깨위로 치켜들고 행여 당기지나 않을까 세상에서 가장 조심스러운 자세로 앞장을 서고 코를 꿴 당사자는 코에서 연결된 줄이 잘못 당겨질까 봐 줄을 코앞에서 한 뼘가량 여유 있게 당겨 잡고 앞장선 남편을 이인 일조로 따라간다. 그 뒤로 리타김의 외아들이 대역죄나 진 것처럼 풀 죽어 뒤를 따르고 그 뒤로 우리 아들 그리고 윤여정 여사님, 그다음이 나였다. 서서히 아주 조심스럽게 코 꿴 이들의 행진이 시작된다. 데크를 지나 뒷마당 수영장을 거쳐 리타김네 응접실에 붙은 화장실을 향해 낚싯줄로 연결된 맥밀런과 리타김은 들어가고 나머지 멤버들은 응접실에서 초조히 기다린다. 드디어 5분쯤 지나 화장실 문이 열리며 또다시 아까 처음 코를 꿨을 때의 아악! 하는 비명 소리가 들린다. 그러나 두 번째 비명은 아파서 생기는 비명이 아니라 폭발적인 웃음에서 나오는 소리다. 리타김이 화장실에서 남편의 도움을 받아 낚싯줄을 가위로 짧게 자르고 거울에 비친 코 꿴 모습이 자기 자신이 봐도 너무 우습기 때문에 자기도 모르게 내지른 비명 소리였다. 자신의 콧속에 매달린 낚싯바늘과 낚싯바늘에 연결된 피가 맺힌 주꾸미가 본인도 우스워 다시 한번 비명을 지르며 우리 부부와 함께 웃음을 터뜨리고 만 것이었다. 빠른 속도로 맥밀런 부부가 병원을 향해 떠나고 부부만 남게 된 우리는 그때부터 웃기 시작해 아무 말도 못 하고 그네들이 병원에서 돌아올 때까지 넓은 응접실 바닥을 뒹굴뒹굴 구르며 웃어 댔다.

여기서 또 하나의 생활 체험. 사람이 지나치게 웃게 되면 질식해서 죽을 수도 있다는 사실을 체감하게 된 거다. 코

TV 토크쇼 '낭만논객'을 함께 했던 김동건, 김동길, 조영남. 세 명의 사진을 활용한 조영남의 2014년 작품 '나의 길'의 일부.

퀜 사건은 내 파란만장한 인생 77년 중에 가장 강도 세게 웃었던 사건이었다.

김동길 박사님의 설교와 조영남 특송의 미 서부 지역 전도 집회를 전부 마치고 헤어지는 날 나는 김 박사님께 이렇게 말했던 게 기억이 난다.

"김 박사님, 어려운 부탁이 있는데요."

"뭔가 조 군, 말해 보게나."

"저는 지금까지 살아오면서 제가 만나보고 싶은 사람은 다 만나 봤습니다."

"그런데."

"그런데 단 한 분, 만나 뵙고 싶은데 못 만났습니다."

생전의 함석헌. 독립운동가이자 기독교 사상가,
인권 운동가였다. [사진 중앙일보]

"그게 누군가."

"『뜻으로 본 한국역사』의 저자 함석헌 선생님이십니다."

"그래? 그게 무슨 문제야. 한국 오는 대로 내가 소개해 주지."

"고맙습니다."

아! 그런데 내가 한국에 들어가 우물쭈물하다 끝내 못 만나 뵈었다. 함 선생은 1989년에 세상을 뜨셨다. 나는 지금까지 쭉 후회하고 있다. 함 선생님을 못 뵌 것을. 내가 함석헌 선생님을 그토록 보고 싶은 대상으로 삼고 있었던 이유는 당시 종교와 역사 공부에 미쳐 있었던 사정과 관련이 있다. 그때 나는 나름대로 공부에 자신이 붙어 기고만장한 나머지 『예수의 샅바를 잡다』라는 책을 썼는데, 내 생각에 한국 근대사에 나보다 먼저 예수한테 씨름 한판 걸어 끝낸 것처럼 보인 사람이 바로 함석헌 선생이었다. 더불어 내가 함석헌 선생한테 홀딱 반한 몇 가지 이유가 있었다(훗날 정치인 안희정과 내가 만나 잡지 인터뷰를 하면서 안 씨가 고등학교 때 함석헌 선생의 『씨알의 소리』를 읽고 분연히 정치판에 뛰어들었다는 이야기를 들었다. 다시 찾아보니 《월간 중앙》 2008년 2월호였다). 내가 함 선생을 롤 모델로 좋아한 첫째 이유는 '씨알'이라는 낱말을 고이 간직해서 우리에게 남기신 업적(함 선생이 사용한 '씨알'의 의미는 단순한 종자나 열매가 아니다. 심오한 뜻이 있다). 둘째 이유는 잘생기셨다. 큰 업적을 이룬 사람의 얼굴 모습은 그냥 보통 사람과 왠지 다른 것 같다. 가령 전봉준이나 안중근의 얼굴 모습과 비슷한 함석헌 선생의 비장한 얼굴 모습. 셋째, 선생의 종교관. 기독교이면서 무교회주의를 꺼내셨던 바다처럼 넓은, 말 그대로 '씨알' 같은 맘씨. 넷째, 역사책에 문학과 철학을 얹었다. 어느 책에서 읽었는데 의사가 되려다 뜻을 못 이루고 농부가 되려다 농부가 못 되고 어부가 되려다 고기 한 마리 못 잡고 놀랍게도 앞의 의사와 농부 사이에 미술에 뜻을 뒀다가 뜻을 못 이뤘다는 대목도 나온다. 나로선 그런 이력 하나하나가 놀라운 것이었다.

방 벽화 속 인물 소개

앞 편의 글에서 나는 김동길 박사님한테 내가 마지막으로 만나고 싶은 사람이 『뜻으로 본 한국역사』의 저자 함석헌 선생이니 소개해 달라고 했고 박사님이 내 청탁에 그러마, 했지만 뜻을 이루지 못해 평생 후회한다는 얘기를 했다. 참 어처구니없게도 그 후 나는 만나보고 싶은 대상이 없어졌다는 걸 느꼈다. 왜 그랬을까. 왜 그렇게 된 것인가. 나는 지금 일부러 드라마틱하게 말을 꾸미는 게 아니다. 뒤돌아보니 그랬다. 내 나이 겨우 40대 후반 청년 시절이었는데 보고 싶은 사람, 만나보고 싶은 사람이 없었다니. 그게 말이나 되는 소리인가?

어쨌건 나는 40대 후반부터 정신적 열망이 흐려진 결과일 것이라고 고백하면서 혼잣말로 중얼거린다. "그럼 저 사람들은 누구인가?" 내 방 벽에 걸려 있는 사진틀 속에 있는 사람들을 물끄러미 바라보면서 하는 말이다.

여기서 잠깐! 나는 자칭 영화광이다. 영화를 볼 때 어느 집 거실이나 침실 장면이 나올 때면 실내 장식을 어떻게 했나가 늘 나의 관심사다. 옛 왕조 시대에는 어김없이 자기네들 초상화가 즐비하게 걸려 있고 상류층이건 서민층이건 나름대로의 장식들이 있다. 값 좀 나가는 그림을 걸어 놓기도 하고 주로 가족사진들을 벽난로 위나 그랜드 피아노 위쪽에 주르륵 세워 놓기도 한다. 그게 기본 장식이기도 하고.

내 경우는 내 딸 방만 빼고는 100퍼센트 나의 손길로 실내 장식이 되어 있다. 큰 응접실엔 벽시계 이외에 걸려 있는 건 아무것도 없고(내가 작업 중인 미술 작품이 실내 장식인 셈이다) 내 침실 방에만 여러 모양의 사진틀과 내가 만든 미술 작품이 촘촘하게 걸려 있다. 그중에는 내가 만난 각계각층의 인사들과 찍은 사진들이 포함되어 있다.

내 방 왼쪽 벽에는 17점의 작은 콜라주 작품들이 걸려 있고 TV가 있는 앞면에는 26점의 사진틀이 걸려 있다. 머리 쪽 벽에는 36점의 작은 작품과 사진들이 무질서하게 걸려 있고 내 머리맡에는 침대 사이즈에 맞춘 제법 큰(80호 정도) 태극기 그림이 20여 년 가까이 걸려 있다. 내 방에 걸려 있는 사진틀은 아무런 체계도 없이 아무렇게나 막 걸려

조영남 집의 벽을 가득 채운 인물 사진 액자들. 일종의 인물 벽화다.
[사진 조영남, 중앙일보 김경빈]

있다. 그중에 다수를 차지하는 내 사진과 내 식구의 사진을 빼고 나와 함께 찍혀 있는 인물들을 보고 나는 불현듯 "그럼 저 사람들은 누구인가." 중얼거렸던 거다.

먼저 해 둬야 할 말이 있다. 이 사진들은 무슨 체계가 있거나 무슨 사연이 따로 있는 게 전혀 아니다. 어쩌다 사진들을 구해 그때그때 기분에 따라 맞추어 끼워 놓은 지나간 시간의 소산물일 뿐이다. 그리고 나는 지금 왜 그렇게 오랫동안 꼭 보고 싶고 만나고 싶은 사람이 없었을까 궁금해하면서 내 방에 걸려 있는 내 방의 벽화(사진들)를, 물론 이미 소개한 것들도 있지만 맥없이 다시금 설명하려는 참이다.

자! 그럼 내 방 전면 오른쪽부터 대한민국 최초의 여성 변호사이면서 내가 군 입대할 때 엄마 역할을 맡았던 이태영 학장님이 있다. 그 옆에 나와 함께 찍혀 있는 김민기, 민기는 내가 미술계에 들어가도록 등 떠민 사람이었다. TV 옆쪽에 있는 라틴계 가수는 훌리오 이글레시아스다. 이 친구는 내한 공연 때 만났는데 솜사탕 같은 목소리로 한국 팬들에게 엄청 인기가 있었다. 나는 TV에서 훌리오 이글레시아스와 2중창을 부른 적도 있다. 그는 온종일 여자 얘기를 할 수 있는 특이한 기술(?)의 소유자였다. 내 서랍 어딘가엔 88 서울 올림픽 때 한 무대에서 노래한 존 덴버나 나나 무스쿠리, 외국에서 만나 '카루소'라는 음역 높은 이태리 가곡을 함께 부른 루치오 달라 사진도 있는데 지금은 훌리오 이글레시아스 사진만 벽에 걸게 됐다. 언젠가 미국 텍사스 공연 때 〈Raindrops keep falling on my head〉라는 노래의 주인공 B. J. 토머스도 만나 친하게 됐는데 사진으로 남은 게 없어 매우 아쉽다. 사실은 BJ의 부인이 내 노래를 너무 좋아해 친하게 된 사이였다.

바로 아래로 정치가 김종필 씨와 찍은 사진이 걸려 있다. 김종필 씨는 나와 같은 충청도가 연고라 날 각별히 대해줬고 사람들 앞에서 나를 '괴물'이라 불러 주었다. 일요 화가회를 이끌었을 만큼 여유가 있는 어른으로 나는 가끔 "이런 분이 대통령 했어야 하는데…." 하는 푸념이 나오곤 했다. 어디 찾아보면 김대중 선생과 함께 찍은 사진도 있을 텐데 왜 안 걸었는지는 나도 모르겠다. 그런 식으로 만난 사람을 꼽아 보면 박정희, 전두환, 노태우, 김영삼, 박근혜 다 만나 인사를 나눴는데 사진은 남긴 게 없다.

아주 귀중한 사진을 소개할 차례다. 김수환 추기경과 김성수 대주교가 나의 양옆에 있는 사진이다. 정통 가톨릭 대표와 가톨릭에서 떨어져 나온 영국 가톨릭 즉 성공회 대표와 함께 찍은 사진이다. 언제 어떻게 만나 사진을 찍었느냐 물어도 소용이 없다. 내 기억 속에서는 이미 까맣게 지워져 있기 때문이다. 아쉽게도 김장환 목사님이나 조용기 개신교 목사님 사진도 벽화에 없다. 그 아래 윤형주, 이장희, 송창식, 김세환, 조동진과 함께 있는 사진이 걸려 있다.

그리고 바로 그 옆 사진이 히트다. 세계적으로 유명한 골프 선수 잭 니클라우스와 역시 전설적인 골프 선수 베른하르트 랑거와 함께 찍은 사진이다. 거기 내 친한 친구 스탠리 게일(게일 인터내셔널의 회장)이 인천 송도 지구를 개발해 놓은 친구였으니까 그런 사진이 남아 있는 것이다. 미친척하고 그때 니클라우스한테 한번 골프로 붙자고 했어야 하는 건데. 골프에 목매는 성격도 아니고 큰 취미도 없었기 때문에 그냥 패스했던 게 못내 아쉬움으로 남는다.

인천 송도 기념 파티 때 미국 대통령이었던 아버지 부시 부부를 만났는데 부시 대통령 아주머니가 무척 인자하고 내 노래를 무척 좋아했다. 무슨 이유에선가 아들 부시가 한국에 왔을 때 찍은 사진도 벽에 걸려 있다. 물론 빌 클린턴 사진도 있고 빌의 남동생 로저 클린턴의 사진도 있지만 벽화에는 안 들어갔다. 세종 문화 회관에서 동생 로저의 색소폰 연주를 시연했는데 그날 내가 MC여서 빌과 로저를 혼동할까 봐 무척 신경을 썼던 기억이 생생하다. 동생의 색소폰 연주는 그저 그랬다. 러시아의 옐친 대통령도 한국에 왔었다. 지나간 얘기니까 괜찮을 거라고 믿고 털어놓는 건데 환영 음악회를 시작하기 전에 옐친은 이미 술에 취해 횡설수설하

소련의 대통령이었던 미하일 고르바초프와 자리를 함께한 조영남.

고 노래를 할 때마다 앞으로 나와 덩실덩실 춤도 추고 가수들과 악수를 나누고 수선을 떨고 그랬다. 다소 주책없어 보였지만 매우 유쾌한 사람이었다. 옐친에 비해 내가 이미 미술 작품으로 남겨 놓은 고르바초프 부부는 정말 달랐다. 너무 친절하고 우아했다. 내가 2016년부터 2021년까지 긴 유배(미술 재판) 기간에 책을 쓴다는 이유로(『시인 이상李箱과 5인의 아해들』) 교향악의 최고봉 구스타프 말러를 공부하며 알게 된 놀라운 사실이 있는데 다름 아닌 고르바초프가 당대 유명한 러시아 작곡가들을 놔두고 말러리안(말러를 좋아하는 사람들을 통칭)이었다는 것이다. 나는 그 사실에 또 한 번 경탄했다. 우리는 언제나 말러 교향곡을 운운할 줄 아는 정치 지도자를 만날까 푸념을 하면서.

그다음 세계적인 여배우 마릴린 먼로의 사진도 있다. 내 엄마 김정신 권사님 얼굴 사진과 마릴린 먼로의 얼굴 사진을 나란히 놓고 관람객에게 누가 더 이쁜가 물어보는 의미의 작품이다. 그리고 누가 언제 어떻게 찍었는지 모를 조용필, 나훈아, 조영남(가수라는 동질감 이외에 도무지 다른 조합으로는 불가능할 법한) 3인이 함께 찍은 사진이 걸려 있다. 장소만 어렴풋이 여의도 MBC 방송사 옆 뜰의 공터였던 걸로 기억한다. 물론 미술 작품화해서 걸어 놓은 것이다. 바로 그 옆 사진이 서강대 영문학과 교수였던 장영희다. 그리고 늘 말을 미술 소재로 삼았다가 후에 화투 소재로 그림을 그려 우리끼리 화그사협(화투를 그리는 사람들) 회장과 부회장을 나눠 가졌던 김점선, 그리고 한때 행복 전도사로 불리며 TV에 출연하곤 했던 최윤희와 찍은 사진도 걸려 있다. 신기하게도 서로 자매처럼 친했던 3인은 2009년, 2010년 몇 개월 차이로 마치 약속이나 한 듯이 모두가 세상을 떠났다. 이들과 함께 수다 떨며 놀 때가 내 인생의 최전성기였던 것 같다. 그 아래쪽에 있는 사진은 꽤 오래된 사진인데 내가 백남준과 나란히 서 있는 사진인바 내가 뭔가를 백남준 선배한테 설명하는 순간 누군가가 셔터를 눌렀던 것으로 추정된다. 얼핏 보면 내가 오히려 선배인 것처럼 보이는 측면이 있다. 그래서 웃기는 사진이다. 여기까지가 내 방의 벽화 내용이다.

내 방의 벽화는 차후에 어떻게 변할지 아무도 모른다. 그 사진들 중에 딱 하나만 고르라는 질문이 들어온다면? 질문은 좋지만 피고의 입장에서 증언을 거부하겠다. 어느 사진을 타인들한테 가장 자랑스럽게 말했나? 그건 고르바초프인 것 같다. 물론 즉흥적인 질문이지만 내 방 빈자리에 앞으로 꼭 걸어 놓고 싶은 인물이 있는가?

"있다."
"그게 누구인가."
"음…."
"대답하기가 곤란한가?"
"아니다."
"그럼 대답해 주라."
"당신은 상상을 못 할 거다."
"그게 누구인데 그러나."
"손기정이다."
"마라톤 선수 말인가."
"그렇다."
"올림픽 시즌이라서 그런가."
"…천만에. 아니다. 필연적인 이유가 있다. 나는 내 방 벽화를 종로의 벽화처럼 그렇게 즉흥적으로 장식하고 싶진 않다."

3부

세월은 흘러서 어디로 가는지

육상 경기에 빠지다

2부의 마지막 편에서 내가 손기정을 특별히 언급한 것은 그에 대해 쓸 마음이 있었기 때문이다. 그리고 손기정에 대한 글을 쓰기 위해 방금 계속 이어지던 전화 통화를 끊었다. 전화 통화 상대는 남쪽 여수 어느 섬에 폼 나는 서재 겸 미술 작업실을 만들어 놓은 심리학자 김정운 교수였다. 나는 수 분간 일방적으로 타박만 받았다. 조심하시라. 김 교수는 선배고 후배고 그런 거 없이 마구 들이대는 사람이다. 그는 내가 신문에 연재하는 글의 내용이나 속도가 느슨해졌다고 말했다. 빌어먹을! 무슨 재주로 코로나와 무더운 땡볕 속에서 매주 원고지 20매를 속도 있게 쓰라는 건가. 실은 내가 약점 잡힌 게 있어서 대놓고 덤빌 수도 없는 처지다. 무슨 약점이냐고? 벌써 지나간 지 꽤 된 얘기니까 털어놔도 될 듯싶다.

5년간의 미술 대작 재판이 대법원까지 갔을 때 거기서 나한테 최종 진술 기회를 줬다. 그때 나는 무시무시하고 삼엄한 대법원 재판 현장 분위기를 약간 웃길 요량으로 끝머리를 이런 식으로 장식해 큰 성공(?)을 거두었다.

"재판장님! 옛 어른들이 화투를 가지고 놀면 패가망신한다고 했는데 제가 너무 오래 화투를 가지고 놀았나 봅니다."

이 진술이 효과가 있었는지, 나는 결국 최종적으로 무죄 판결을 받게 된다. 문제는 패가망신 얘기는 내가 만들어낸 얘기가 아니라 순전히 김정운 교수의 코치에 의해서 만들어졌다는 사실이다.

김 교수가 뭐라건 말건 2021년 여름 나는 살판났다. 왜 살판났냐면 바로 일본 올림픽 때문이었다. 이건 딴 얘기지만 최근 일본은 로마 제국의 멸망처럼 왠지 되는 일이 없어 보인다. 서서히 기우는 느낌이 든다. 그렇게 잘나가던 소니도 삼성이나 LG 밑으로 들어갔고 이제 도요타까지 현대, 기아 밑으로 들어갈 것 같으니 말이다. 도쿄 올림픽 좀 보시라! 무관중의 운동회라니! 안쓰럽기가 그지없다. 그러나 그 와중에도 나는 신이 났다. 까짓 무관중이면 어떠냐! 양궁을 시작으로 수영, 배구, 축구 다 재밌었다. 그러나 결정적으로 서기 2021년 8월 7일 토요일 저녁 7시쯤부터 나는 황홀의 극치였다. 이렇게 내 생애를 통틀어 나 혼자 이토록 신바람이 났던 저녁은 결코 없었다. 아시다시피 올림픽 속에는 수많은 종류의 운동 종목이 있다. 별의별 게 다 있다. 그중에서 내가 유독 좋아하는 운동이 딱 한 가지 따로 있으니 그게 뭐냐 바로 육상이다. 그렇다. 트랙 경기다. 뛰는 경기 '담박질'이다. 우리 충청도에선 뛰는 걸 '담박질'이라고 한다. 100m, 200m, 400m, 800m, 1,500m, 10,000m, 그 안에 짬짬이 계주, 그리고 마라톤!

몇 달 전 바꾼 새 삼성 폰에서 유튜브 아이콘만 누르면 각종 육상에 관한 정보가 주르르 흘러나온다. 나는 88 올림픽 때 존 덴버와 함께 〈Perhaps Love(아마도 사랑일 거야)〉를 함께 부르기도 했지만 그보다는 100m의 칼 루이스와 벤 존슨이 대결하는 모습도 보았고, 어여쁜 미국 처녀 그리피스 조이너가 100m에서 세계 신기록을 세우는 모습도 내 눈으로 직접 지켜본 사람이다. 올림픽에서 노래한 것보다 육상 경기를 직접 본 게 더 좋았다. 그로부터 30여 년 만에 지난 주말 100m 여자 세계 신기록을 깨는 모습을 비롯해 특히 꿈의 이상형이었던 35세의 아기 엄마 앨리슨 펠릭스가 미국 여자 1,600m 릴레이 경기에 나와 우승하는 모습도 보고 아프리카 에티오피아에서 네덜란드로 이주해 온 여자 중장거리의 시판 하산 선수가 여자 10,000m에서 우승하는 모습도 내 눈으로 똑똑히 봤다.

나는 담박질이야말로 운동의 뿌리라고 생각해 왔다. 내가 왜 육상을 좋아하는지 나만의 슬픈 곡조를 털어놓겠다. 나는 삽교초등학교(당시 전교생 2,000여 명 규모) 때부터 모든 과목에서 상위 그룹에 속했는데 유독 담박질만큼은 늘 꼴찌였다. 반 전체에서 꼴찌. 남들은 그 느낌을 알 수 없다. 얼마나 내가 육상에 열등의식(?)이 있었으면 훗날 MBC 주최 전국 연예인 마라톤 대회에 출전을 했겠는가. 여의도에 가 보니 진짜였다. 관중도 모여 있고 게다가 경찰에서 대회 협조 차량까지 보냈으니 장난이 아니구나 철석같이 믿고 뛰어 봤다. 중간쯤까진 간신히 따라갔는데 홍국이를 비롯 옆에서 뛰던 사람들이 자기네끼리 얘기하는 걸 들었다. "야! 시키야 제1회 연예인 마라톤 대회인데 우리가 1등 들어가면 어떻게 해. 영남이 형님을 1등 하게 만들어야지." 하며 등 떠밀고 부축하다시피 해서 여의도 한 바퀴를 돌고 내가 1등 테이프를 끊었는데 가물가물 정신없는 가운데 정신을 차려보니 개그맨 이경규가 날 내려다보는 것이었다. 아! 그때 최고 인기를 끈 〈몰래카메라〉라는 프로였다.

한편 홍수근이라는 삽교초등학교 6학년 선배는 공부도 1등이고 전교 회장이고 무엇보다 400m 계주 마지막 주자였다. 나는 평생 그의 뒤를 추적하며 살아왔다.

알고 보니 몰래카메라였던 연예인 마라톤 대회.
조영남의 왼쪽이 가수 김흥국, 오른쪽이 개그맨
황기순.

그럼 나는 왜 꼴찌인가. 그럴 만한 이유가 있다. 내 머리통이 내 몸집에 비해 불균형하게 크기 때문이다. 그래서 반대 심리로 나는 육상을 미치도록 좋아하게 된 것이다. 내가 첫 번째로 혼자 살기 시작했을 때 시간이 너무 많이 남아 최초로 단편소설(원고지 70매)을 한번 써 봤는데 오죽했으면 제목이 '담박질'이었겠는가. 이런 미세한 심리를 김정운 교수가 알기나 할까.

자! 이젠 본론으로 들어가자. 지난번에 내 방 벽화(벽에 걸린 사진틀 속의 인물도 미학적으로 벽화의 인물이라 칭할 수 있다)의 인물 중엔 마릴린 먼로도 있다고 얘기하면서 내 방 벽면에 추가하고 싶은 인물로 손기정 선수의 이름을 댔다. 요컨대 내 평생 내가 본 사람 중에서 다른 사람에겐 좀 미안하지만 총체적으로 가장 흠모하는 사람이 바로 손기정 선수다. 나는 일찍부터 단군 할아버지 바로 다음으로 손기정 선수를 높게 쳤다. 내가 평소「오감도」를 쓴 시인 이상(李箱)이나 단군교를 세우려다 실패한 나철(羅喆) 선생 같은 이를 흠모하는 것과는 또 다른 얘기다. 이것은 극히 개인적인 나만의 비밀 종교 같은 얘기다. 그가 한국 근대사에서 최초로 우리 대한민국 사람이 이 세상에서 우수할 수 있다는 걸 증명해 냈기 때문이다. 그것도 우리 민족이 일본으로부터 핍박받던 중에 말이다. 우리에게 희망이 있다는 걸 일깨워 주었다. 스스로 말하지 않았던가. 베를린 올림픽 마라톤 시상대에서 나라 없는 민족의 설움 때문에 고개를 숙이고 눈물을 흘려야 했다고 말이다.

1990년대 LA에서 열린 육상 대회에 초청받은 고 손기정과 조영남.

뜻이 있는 곳에 길이 있다고들 그런다. 바로 그거다. 내가 40대 후반에 한참 잘나갈 때 그토록 열망했던 손기정 선수를 직접 만나게 된다. 만난 정도가 아니다. 무려 7박 8일을 미국 LA 지역에서 동고동락하게 된다. 지금 생각해 봐도 믿어지지 않는 일이다. 그 스토리는 이렇다. 미국 LA에서 친하게 된 어느 태권도 사범으로부터(당시 외국에 나간 우리 태권도 사범들의 위세는 상상 이상이었다) 연락이 왔다. 미국과 캐나다 대항 육상 대회에 날 더러 양쪽 국가를 불러달라는 요청과, 여기가 대박이다. 대회의 명예 회장이 바로 손기정 선수라는 것이다. 꿈이 아니라 생시에 그런 출연 요청이 들어온 것이었다. 몇 해였는지 그런 거 따지는 건 부질없어 보인다. 첫 대면은 김포 공항인 것으로 기억된다. 인간 손기정! 꼭 내 아버지 조승초 씨 같았다. 말투부터가 심한 고구려 말투였다. 거기다 단순한 인간형이었다. 어린아이 같은 단순함 바로 그것이었다. 어쩌다 마라톤 선수가 됐냐는 질문을 받으면 뭐 그런 걸 묻느냐는 식으로 "그때 뭐 할 게 있었나. 학교 선생님들이 '너 잘 뛴다. 뛰어 봐라.' 해서 뛴 거지 뭐.", 대수롭지 않게 얘기하는 남자 중에 상남자였다.

하여간 손기정 선수와 함께(한때 세계에서 제일 잘 뛰었던 사람과 깡촌 삽교초등학교에서도 가장 꼴찌로 뛰었던 두 사람, 이보다 재미있는 조합이 더 이상 어디 있겠나) 미국 LA로 건너가 실제로 캐나다 국가와 미국 국가를 수천 명 관중 앞에서 불렀다. 딴 얘기지만 지금까지의 경험으로 지구상에서 내가 들어 본 각 나라 애국가 중엔 단연 미국 국가 〈The Star-Spangled Banner(별이 빛나는 깃발)〉가 최상이다. 그걸 내가 수천 명 관중 앞에서 부른 것이다. 끝부분쯤 "While the land of the free" 하는 부분을 노래하는 도중에 벌써 천둥 번개 같은 박수가 터져 나왔다. 허허! 누가 믿기나 하겠는가. 손기정 선수와 동고동락 이틀 만인가 사흘 만에 손 선수가 나한테 "형님."이라고 호칭하는 것이었다. 오해는 없기를 바란다. 손기정 어르신의 이론은 분명했다. 누구든 그 날 밥값, 술값 내는 사람이 '형님'이라는 것이었다.

나는 손기정 선수가 박정희 대통령으로부터 적잖은 땅을 하사받았다는 얘기도 직접 들었고 그걸 살면서 몽땅 날려 버렸다는 얘기도 직접 들었다. 난 내 주제에 손 선수를 마구 야단쳤다. 내 야단에 아무 대꾸도 못 하셨다. 나는 또 한 번 화를 냈다. 이번엔 나 혼자 내는 화였다. 동작동 내 아파트로 저녁 초대를 했더니 거기 가는 버스가 있냐고 묻는 소리를 듣고 나는 빌어먹을 세상이라고 한탄했던 기억이 난다. 지금 이 원고가 신문에 발표되면 거기에 자료 사진으로 나올 베를린 올림픽 당시의 손기정 사진을 내 방 벽에 추가해야겠다. LA에서 육상 대회가 끝나고 어스름한 저녁이 되면 나한테 "형님, 오늘 저녁 끽." 하시며 술잔 들어 올리는 모습을 지어 보이시던 천하에 인자하고 너그럽고 바다 같은 넓은 마음씨의 소유자, 말 그대로 진짜 사나이. 손기정 어르신, 그가 늘 그립다.

단편 소설 '담박질'

앞에서 손기정 선수 이야기를 하면서 '담박질'에 열등감이 있는 내가 「담박질」이라는 제목의 단편소설을 써 본 적이 있다고 은근히 자랑하면서 뒤에서 자세히 설명하겠노라고 말했던 걸 기억하고 있다. 지금부터는 내가 쓴 최초의 순아마추어 단편소설 「담박질」을 소개하고 독자들의 판단을 기다려 보겠다. 「담박질」은 첫 번째 이혼을 하고 그 여파로 약 1년간 방송 출연을 못 할 때 시간이 좀 남아 심심풀이로 쓴 소설이다. 200자 원고지 70매짜리다. 나는 띄엄띄엄 소설을 따라가는 방식을 취하겠다. 부끄럽다. 글솜씨가 예나 지금이나 크게 달라진 게 없는 것 같아 그렇다.

나는 초등학교 때부터 담박질엔 반 전체에서 꼴등이었다. 내가 딴 건 잘했는데 담박질에는 신체 구조상 영 소질이 없었던 것이다.

삽교초등학교 시절의 조영남. 조영남은 2학년 때로 기억했다.

6학년 선배 중에 홍수근 형이 있었는데 공부도 1등이고 학생회장이고 전체 대대장이고 무엇보다 그는 우리 초등학교 400m 릴레이 대표 선수였다. 그런데 홍수근 형 옆에는 전교 2등이었던 김경식 형이 꼭 붙어 다녔다. 홍수근, 김경식 두 선배는 나의 영원한 영웅이었다. 어느덧 세월이 흘러 내가 서울대 음대 2학년 때 〈딜라일라〉라는 노래를 TV에서 불러 일약 인기 가수로 성공하고 공연을 하러 다니던 어느 날, 이 일은 시작된다(나는 옛날 원고를 찾아내어 마구마구 줄여서 써 내려간다). 대충 줄거리는 이런 거다.

아무래도 하루에 다섯 군데 출연은 무리였다(옛날에는 밤무대가 가수들 생계에 주업이었다). 하지만 별다른 도리가 없었다. 두 달 전 예정에도 없던 이혼을 결행했고 빈손으로 집을 나왔고 급한 대로 아파트 전세금이라도 끌어모아야 했다. 저녁 아홉 시부터 새벽 한 시 반까지 일수쟁이 일수도장 찍으러 돌듯 밤업소 무대들을 누비고 다녀야 했다. 돈 생기는 일에 시간 뺏기는 거야 억울할 게 없었지만 전에 없이 목이 아픈 게 문제였다. 하룻밤에 다섯 번씩이나 〈보리밭〉을 불러 젖히고 나면 웬걸 〈보리밭〉이 진흙탕 밭으로 되어 버리곤 했다. 하루는 고향 선배를 자처하는 사람이 나를 꼭 만나고 싶어 한다고 매니저가 전했다.

기다린다는 사람이 누구일까. 아래층 커피숍 문을 열고 들어서면서 주위를 살폈다. 저쪽 구석 테이블에 혼자 앉아 있던 사람과 시선이 마주쳤을 때 나는 덤빌 듯이 달려들었다.

“어, 경식이 형 아니유?”

분명 그였다. 그가 대답하기 전에 먼저 내가 말했다.

“형이었구려. 내 매니저한테 전화를 그토록 간곡히 했다는 사람이.”

수십 년의 세월을 생략한 채 친근하게 대했으니 놀랄 만도 했다.

"그려 그려. 나였어. 근디 워치기 나를 그렇게 금방 알아본디어. 아이구 30년이 넘었는디 워치기 내 이름까지 알구 말여."

'워치기'는 어떻게의 충청도 말이다. 얼결에 내 입에서도 고향 말씨가 새어 나왔다.

"왜 몰러봐유, 형을."

몰라보다니 홍수근, 김경식을, 내 영웅 홍수근과 단짝 김경식을 몰라보다니, 300년 후에 만났어도 나는 맹세코 그들을 단번에 알아봤을 것이다.

홍수근. 나보다 한 학년 윗반이었던 홍수근은 나 한 사람의 영웅이 아니었다. 우리 동네 아이들의 전부, 삽교초등학교 전교생과 지 서방네 할아버지, 우리 집 건넌방의 가짜 꿀 만드는 아저씨 부부, 심지어는 우리 학교 선생님들까지 홍수근을 위해 주고 떠받들어 주었다.

우리 시골 학교에서는 뭐니 뭐니 해도 공부가 최고였다. 공부건 뭐건 홍수근은 전교 최고였다.

시골 국민학교 연중 최고의 잔칫날은 가을 운동회다. 그 중에서도 운동회의 꽃은 단연 학교 대항 400m 릴레이다. 운동회 날 해가 뉘엿뉘엿 서산에 걸릴 때쯤이면 교정이 술렁거린다. 최종 순서인 각 학교 대항 400m 릴레이가 벌어지기 때문이다. 이쪽저쪽 모퉁이에서 사람들 틈을 비집고

1968년 트윈폴리오 첫 리사이틀 공연에 찬조 출연했던 조영남. 왼쪽이 윤형주, 오른쪽이 송창식이다. [사진 중앙일보]

원정 온 학교 선수들이 다리를 풀며 등장한다. 반드시 윗옷 메리야스(그땐 흰 상의를 메리야스라고 불렀다) 차림으로 등장한다. 가슴팍엔 반드시 자기네 학교의 이름이 쓰여 있다.

예산, 덕산, 안치, 오가, 갈산, 고덕, 신례원을 한 줄로 세운 다음 심판 선생님이 거만한 자세로 딱총을 높이 든다. 고덕 같은 학교는 앞에 학교 이름을 임시로 먹글씨로 썼는지 벌써 땀에 절어 번져 있다. 땅! 운동장이 떠나간다. 네 번째 마지막 주자로 우리의 홍수근 형이 나선다. 그리고 우리는 알고 있다. 앞에 가는 선수들이 아무리 많아도 우리 수근 형은 모조리 따라 마실 거라는 사실 말이다. 내 기억에 나의 예상은 한 번도 빗나간 적이 없었기 때문이다. 원정 경기에서도 마찬가지다. 웬만한 거리의 다른 학교 운동장엘 나는 맥없이 따라다니곤 했다. 내가 하는 일은 물 주전자를 들어 주는 일이 전부였다.

나는 경식이 형의 지난 얘기를 듣자고 했다.

"응, 내가 서울 와서 돈을 좀 벌었어. 쓸 만큼 벌었어."

쓸 만큼 벌었다는 충청도식 표현은 돈을 아주 많이 벌었다는 뜻이다.

"용평에 별장도 있구, 제주도에도 뭐 하나 있구."

홍수근과 김경식 형은 예산중학교를 거쳐 대전고등학교로 갔다는 얘기를 쭉 들어 왔다. 당시 대전고등학교는 충청도의 일등들만 모인다는 학교였다. 그들이 점점 내게서 멀어져 가는 것이 나는 문득문득 안타까웠다. 무슨 신세 한탄 같은 것이 아니었다. 그런 걸 할 줄 알면 벌써 시골 아이가 아니었다.

그즈음 우리 집은 최악이었다. 아버지가 중풍으로 반신불수라 한 입이라도 덜어야 했던 어머니는 나를 큰누나가

일하는 서울로 올려 보냈다. 아버지에겐 병이었고 나한텐 약이었다. 왜냐면 나는 아버지의 병 때문에 서울로 밀려 올라가 나중에 결국 서울대 음대에 합격했기 때문이다. 물론 홍수근 형은 서울대 법대에 당당히 입학했다는 걸 익히 알고 있었다.

나는 밤무대가 더 남아 있었다. 경식이 형도 일어섰다. 나는 맘속으로 쭉 묻고 싶었던 질문을 방금 생각난 듯이 물었다.

"참! 수근 형은 요즘 워디서 산댜?" 물어봤다. 고등 고시를 몇 번이나 떨어졌다는 걸 알고 있었기 때문이다.

"잉! 수근이 잘 있어. 노량진 근처에 사는디 무슨 건설 총무과장으로 올라갔댜."

경식이 형이 수근 형 고시 칠 때 쭉 경제적으로 도왔다는 얘기도 시골 동창 애들을 통해 듣고 있었다.

우리는 내 일정이 모두 끝난 새벽에 다시 만나기로 하고 헤어졌다. 다시 만났을 때 박 사장이라는 사람이 같이 나왔다. 술자리가 파할 무렵 박 사장이 우리 사이로 붙었다.

"아니, 아직 그 얘기가 없었나."

박 사장이 말을 이었다.

"사실은 말여. 경식이 엄니의 칠순이 내일 모렌디 요번엔 칠순 잔치를 좀 크게 치를 모양인디 다름 아니라 경식 엄니가 영남 씨를 꼭 좀 보구 싶어 혀서 난리를 치셨어."

이튿날 아침 잠결에 매니저 전화가 여러 번 울린 듯했다. 나는 간신히 전화기를 들고 "어어." 하다가 "잠깐, 내 시골 선배라는 사람, 내일 공연이 있어 잔칫집에 못 간다고 적당히 둘러대 줘. 가만있어. 내가 전화번호 줄게." 나는 아무렇게나 벗어 던진 옷을 뒤져 경식 형의 명함을 찾았다.

축약한 소설은 여기까지다. 여기까지 70매를 쓰는데 한 달 넘게 걸렸던 것 같다. 소설을 끝내려고 잔칫집엘 안 가는 것으로 소설을 마감했는데 실제로는 잔칫집엘 갔었다. 노래도 불러 주고 무엇보다 경식이 형 동창들 그중에서도 내가 그토록 보고 싶어 했던 나의 평생 영웅 홍수근 형도 만나 보게 된다. 그날 나는 꿈에도 몰랐던 사실을 알게 된다. 수근 형이 서울대 법대를 졸업하고 고시를 쳤는데 무려 아홉 번이나 떨어졌다는 사실 말이다.

왜 떨어졌을까. 무슨 심각한 애정 문제라도 있었던 걸까. 그런 걸 직접 물어볼 수도 없는 노릇. 나는 반드시 알아내리라 마음먹고 그 비밀을 알고 있는 유일한 사람, 홍수근 형을 쭉 보살폈다는 경식이 형한테 바싹 매달렸다. 내가 "수근이 형은 왜 고시를 아홉 번이나 떨어졌디야?" 하고 물으면 늘 그런다. "물러, 내가 워치기 그걸 안댜." 그런데도 나는 안다. 틀림없이 안다. 경식이 형만은 알고 있다. 말을 안

할 뿐이다. 경식이 형은 매년 장애아들을 비행기에 태워 제주도까지 데리고 가 정기적으로 휴가를 제공해 주는 프로그램도 했다. 나는 부지런히 따라가 장애가 있는 아이들과 제주 동네 사람들을 모아 놓고 특별 공연도 해 주었다. 그건 순전히 왜 홍수근 형이 고등 고시에 아홉 번이나 떨어졌는지 그걸 알아내기 위해서였다.

"형, 내가 형한테 해 줄 수 있는 건 다 했어. 이젠 말해 봐. 수근 형이 왜 고시에 아홉 번이나 낙방했는지를."

형은 매번 뜨문뜨문 이런 식으로 말하곤 했다.

"영내미 동생이 웃을깨미 말 못히여!"

'웃을깨미'는 충청도 식으로 '웃을까 봐'다.

"형, 내가 남 슬픈 일에 왜 웃는다고 그려유 형."

경식 형은 몇 번이나 머뭇머뭇하다가 결국엔 새삼 조심스럽게 천천히 나한테 대답했다.

"음, 그건 말여. 수근이네가 무덤을 잘못 쓴 거여."

나의 진짜 소설은 여기까지다. 나는 사실에 근거해서 썼다. 두 분 형님들은 잘 살아 계신다.

이멜다와 구보타

이번에는 좀 허튼 얘기 좀 하겠다. 내 나이 이제 70대 중반을 훌쩍 넘었다. 홀아비 생활이 어언 30년이나 되는 것 같다. 그다지 불편한 건 없다. 그냥저냥 산다. 딸 하나와 한집에 살고 있다. 바로 어제 KBS 〈가요무대〉 녹화도 무사히 끝냈고(목소리가 옛날 같지 않기 때문에 많이 신경이 쓰였다) 미술 전시 요청도 여기저기 들어오기 때문에 나름 일상이 분주하다. 일주일에 한 번씩 신문 연재 원고 마감하는 일도 내게 적잖은 스트레스를 안겨 준다.

그런 와중에도 작년 초부터인가 나의 신경을 바짝 곤두세우는 인물이 나타났으니 이번엔 그 얘기부터 해야겠다. 길게 설명할 것 없다. 나를 신경 쓰게 만드는 인물은 바로 내 연예계 오랜 후배인 코미디언 겸 개그맨, 누구나 다 아는 엄영수다. 원래 이름은 엄용수였는데 역술인인가 하는 사람이 이름을 바꿔야 한다고 해서 엄영수로 바꿨단다. 내 친동생 이름이 테너 조영수(부산대 음대 명예 교수)인데 나를 따라 하다 보니 이젠 내 친동생 이름까지 따라 하는가 싶었다. 그는 종종 방송이나 TV에서 나를 따라 하기도 했다. 그가 검은 뿔테 안경을 끼고 <화개장터>나 <딜라일라>를 부를 땐 내가 봐도 나를 닮은 것 같아 나까지 웃곤 한다. 그뿐 아니다. 그가 TV에 나와 내 얘기를 꺼내는데 영남이 형이 어렸을 때부터 자기의 롤 모델이었기 때문에 뭐든 영남이 형이 하는 대로 따라 했다고 말한다. 형이 결혼한다고 해서 자기도 결혼하고 형이 이혼한다고 해서 자기도 이혼하고 형이 다시 결혼한다고 해서 자기도 다시 결혼하고 형이 또 이혼한다고 해서 자기도 또 이혼했다고 한다. '2결 2이'가 된 것이다. 두 번 결혼하고 두 번 이혼하고 거기까진 동점이다. 쌍방 홀아비 생활로 쭉 지내 오다가 원래는 내 쪽에서 "야! 영수야, 나 또 결혼할 상대가 생겼다." 이렇게 말하고 영수가 "형! 경축하옵니다. 저도 분발해서 결혼 상대를 찾아 나서겠습니다." 이것이 우리 두 사람의 본래의 각본(?)인데 이번엔 순서가 바뀌었다.

재작년이었던가. 어느 날 엄영수가 나더러 "형! 이번엔 제가 먼저 일을 저지르게 생겼습니다." 하기에 "뭐라구, 이번엔 순서를 바꾸자구? 좋아, 바꾸지 뭐. 그게 누군데." 하고 대뜸 물었다.

"지금 미국에 있습니다."

얘기를 듣다 보니 이건 장난이 아니었다. 미국에서 먼저 전화가 왔다는 것이다. 오랜 연예 생활 경험에서 열혈 팬과 연예인 사이쯤으로 넘어갈 일이 아니었다.

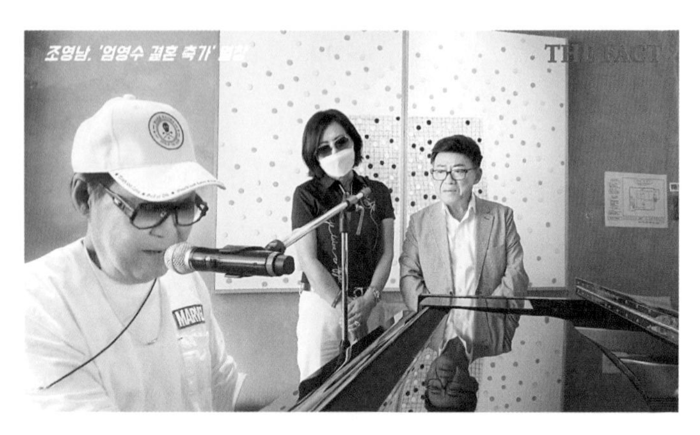

엄영수, 에스더 부부를 위한 축가를 부르는 조영남. [사진 팩트TV 캡처]

몇 달 후 또 보고가 들어왔다. 코로나를 무릅쓰고 격리 생활을 자처까지 해 가며 우리의 엄영수가 벌써 두 차례나 미국 LA로 건너가 직접 그녀를 만났다는 것이다. 상대의 이름은 '에스더'이고 독실한 크리스천이고 남편과 사별했고 LA 지역에서 비즈니스로도 성공했다는 것이다. 무엇보다 몇 번 현지에서 서로 만나면서 이젠 연애 감정까지 생겼다는 것이다. 썩을 놈! 연애 감정이라니, 내가 너무 부러워서 하는 소리다. 부러우면 지는 거라는데 나는 진 정도가 아니라 완패라고 느낄 수밖에 없었다. 생각해 보시라. 나이 칠십에 연애 감정이라니! 얼마나 부러운 감정인가 말이다. 다른 사람한텐 모르겠다. 나한테 엄영수는 각별한 후배다. 나는 입버릇처럼 말한다. "넌 니가 착해서 복 받는 거야."

지금까지 50여 년 대한민국 방송 연예계에 누가 나한테 딱 한 사람 '착한 사마리아인'을 대라면 나는 곧장 엄영수를 댈 것이다. 여기에 시비를 걸 사람은 없을 것이다. 요즘엔 두 사람이 TV에도 여기저기 출연해 세 번째 결혼 사실을 알리곤 하지만 결국 재미 교포 에스더 여사가 남자를 잘 만난 것이고 착한 내 후배 엄영수도 막판에 반려자를 잘 만난 것이다.

자! 그럼 나는 어쩔 것이냐. 맨날 엄영수 타령만 하고 있어야 하느냐. 아니다. 사람 일은 아무도 모른다. 그런데 생각해 보면 나도 뜻밖이라고 할 수 있는 만남이 많은 축에 속한다. 당장 떠오르는 사람이 두 명이다. 물론 나이 차이가 많이 나 엄영수 같은 동반자의 대상은 아니었다. 그들은 과연 누구인가.

첫 번째 상대는 필리핀 국부로 추앙받는 고인이 되신 마르코스 대통령의 부인 이멜다(92) 여사다. 젊을 때 월드 미스 유니버스로 지성과 미모를 양껏 뽐냈던 그 유명한 구두 3천 켤레의 이멜다 여사 말이다. 다른 한 분은 누가 뭐라 해

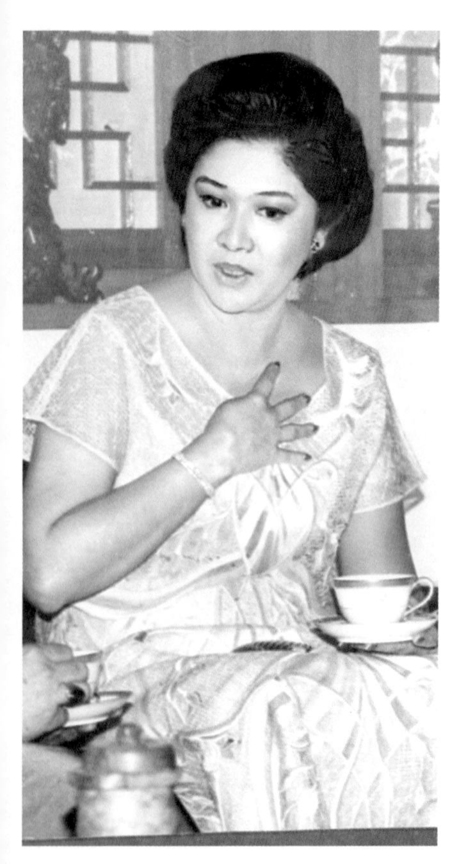

필리핀의 제10대 대통령 마르코스의 부인 이멜다 마르코스의 젊은 시절. [사진 중앙일보]

도 세계 최상급 미술가인 백남준 선배(2006년 작고)의 부인 일본의 아티스트 구보타 시게코 여사다(1937년생인 구보타 여사도 2015년에 작고하셨다).

그럼 이멜다 여사를 어떻게 만났냐. 나의 오래된 두 명의 여자 친구 유인경과 최유라가 나더러 2011년 필리핀 공연을 가자는 것이었다. 자기의 친한 친구(김기인)가 필리핀 여성회의 대표라는 것이었다. 나는 아직도 필리핀 하면 맥아더 장군이 일본군의 침공으로 1942년 철수하며 "I shall return(나는 돌아올 것이다)."이라는 말을 남긴 곳이라는 것밖에 아는 게 없는 곳이었다. 그래그래, 유인경 최유라가 진행하는 조영남 필리핀 마닐라 쇼 동포 위문 공연을 즐겁게 다녀오자 싶었다(사실은 3박 4일 동안 우리끼리 노는 걸 최고의 목적으로 설정한 거다). 멀지도 않았다. 비행기 타고 4시간인가 갔더니 필리핀이라고 했다. 하와이 느낌이 들었다. 더웠다. 예정된 대로 마닐라의 한복판에서 조영남 초청 콘서트가 시작되었다. 시장을 비롯 상원 의원들이 여럿 참석한 것 같았다. 한마디씩 하고 쇼가 시작되었다. 유인경, 최유라가 "한국에서 오신 가수 조영남입니다." 하면 그곳 김기인 대표가 필리핀 말로 통역하는 방식이었다. 그런데 한참 노래하는 중간에 어떤 아저씨가 공연장 안으로 들어왔는데 그 아저씨가 현직 필리핀 부통령(제조마 비나이)이며 곧 다음 선거에 대통령이 된다는 것이었다. 졸지에 마이크는 그쪽 부통령 쪽으로 넘어갔고 사람들이 얘기를 잘 들어 주니까(사실은 내 노래를 듣기 위해 조용히 얘기를 듣게 된 것 같았는데) 이 사람이 신이 나서 웅변을 계속했다. 그러다 내 공연으로 넘어왔는데 분위기 수습이 매우 어려웠다. 뭐 어쩌랴 하며 끝을 장식하긴 했다. 이쪽 정치인이나 저쪽 정치인이나 마이크만 쥐면 길게 얘기하는 건 마찬가지라는 걸 실감하게 되었다.

곧이어 '유인경, 최유라, 조영남' 환영 만찬이 시작되었다. 이 자리에 전 대통령 영부인 이멜다 여사가 특별 초빙된 것이다. 당연히 이멜다와 조영남이 헤드 테이블에 자리 잡게 되었다. 다 좋았다. 그런데 시간이 흐르면서 유인경, 최유라, 조영남 환영 만찬 분위기가 점점 이멜다, 조영남 밀회 장소로 변해 갔다. 이멜다 여사가 먼저 얘기를 시작했다. 필리핀과 한국은 우방국으로 잘 지내 왔는데 오늘을 계기로 더욱 가까운 관계가 되자. 개인적으로 한국에서 온 가수 얘기를 많이 들었는데 오늘 저녁 이렇게 저녁 자리에 함께하게 되어 큰 기쁨을 느낀다며 연설 후 비서를 시켜 무슨 두꺼운 책을 들고 와 남이 듣건 말건 내 쪽으로 몸을 기대고 한 장 한 장 넘기며 설명을 해 대는 것이었다. 비서한테 큰 종이를 가져오라 해서 거기에다 세계적으로 유명한 사람들 이름을 적어 가며 이 사람은 어떻구 저 대통령은 어떻구 끊임없이 얘기를 들려주는 것이다. 나는 '아주머니, 잠깐만요. 지금 다른 사람들이 우릴 다 주목하고 있는데 여기서 이러시면 안 되죠.' 하는 말이 목구멍까진 나왔는데 감히 한국에서 온 가수 나부랭이가 어찌 그런 결례를 할 수 있단 말인가. 내가 나를 소개하면서 오랫동안 싱글로 지냈다고 해서 그랬는지 나한테 연애하고 결혼하자는 얘기만 빼고 하고 싶었던 얘기를 몽땅 다 하는 것 같았다. 무척이나 외로우신 분이라는 걸 몸소 느낄 수 있었다. 홀로 지내는 생활이 너무도 지루하다는 걸 느낄 수 있었다. 뭐? 과장? 천만에 만만에 말씀이다. 그때 함께했던 사람들이 모두가 시퍼렇게 살아 있는데 내가 어찌 과장할 수 있단 말인가. 시간이 흘러 파티가 끝나게 됐는데 이멜다 여사만은 일어설 기세가 아니었다. 비서가 수시로 가까이 와 일어서자고 말해도 몇 번이나 거

한국미술관 초대 김윤순 관장과 조영남.

절하고 나와의 얘기를 이어 갔다.

어찌어찌해서 파티가 다 끝난 다음 유인경, 최유라가 득달같이 나한테 짓궂은 요구를 했다. 그것은 일종의 데모였다. 지금까지 구보타와 친밀하게 지낸 건 어쩔 거냐는 거다. 구보타란 다름 아닌 내가 평생 존경해 왔던 고 백남준 선생의 미망인이었다. 경기도 용인 소재 '한국 미술관'의 초대 김윤순 관장님이 원래부터 구보타 여사와 친분이 두터웠는데 백 선생이 돌아가신 후 심심할 때마다 김 관장을 찾아 한국에 올 때마다 나를 불러 구보타 여사의 파트너 역할을 맡게 해서 급격히 친해졌던 거다. 구보타 여사는 비틀스의 존 레넌 부인이었던 오노 요코처럼 플럭서스 같은 미술 그룹에 초기 멤버로 활약했던 철저한 팝 아트(pop art)의 기수였다. 나로선 오히려 백남준의 TV 모형 작품보다 구보타 여사의 'TV Tree(TV 나무)'라는 제목의 지금 강남 포스코 건물 로비에 설치되어 있는 작품을 더 좋아할 정도로 투철하고 강도 높은 팝 아티스트며 설치 미술가였다. 나를 그렇게 좋아한 건 나의 말과 행동이 백남준을 딱 닮았기 때문이라고 하시는 것이었다.

이멜다와 구보타(마치 자매 이름 같다)의 그때까지의 공통점은 첫째는 세계적인 명사라는 것과 둘째는 경제적으로 여유롭다는 것이다. 셋째가 나처럼 자유로운 처지라는 사실이다. 가만 보자! 그런데 난 세 번째 결혼 계획이 아예 없다는 얘길 하고 있는 건가! 흠! 그럴 거란 보장도 없다.

백색 옷차림을 한 '문화인'

보통들 말한다. 하루하루 살아간다고. 그러나 나는 좀 다르다. 내 경우는 하루하루가 아니라 '주일주일' 살아간다. 삶의 주기를 일주일씩 그러니까 7일씩 살아간다는 얘기다. 그렇게 된 건 벌써 반년이 넘었다. 위클리로 발간하는 신문에 내 삶을 돌아보는 원고를 연재하면서부터다.

나는 이 신문 연재 원고를 400자 원고지에 쓴다. 이 400자 원고를 본 사람들은 통상 이런 반응을 보인다. "어! 이런 원고지가 아직도 있었나?" 그러면서 나를 석기 시대 사람쯤으로 보곤 한다. 지금 읽고 계시는 이 원고도 물론 400자 원고지에 쓰는 거다.

지난 한 주를 살아가면서 나는 깜짝 놀랄 일이 있었다. 요즘 말로 '깜놀'했다. 우리 젊었을 때는 옛날 취미란 같은 데에 보통 음악 감상이니 독서 같은 걸 썼다. 그러면 대충 통과됐다. 아! 우리의 젊은 시절은 얼마나 저급했던가. 음악 감상이나 독서 같은 건 누구나 매일 밥을 먹듯이 일상이어야 하는데 그런 걸 무슨 특별한 취미로 받아들여야 했으니 말이다. 요즘 취미란을 메우라는 요청이 있으면 나는 거기다 '깜놀하기'를 적어 넣겠다. 깜짝 놀라는 일이 아무 때나 일어나서 소중한 게 아니다. 요즘처럼 무감각해진 코로나 시대에 깜놀할 만한 일이 생긴다는 건 매우 소중한 일이다.

지난주 깜놀은 삼성 이건희 컬렉션과 관계있다. 광화문 세종 문화 회관 건너편 소격동에 있는 국립 현대 미술관 서울관에서 열린 이건희 컬렉션에 나온 희귀본 이중섭, 박수근, 김환기의 작품에 깜짝 놀란 것이 아니다. 이건희 컬렉션 특별 전시가 코로나로 입장 인원을 제한한 무료 관람인데 글쎄 무료 티켓 값이 무려 10만 원까지 뛰었다는 뉴스에 깜놀이 아니라 기겁을 한 것이다. 내가 놀란 건 10만 원이라는 액수가 아니다. 공짜 표를 10만 원까지 지불하고 그걸 봐야겠다는 우리 시민의 높은 문화 정신이다.

아니! 이 정도로 우리가 문화 시민이 됐단 말인가. 사실 이 일과 관련해서 내가 깜놀한 저간의 사정이 따로 있다. 뭐냐 하면 나 조영남이 이건희 컬렉션 전시 오픈 하루 전날인 지난 7월 20일 오후 4시에 이 컬렉션을 먼저 관람하는 영광을 누렸다는 사실이다.

생전 서양화가 김흥수와 함께한 조영남. 가운데가 부인 장수현.

앞의 원고에서 잠깐 언급한 나를 최초로 한국 현대 미술계로 이끌어 주신 용인 소재 한국 미술관 김윤순(작고하심) 관장과 오랜 친구 사이였던 김종규(한국 박물관 협회 명예회장) 님이 고맙게도 나를 그 컬렉션에 초대해 주셨던 거다. 외국에서도 중요 전시 때는 종종 오픈 전날 사전 전시를 공개한다. 이때는 소위 셀럽이나 주요 문화계 인사를 위한 특별한 기회를 제공하는 것이다. 김종규 님은 지난 몇 개월 동안 나의 신문 연재가 시작한 후부터 토요일 아침이면 어김없이 전화를 주시곤 했다. 연재 재밌게 잘 봤다는 격려 전화였다. 그러던 중 이건희 컬렉션 전시 개막 전야제에 초대까지 해 주신 것이다. 그러니까 나는 한국 문화계의 대표 인사로 부상하게 된 것이다. 전시를 보고 돌아오면서 든 생각은 이거다. 내가 다름 아닌 김홍수, 앙드레 김이 된 것이다. 그분들 자리를 내가 이어받은 거라는.

그런 자리엔 거의 매번 위아래 흰색인 턱시도 복장에 흰색 백구두까지 착용하신 한국인 살바도르 달리 같은 고 김홍수 화백과 젊은 여성(나중에 부인이 되신)이 나란히 나타나 시선을 끌어갔다. 또 한 분은 똑같은 흰색이지만 본인이 손수 제작한 이 세상에 단 하나뿐인 제복 디자인, '앙드레 옷차림'이라고 밖엔 설명할 도리가 없는, 모습 자체가 예술 그 자체였던 앙드레 김이다. 그 두 분이 등장해야 대한민국 문화 행사는 완성이 되는 것이나 마찬가지였다. 나 혼자의 생각이 그랬다. 두 분은 세상을 등지시고 아직은 살아 있는 불초 소생(낯간지럽다)이 등장했으나 어림도 없다. 존재감 차원에서 말이다.

우선 어필부터 다르다. 앞의 두 분은 하얀 백색 차림이신데 나는 정반대다. 검정 물감을 들인 군인들 입는 야전잠바 차림이니 비교 자체가 불가능이다. 그렇다면 만약 한국의 문화 예술에 관심이 많은 어떤 분께서 호기심 차원으로 나한테 김홍수, 앙드레 김 두 분 중에 누가 더 문화인 역할을 했느냐 묻는다면 나는 서슴없이 대답할 수 있다. 앙드레 김이다. 김홍수 화백은 주로 미술 쪽 행사에 등장하셨지만 앙드레 김은 전천후였다. 음악이건 미술이건 가리는 게 없었다. 더 구체적으로 얘기하자면 김홍수 화백과 똑같은 백색의 옷차림이었지만 앙드레 김은 옷차림과 함께 가는 독특한 얼굴 화장법으로 시선을 끌 수 있었다.

외관뿐만 아니다. 문화 사절 측면에서 볼 때 앙드레 김은 외관에 딱 들어맞는 자신만의 언어를 창조, 구사해 냈다. 꼭 영어도 아니고 불어도 아닌 그렇다고 한국식 본래의 언어도 아닌 세상 모든 언어를 합친 듯한 그만의 언어를 쓰곤 했는데 나 같은 까만 후배한테도 반드시 존댓말을 구사했다. 돌이켜보면 앙드레 김의 언어는 그야말로 한국 랩이었고 더 나아가 말하면 앙드레 김은 한국 랩 언어의 선각자였다고 말할 수 있다.

내가 앙드레 김을 우리나라 근대사에서 최상의 문화인으로 꼽는 것은 그의 행동반경의 위대함 때문이다. 그의 위대함은 우리의 문화를 그 누구보다 온 세상에 널리 알렸다는 점이다. 당시 웬만한 공연 제작자들은 중요 공연 때마다 매번 공연장 앞쪽의 VIP 10여 석가량을 사전에 비워 두는 게 관례였을 정도다. 좌석을 예약 구매한 앙드레 김이 외국인을 대동하고 나타나곤 했기 때문이다.

나의 경우에도 내가 공연했던 중요한 무대에선 거의 매번 흰옷 차림의 앙드레 김의 모습이 내려다보였을 정도다. 지금 생각인데 앙드레 김이 매번 수십 장의 티켓만 매입하지 않았다면 빌딩 몇 채쯤은 거뜬히 구입했을 것으로 본다. 수십 장 입장권 구입에 저녁 식사 초대에 차라도 한 잔씩 마시는 걸 생각만 해도 어휴!

나한테 앙드레 김이 큰 어른으로 보인 것은 그의 언행과 다른(보통 때는 상당 부분 여성스러운 스타일로 어필된다) 솔직 담백함, 남자다움, 사내다움에 있다. 나는 그때 정말 깜놀했었다. 무슨 얘기냐면 1999년 당시 정치적으로 요란했던 고위 공직자의 옷 스캔들을 기억하실 거다. 청문회장에서 절차에 따라 생년월일과 출생지 및 이름을 대야 해서 그는 참으로 담담하게 본적지 구파발, 이름을 김봉남이라고 댔는데, 그의 외관과 출생지 이름이 극히 한국적이라 당시 이국풍 이름의 옷 로비에 연루됐던 지도층 인사들과 대비돼 묘한 웃음을 자아냈다. 정작 앙드레 김 본인은 의연했고 끄떡없었다.

누가 믿겠는가. 나는 앙드레 김이 살아 계실 때 그러니까 돌아가시기 바로 직전 해까지 매해 12월 초만 되면 양손으로 끌어안기에는 너무 큰 하얀색 꽃다발을 선생님으로부터 배달받곤 했다. 그 안의 모든 나뭇가지가 흰색으로 옷을 입고 그 새하얀 색과 멋지게 조화를 이루는 금빛 방울들로 장식된 꽃다발이다. 바구니부터 온통 흰색이라 그렇게 멋지게 보일 수가 없었다. 나는 꽃다발이 너무 좋아 이듬해 2월 초까지 현관에 놓아두고 바라보곤 했다. 그런데 정작 나는 꽃을 보내 줘서 고맙다는 인사를 앙드레 김 선생에게 단 한 번도 못 했는데 매년 연말에는 꽃다발이 어김없이 도착했다. 고맙다는 인사말을 못 드린 게 못내 아쉽다.

어느 해에는 내가 콘서트에서 노래하다가 트로트 〈잘 있거라 부산항〉을 부를 때 끝부분에 "기다리는 순정만은 버리지 마라 찬, 버리지 마라 찬."이라고 다소 변칙적으로 했는데, 다음 날 바로 전화가 왔다. 앙드레 김은 서슴없이 이렇게 말하셨다.

"영남 씨, 그렇게 노래하지 마세요. 그런 노래 안 해도 돼요." 해서 실제로 노래 방법을 바꾼 적도 있다. 지금 살아 계셔서 만일 나한테 "영남 씨! 이젠 노래 그만 하세요." 한다면 나는 곧장 노래를 그만둘 수도 있을 것 같다. 내 목소리가 늙은 몸에서 나오는 늙은 목소리로 들린다고 한다면 그러겠다는 거다. 우리나라에서 가장 예리한 감식안을 가진 문화인이라고 내가 믿는 분의 조언이기 때문이다.

2002년 출간된 조영남 산문집 『조영남 씬 천재예요!』 표지.

옛날 어느 신문사와 함께 정명근(정명화·정경화·정명훈 트리오의 수석 매니저 겸 정 씨 7남매 중 둘째) 씨가 뮤지컬 〈레미제라블〉을 공개하면서 나더러 개봉 첫날 내가 아는 한국 문화인들을 모두 리스트 업을 해 보라고 해서 내가 알고 있던 거의 500명 가까이 되는 모든 계통의 친구들을 특별 초대했던 적이 있다. 2002년의 일이다. 나는 뮤지컬 공연 시간 전에 입구에 서서 각종 손님을 맞이하고 있었다. 앙드레 김 선배가 다가와 축하 인사를 나누기도 전에 내 손을 덥석 잡으시더니 앞뒤 없이 특유의 앙드레 김 말투로 이렇게 말하는 것이었다.

"조영남 씨는 천재예요."

그때의 우쭐한 기분에 들떠 그 어간에 수필집을 내는 기회가 생겨서 책 제목을 앙드레 김이 인사차 해 준 말로 쓰자고 출판사에 전했더니 그게 통과돼서 『조영남 씬 천재예요!』라는 책이 나온 적이 있다. 제목이 유치해서 그랬는지 책은 신통치 않게 판매고를 기록했다.

싸움을 걸었던 두 사람

누가 나한테 요즘 무슨 맛에 사냐고 묻는다면 나는 지금 당장 대답할 수 있다. 별것 아니다. 요즘 나는 TV 뉴스 보는 맛에 산다. 나는 그걸 널리 알리고 싶다. 그게 무슨 개 풀 뜯는 소리냐고? 글쎄 나이 탓인가. 그런데 뭐가 그렇게 재밌냐고? 최근 선거판 돌아가는 게 그렇게 재미있을 수가 없다. 참고로 미리 말하지만 나는 선천적으로 정치색이 없다. 여도 아니고 야도 아니다. 친한 친구나 선후배들이 양쪽에 두루 분포돼 있기 때문이다. 어느 한쪽에 쏠려선 안 된다는 게 오래된 생각이다. 뉴스에 보면 아군, 적군 불문하고 서로 물어뜯으며 물러나라, 자퇴하라, 자수하라 한도 끝도 없이 싸움판을 벌인다. 물론 따스한 뉴스가 대부분이지만 사이사이에 열심히 싸운다. 학교 다닐 때 착한 사람이 되어야 한다, 정직하게 살아야 한다, 싸우지 말고 사이좋게 지내야 한다, 귀가 아프게 듣고 배웠으련만 어른이 된 선거판에선 완전히 다르다. 그것도 전 국민이 다 보게 되는 TV 뉴스 앞에서 애국, 애족이라는 묘한 명분으로 어제도 오늘도 내일도 싸운다.

그러면 이제부터 나도 가상의 싸움꾼이 되어서 치열한 논쟁을 벌여 보겠다. 일단 내 삶이 궁금한 누군가가 내게 이렇게 물었다 치자.

"당신은 지금까지 제대로 싸워 본 적이 있기는 한가?"

나는 대답한다.

"싸워 봤다."

"몇 번이나 싸웠나 실토하라. 조사하면 다 나온다."

"크게 두 번쯤 싸웠던 것 같다."

"누구와 왜 싸웠는가."

"한 번은 내가 전 국민을 상대로 싸움을 걸었다. 내가 어쭙잖게 일본에 대해 배울 건 배워야 한다고 말한 게 싸움의 불씨였다. 2005년 책 『맞아 죽을 각오로 쓴 100년 만의 친일선언』 이슈 말이다."

"결과는 어땠는가."

"나의 일방적인 패배였다. 작살이 났다. 사람들은 하루아침에 나를 이완용의 동생쯤으로 취급했다. 그 결과 약 2년쯤 짐을 싸서 귀양 가야 했다. 유배 생활했다."

"그거에 대해 뭐 할 말이 있는가."

"없다. 뭣도 모르면서 잘난 척하면 깨진다는 걸 뼈저리게 배웠다."

"두 번째 싸움은 뭔가."

"두 번째도 거창했다. 나는 지금도 잔뜩 주눅이 들어서 진술하고 있다. 대한민국 법무부가 나한테 싸움을 걸어 온 건데 이건 현대 미술의 개념에 대한 싸움이었다. 내가 조수를 고용해 그림 그린 걸 고객한테 알리지도 않고(법률 용어로 '고지') 팔아먹는 사기를 쳤다는 문제로 장장 5년간이나 옥신각신 싸웠다. 싸움의 결과는 어땠나. 아시다시피 나의 완승이었다. 3심제 끝에 2승 1패로 내가 이겼다. 휴!"

"질문이 또 있다."

"질문해 봐라. 나는 떳떳하다."

"그럼 당신은 평생 두 번의 싸움으로 싸움은 완전히 끝을 냈다는 건가."

"음! 잠시 생각할 시간을 줘라. 뒤를 좀 돌아봐야겠다. 나는 지금 77세다. 80세가 내일모레다. 눈도 희끄무레해지고 기억 장치도 가물가물. 몸과 정신이 어쩔 수 없이 어눌해졌다. 생각해 보니 두 번 정도 털어놓을 만한 싸움을 해 본 적이 있는 것 같다."

"누구와 싸웠는가. 싸움의 상대가 누구였나."

"내가 싸웠던 상대의 이름을 대면 오잉? 하며 깜놀할 것이다. 국내적인 싸움도 아니고 세계적인 싸움도 아니고 이건 그냥 내 쪽에서 일방적으로 시비를 건 케이스다."

"상대의 이름부터 대라."

"이름은 김연준이다. 한양공대(옛날엔 그렇게 불렀다) 설립자이시자 작곡가다."

"뭐라고? 한양대 김연준 총장이 작곡가라고?"

"그렇다. 작곡가다. 단순한 작곡가가 아니다. 무려 3,000곡 이상을 썼다. 그 유명한 '나는 수우풀 우거진'으로 나가는 〈청산에 살리라〉가 바로 김연준 작곡이다. 1972년 그가 운영하던 《대한일보》사가 수재 의연금을 유용했다는 혐의로 두 달간 서대문 구치소에 수감됐을 때 작곡한 노래다. 한국의 MIT 같은 공과 대학에 음대를 만들고 최초로 음악 콩쿠르를 만들어 나 같은 사람이 전국 고등학생 음악 콩쿠르 성악부에 당당히 1위를 차지하며 전액 장학생으로 한양대 음대 성악과에 입학하게 만든 장본인이기도 하다. 내가 고2 때부터 등록금은 물론 성악 레슨비까지 대 주었던 분이 바로 김연준 총장이시다. 나는 학교를 잘 다니다가 약혼자가 있는 1년 후배 여학생과 스캔들을 일으키면서 한양대를 자퇴(?)하고 서울대로 옮겨간 것이다. 요즘 말로 배신을 때린 것이다. 어쨌거나 우여곡절 끝에 나는 어느덧 유명 가수가 되었고 김 총장님과는 다시 친하게 되고 우린 그때 명지대 설립자이며 독실한 기독교인이셨던 유상근 총장님과 한패가 되어 수원 중앙 침례교회를 이따금 주일 예배차 방문하게 되었다. 그 교회엔 그야말로 세계적인 빌리 그레이엄 목사님의 여의도 부흥 집회에서 통역을 맡았던 김장환 목사님이 시무를 하고 계셨기 때문이다. 주일 예배를 마치면 으레 김 목사님의 인도로 무슨 골프장 식당에 가서 냉면을 함께 먹곤 했다. 그게 일정한 코스였다."

"알았다. 그럼 김 총장과의 싸움은 언제 어떤 이유로 펼쳐졌나?"

"바로 사이좋게 냉면을 먹는 자리에서였다. 싸움의 동기는 매번 냉면값을 김 목사님이 치르는 것이었다. 김 총장이나 유 총장이 김 목사님보다 훨씬 경제적 여유가 있어 뵀는데 냉면값은 매번 김 목사님이 지불하는 걸 보고 냉면 맛이 영 씁쓸해졌던 거다. 당시 사람들은 다 알고 있었다. 장안에 부자 중에서 소문난 부자가 바로 한양대 김연준 총장이다. 현금 동원력이 엄청나다는 것이다. 그래서 어느 날 나는 큰 맘을 먹고 어필을 했다. 시비를 걸었다. 싸움을 건 것이다. 이런 식이었다."

"총장님."

"왜 그러나 조 군."

"저 총장님께 드릴 말씀이 있습니다."

"어서 말해 보게나. 조 군."

"저는 김 총장님처럼 살진 않겠습니다. 총장님은 김 목사님보다 돈이 훨씬 많지 않습니까. 그런데 냉면값은 매번 김 목사님이 내십니다. (그때 나는 총장님이 교회 헌금을 왕창 낸다는 것을 모르고 있었다. 이럴 때 보통 사람 같으면 안색이 변할 것 같은데 김 총장은 전혀 내색하지 않으셨다)"

"조 군! 아주 좋은 얘기야. 그럼 조 군은 어떻게 살고 싶은가."

"저는 지금까지 벌어 놓은 돈을 죽기 전에 다 쓰고 죽겠습니다."

"알았네. 조 군은 지금 벌어놓은 돈이 얼마큼 되나."

"집, 뭐 이런 거 저런 거 합해서 5,000만 원(그때는 큰돈이었다)쯤 됩니다."

"잘했군. 내가 좋은 방법을 하나 가르쳐 주겠네."

"그게 뭡니까."

"자네가 벌어 놓은 돈을 내일 아침 몽땅 기부하게. 우리 한양대 재단으로 말일세. 내가 한양대 신문에 대서특필해 주겠네."

한양대 설립자인 고 김연준 [사진 중앙일보]

"싸움은 거기서 끝났다. 게임이 끝난 것이다. 이 싸움에서 나는 최상의 교훈 하나를 건졌다. 그게 무엇이냐. 남 앞에서 돈 얘기를 함부로 하는 게 아니라는 걸 말이다. 그 교훈을 새겨 둔 지 30여 년 만에 나는 돈 얘기를 함부로 했다가 순식간에 알거지가 될 뻔했다. 미술 작품 대작 사건 때 내 그림이 맘에 안 드는 사람은 몽땅 가져오라고 했다가 실제로 환불 요청이 물밀듯 밀려 들어와 집만 남기고 몽땅 뺏겼다. 이때 웃기는 일이 있다."

"뭐냐. 말해 봐라."

"그때 내가 기자(여기자였다)와 환불 얘기를 하면서 '재판 결과를 보고'라는 전제만 달았어도 이런 비극은 안 생기는 건데 나의 무모하기 짝이 없는 입방정 때문에 식겁했던 거다."

"좀 전에 두 번의 싸움 경험이 있다고 들었는데 두 번째 싸움의 상대는 누구인가."

"말하기도 창피하다. 부끄럽다. 쪽팔린다는 얘기다."

"누구인데 그렇게 창피하단 말인가."

"공교롭게도 내 싸움의 상대가 바로 나를 미국까지 비행기로 데려가 미국 문물을 익히게 만들어 주고 공부까지 떠맡아 주신, 냉면값 잘 내셨던, 지금은 극동 방송 이사장인 김장환 목사님이시다. 잘 아시겠지만 미국은 온통 침례교 국가다. 미국을 가 봐야 김 목사님의 진가를 알 수가 있다. 내가 미국에 갔을 땐 김 목사님의 빌리 그레이엄 부흥 목사의 통역으로, 화려하고 능숙한 말 그대로 신들린 듯한 통역으로(그냥 봐도 그랬다) 미국에 널리 알려져 있었다. 나중에 그는 동양인으로는 처음으로 침례교 세계 연맹(BWA) 총회장에 당선된다. 밥존스대학이라는 최고의 신학 대학에서 학생회장이셨다."

"그런데 왜 그런 은사님께 싸움을 걸었는가. 김연준 총 조영남과 김장환 목사. 1973년 여의도 광장에서 열린 대집회에서 김장환 목사는 빌리 그레이엄 목사의 설교를 통역했고 조영남은 군복을 입고 특별 성가를 불렀다.

장님도 당신의 은인이고. 당신은 참 인복이 많은 것 같다."

"싸움은 김연준 총장님이 내 전 재산을 한양대에 기부하라고 하셨던 사건과 비슷한 시기에 일어났다. 내 눈엔, 내 생각에 김 목사님이 정치인이나 돈 많은 사람을 편애하는 것 같았다(미국 가서 알아낸 일이지만 빌리 목사님도 매번 대통령과 절친한 관계였다). 그래서 나는 큰맘 먹고 김장환 목사님한테 어필했다. 시비를 걸고 싸움판을 만들었다. 기습적인 공격이었다. 진주만 공격은 저리가라였다."

"김 목사님!"

"왜 그러나 조 상병! (내가 빌리 그레이엄 부흥회에서 노래할 때가 바로 육군 상병일 때라 늘 나를 조 상병으로 부르시곤 했다.)"

"목사님은 대통령을 비롯 정치하는 사람들과 돈 많은 사람을 너무 가까이하시는 것 같습니다. 왜 그러신 겁니까."

"조 상병! 다른 사람들이 나한테 뭐라는 줄 알아?"

"……?"

"왜 하필 조영남 같은 딴따라하고 친하게 지내냐고 해!"

"……."

"와, 김 목사님의 엄청난 반격이었군."

"정말 섣부르게 들이받았다가 카운터펀치를 맞고 쭉 뻗은 기분이었다."

필살기를 감춘 방송계 선배

사실대로 고백하자면 지금까지 나는 거의 30회에 걸쳐 신문 연재를 통해 내 삶을 돌아보며 남기고 싶은 이야기를 썼다. 내 평생 겪은 얘기들을 거의 몽땅 썼다. 그래서 더 이상 쓸 소재가 없다. 거덜 난 기분이다. 그래도 약속한 회차가 있어 또 쥐어짜야 한다. 그러다 보니 바로 앞에서 쓰다 만 에피소드 한 가지가 생각났다.

앞에서 나는 내 젊은 날의 은인이셨던 한양대 김연준 총장님과 수원 중앙 침례교회 김장환 목사님께 겁 없이 객기로 덤벼들었다가 무참하게 깨진 얘기들을 썼었다. 김 총장님 에피소드에선 돈 얘기 함부로 하지 말라는 교훈과 김 목사님 편에선 남 얘기 함부로 해선 안 된다는 평생의 교훈을 얻기도 했다. 그런데 사실 나한텐 한 번 더 깨진 에피소드가 남아 있긴 했다. 그것까지 마쳐야 내 칠십 평생 연전연패의 역사가 완성되는 것이다. 이제 하나 남은 그 얘기를 해 보도록 하겠다.

그럼 나의 마지막 싸움 상대는 누구였을까. 그 상대는 대한민국 전 국민이 익히 아는 사람이다. KBS 최장수 인기 프로그램 〈가요무대〉의 진행자 김동건 형님이시다.

나는 처음부터 나보다 나이가 여섯 살 위인 김동건 아나운서를 일방적으로 형님으로 불렀다. 그러다가 몇 년 전 〈낭만논객〉이란 TV 프로그램을 함께 하면서 자연스럽게 김동길 선배님, 김동건 형님과 각별해졌다. 이건 딴 얘기지만 김동건 형은 김동길 선배님과 연세대학교 스승과 제자 사이여서 여러분께서 김동건 형님이 방송 외 자리에서 김동길 선배님을 어떻게 대하는지 알면 입을 쩍 벌리게 될 것이다. 나는 아무리 사제지간이라 해도 어떻게 저 정도로 극진히 대할 수 있을까 싶었다. 그걸 옆에서 지켜본 나는 한마디로 "졌다." 하고 말았을 정도다. "졌다."라는 말밖엔 표현할 도리가 없기 때문이다. 다시 김동건과 조영남의 얘기로 돌리자.

일명 김동건 스케이트 사건(김동건 게이트가 아니고 스케이트다) 이야길 풀어놓기 위해선 나의 어린 시절로 돌아가야 한다. 나 어렸을 때의 겨울은 진짜 겨울이었다. 요즘

겨울은 겨울도 아니다. 너무 추워서 매년 내 손가락과 발가락이 꼭 동상에 걸려 퉁퉁 부을 지경이었다. 시도 때도 없이 동상 부위가 가려워서 피가 나도록 긁어야 했다. 나는 지금 소위 출세를 해서 지난 30여 년 이상 한강을 내려다보며 살아왔다. 지금은 영동 대교 남단 끝자락에 산다. 처음 살 때는 제법 한강이 꽁꽁 얼어붙었지만 지난 몇 년간 나는 한강이 완전히 얼어서 얼음 위로 한강을 건너가 본 적도 없고 요즘은 그런 빙상 도하를 생각조차 못 하게 됐다. 그만큼 지구가 더워지고 있는 것이다. 빌어먹을!

나 어렸을 때의 겨울은 정말 추워서 얼음지치기, 썰매타기가 우리들의 제일 큰 오락거리였다. 여름엔 놀이가 제법 많았다. 개구리잡이, 메뚜기잡이, 삽다리 밑 개울가 송사리잡이, 잠자리잡이, 자치기, 구슬치기, 돌 까기 등등. 그러나 겨울에는 딱히 할 놀이가 많지 않았다. 썰매 타기가 겨울놀이의 꽃이었다. 우리는 각자가 썰매 한 대쯤은 보유하고 있었던 것 같다. 요즘의 자가용 같은 거다. 배나다리 쪽 애들이나 꽃산 넘어 용머리 동네 애들 썰매는 그냥 보기에도 후졌다. 스케이트 날 역할을 하는 철사나 몸체 역할을 하는 널빤지는 조악하기가 이를 데 없었다.

그에 비해 나의 썰매는 요즘의 제네시스 격이었다. 교실 유리창 철사를 목수 출신의 내 아버지가 유선형으로 멋지게 자른 통판자 밑에 약간의 홈까지 파서 철사가 움직이지 않게 고정까지 시켜 놓은 A급 썰매였다. 썰매에서 지팡이 두 개가 관건이었는데 지팡이는 그 길이에 따라 스피드가 좌우되기 때문이다. 길면 빠르고 짧으면 느린 매우 수학적인 구조다. 내 아버지는 그런 지팡이까지 내 몸에 딱 맞게 맞춤 주문 제작으로 만들어 줬던 거다. 그러니까 내 깐에는 1941년 개봉한 세계적인 초일류 영화 〈시민 케인〉(오손 웰스 감독·주연)에서 어린 시절 케인이 갖고 있던 '로즈버드(rosebud)' 같은 썰매를 가지고 있던 거다.

문제는 치남이였다. 우리 삽교초등학교 교감 선생님의 아들 유치남의 썰매였다. 녀석의 썰매는 그야말로 당시에는 썰매 중의 썰매였다. 왜냐하면 보통 우리들의 썰매는 유리창 철사가 날 역할을 맡았는데 치남이의 썰매에는 자기 아버지가 왕년에 타던 실제 녹슨 스케이트 날이 밑에 달려 있었다. 그 비주얼은 상상 이상이었다. 스피드는 별문제가 아니었다.

나의 기술 때문에 비록 내 썰매는 철사 날이었지만 치남이의 썰매를 충분히 따라잡을 수가 있었다. 문제는 스톱(stop)할 때였다. 스톱할 때는 총체적으로 달랐다. 치남이가 스톱할 때는 쭉 내달리다가 옆으로 몸만 쓱 틀면 즉시 멈췄다. 스케이트 날 때문에 가능했다. 그러나 내가 스톱할 땐 옆으로 몸을 쓱 틀어도 금방 멈춰지지 않고 옆으로 쭉 10여 미터쯤 밀려 내려가기 일쑤였다. 아! 스톱했는데 쫙 옆으로 밀려 내려갈 때의 비굴한 느낌이라니!

조영남과 아나운서 김동건은 60년대부터 방송 활동을 함께했다. 앞줄 왼쪽이 김동건, 김동건의 오른쪽이 조영남. 사진을 활용한 콜라주 작품의 일부분이다.

이따금 내가 치남이한테 스케이트를 좀 바꿔 타자고 해도 녀석은 자기 스케이트가 닳는다고 한사코 거절만 해 댔다. 나도 자존심 때문에 나중에는 빌려 타 보자는 생각을 아예 버렸다. 그리고 세월은 흘러 내가 〈딜라일라〉로 유명 가수가 되고 그때 나는 동대문 뒤 수구문 근처에 살았는데 얼씨구! 동대문 실내 아이스 스케이트장이 문을 연 것이다(1964년). 나는 득달같이 스케이트를 사 신고 연습에 돌입

했다. 얼마 지나지 않아 코너를 자유롭게 돌 수 있었다. 나는 즉시 머리를 굴려 TV 프로그램을 스케이트장에서 녹화하자는 아이디어를 냈다. 내가 아는 모든 PD, 이백천, 조용호, 황정태 PD가 찬성했는데 김동건 형한테서 걸렸다. 스톱된 거다. 당시 TBC 동양 방송의 프로그램 〈명랑백화점〉의 사회자 김동건 아나운서가 조용히 거절한 것이었다.

나는 "형님! 왜 안 됩니까." 하고 물었다. 겁 없이 싸움(?)을 건 것이다.

형님이 대답했다.

"난 스케이트를 못 타 인마!"

"형님! 형님은 사회자인데 그냥 서서 진행만 하면 되는 건데 왜 그러십니까."

"야! 니네들은 전부 스케이트를 타고 빙빙 도는데 나만 신발 신고 얼음 위에 서 있으면 그게 무슨 창피냐."

나는 물러서지 않았다.

"형님! 녹화 한 시간 전에만 나오십시오! 내가 한 시간가량 스케이트를 신고 서 있는 방법만 알려 드리겠습니다."

녹화 당일 나는 일찌감치 인파로 꽉 들어찬 스케이트장에 먼저 나가 연습에 들어갔다. 드디어 김동건 아나운서의 모습이 보였다. 나는 성큼 쫓아 스케이트장 밖으로 나갔다. 그런데 사회자 김동건 형이 너무나 낡아 빠진 폐기 직전의 스케이트를 신고 계셨다. 나는 급하게 말했다.

"형님, 제가 새 스케이트 한 벌 사 드리겠습니다."

"영남아! 괜찮아! 이걸로 신고 배워도 돼."

나는 김동건 사회자를 스케이트장 안으로 리드했다. 그런데 형님이 느닷없이 내 양손을 부여잡는 것이었다. 나는 속으로 어! 이러면 안 되는데! 했는데 이게 웬일인가. 어느덧 내가 형 쪽으로 끌려간다는 느낌이 들었다. 형이 뒤로 스케이트를 타면서 나를 끌고 달리는 것이었다. 그때 나는 발만 겹치며 코너만 돌 줄 알았지 뒤로는 한 발짝도 못 가는 실력이었다. 그런데 형님은 내 양손을 잡고 뒤로 스케이트를 타면서 빠른 속도로 나를 한 바퀴 뻥 돌고 내 손을 놓는 것이었다. 끌려가면서 나는 알았다. 아, 속았구나!

나중에 알고 보니 김동건 형은 피난 내려오기 전 황해도에서부터 친형을 따라 스케이트를 배웠고 어려서부터 스케이트 선수로 활약했었다는 것이었다. 그때 신었던 낡은 스케이트는 돌아가신 형님의 위의 형님이 쓰던 세계적으로 유명한 '오스카 마테진 스케이트'였다는 것이다. 아, 스케이트가 필살기였다니.

나는 한국 방송계에서 김동건 형님을 제일 무서워한다. 왜냐. 정치계에서 유혹이 올 것 같은데 끄떡없다. 나보다 잘하는 게 너무 많다. 골프, 당구(500이었다), 볼링, 특히 휘파람. 나는 세상에 그렇게 휘파람 잘 부는 사람을 본 적이 없다. 김동건 형님에게서 딱 한 차례 봤다. 그 후로 나는 내가 뭘 잘한다는 얘기를 입 밖에도 꺼내지 않고 살아왔다. 행여 내가 그림을 잘 그립니다, 그런 소리를 하는 걸 들어본 사람 있으면 나와 보시라. 내가 스스로를 자랑했다는 사람에게 나의 재산 반을 주겠다. 그 후로 나는 잘난 척하는 버릇을 고치려고 평생 노력해 왔다. 미술 사건이 막 터졌을 때 김동건 형님이 나한테 "그림을 팔아서 번 돈을 전부 사회에 환원하고 다시는 그림을 그리지 않겠습니다."라고 공표하라고 명령을(?) 내린 적이 있다. 나는 그런 준엄한 명령을 무시(?)하고 5년간 법정 싸움을 벌여 이기고야 말았다.

그렇다. 김연준 총장한테선 돈 얘기 함부로 해선 안 된다는 교훈과 김장환 목사님한테는 남 얘기 함부로 해선 안 된다는 교훈과 김동건 형님으로부터는 잘난 척하며 까불면 '도그(dog) 망신'을 당한다는 교훈을 받고 그걸 배운 대로 실천하려고 전전긍긍하며 살아왔는데 알다가도 모르겠다. 그런 나한테 안티가 왜 이렇게 많은지 말이다.

넘볼 수 없는 선배 가수

앞에서 썼듯이 내 '도그(dog) 망신'의 역사는 자못 길다. 나는 내가 칠십 평생을 사는 동안의 망신과 모멸과 거기에서 반사적으로 얻은 주옥같은 평생의 교훈에 대해 용기를 내어 말했다. 총 3전 3패. 첫 번째 패전. 돈 문제에 관한 전쟁을 한양대 김연준 초대 총장님을 상대로 벌였던 도발과 무참히 깨진 응전이었다. 이어서 두 번째, 남 얘기를 함부로 해선 안 된다는 교훈을 얻은 전쟁은 수원 중앙 침례교회 김장환 목사님의 꼬리를 밟았다가 되치기를 당했던 전투의 상처였다. 그리고 세 번째는 <가요무대>의 존경하는 김동건 선배님과 벌였던 스케이트 전쟁, 워터게이트나 정치적 게이트가 아닌 얼음 지치는 단순한 썰매 게이트(?) 사건. 물론 무참히 깨졌다. 모든 싸움이 30여 년 전쯤 내가 한참 젊어 내 깐에는 잘나가던 시절 얘기들이다. 참 교훈을 안겨 준 얘기들이다. 학교에선 죽었다 깨어나도 배울 수 없는 진짜 교육들이었다. 순전히 공짜로 배운 교훈. 그런데 교훈이 그게 전부였느냐고 묻는다면, 아니다. 믿지 않겠지만 아직 말하지 않은 게 또 있다. 그렇게 재밌고 흥미로운 교훈이 또 있다구? 그렇다. 잘난 척하는 것 같아 미안하지만 더 있다.

좌우지간 우좌지간 각설하고 지난번의 내가 느낀 모욕감이나 굴욕감, 그리고 거기서 느낀 교훈들은 일정한 상대가 있어서 일대일의 전면전 양상의 형태였다. 쉽게 말해 김연준 총장님이나 김장환 목사님 그리고 김동건 아나운서님이 내 코(별로 높지도 않은)를 더 납작하게 눌러 놓은 교훈은 내 쪽에서 싸움을 걸었다가 배우게 된 교훈들이었다. 그러나 이번 교훈의 양상은 형태부터가 다르다. 그러니까 이번엔 나 혼자서 그냥 제풀에 코피 쏟은 일에 대한 것이다.

무릇 인간은 상대를 찾아 싸움을 걸고 싸워서 이기고 싶어 하는, 천성에 가까운 욕망이 있다. 당신에게도 그런 욕망이 있고 타인 역시 그런 욕망이 있다. 누군가 당신의 코를 내리쳐서 코피를 흘리는 걸 보고 싶어 한다는 말이다. 안 그런가? 여기에서 예외적인 사람은 없을 것이다. 그런데 싸워보지도 않고 절로 맥이 탁 풀리는 경우가 있다. 나보다 너무나도 우뚝한 거인을 발견했을 때가 그렇다. 맞지도 않았는데, 코피가 절로 흘러나오는 경우라고 할 것이다.

그동안 신문 연재 글을 써 오면서 나는 내 글을 장르적으로 구분하면 어느 장르에 제일 가까울 것인가를 나름 작가적인 자의식을 갖고 헤아려 보곤 했다. 결국 나는 내 글이 수필에 제일 가깝다는 결론을 내렸고 수준도 그리 나쁘지는 않다고 자평하고 있었다. 자! 그러면 이 세상에서 지금까지 어떤 사람이 수필을 제일 잘 쓰는 사람으로 평가받는지 궁금했다. 답이 금방 나왔다. 몽테뉴였다. 이름은 많이 들어 봤는데 뭘 썼는지 한 줄도 생각이 안 났다. 그래서 서점에 가 수필집의 전범이라는 그의 책 『수상록』을 구해서 훑어봤다. 그냥 혼자 코피만 쏟았다. 아! 내가 이다지도 고전 철학에 무지했던가. 이건 내가 아는 수필류가 아니라 순전히 철학책이었다. 코피를 바가지로 쏟았다.

몽(몽테뉴) 씨한테 덤볐다가 무참히 깨진 것이다. 이런 걸 '자뻑 코피'라고나 할까. 영어 때문에 혼피(혼자 피 흘리다)했던 경험도 있다. 이 얘기 역시 숨김없이 털어놓으려고 한다. 그러다 보니 내게 쓰라린 연패를 안겨 준 사람들은 모두 남자고 김연준, 김장환, 김동건, 공교롭게도 3김 씨다. 그런데 누가 믿기나 할까. 내가 영어 때문에 코피를 쏟은 이번 상대는 여자다. 이름은 김혜자, 영어 이름 패티김. 19세 때 미8군 쇼단에 가수로 입문하면서, 당시 최고의 히트송 〈체인징 파트너〉라는 노래를 부르면서 세계적으로 초대박을 친 미국의 이미자 격인 패티 페이지의 이름을 따서 패티김으로 활약하게 되는 분이다.

패티김은 미8군 가수에서 일반 가수로 픽업되어 길옥윤, 박춘석이라는 걸출한 작곡가를 만나 한국 가요계에 큰 별로 우뚝 서게 된다. 필자 또한 비슷한 길을 걷게 된다. 대학 2학년 때 패티와 똑같은 미8군 쇼단의 가수가 되고 이어서 〈딜라일라〉라는 엉뚱한 외국 노래로 일반 가수 반열에 오르게 된다. 왜 엉뚱하냐면 나한테는 〈사랑하는 마리아〉의 길옥윤도 없었고 〈가을을 남기고 간 사랑〉의 박춘석도 없었기 때문이다. 나는 그냥 외국 노래에 대충 우리말을 좀 섞어 그대로 불러 인정을 받은 케이스였다. 스스로 생각해도 내가 대단(?)하게 느껴졌던 건 패티김을 지원했던 그런 단골 전문 작곡가도 없이 적수공권으로 패티김과 거의 똑같은 대접을 받는 가수가 됐다는 자부심에 있었다. 체계가 없는 마구잡이의 시대였다.

아 그러고 보니 내가 대학 초년생일 때 우연히 뉴코리아 호텔(요즘 시청 앞 플라자 호텔 옆쯤에 붙어 있던)에서 나오는 패티김과 길옥윤을 보고 너무너무 황홀해 가슴이 벌렁벌렁 뛰었던 기억이 생생한데, 어느 틈엔가 중요한 중앙 무대에 내가, 이 못생긴 조영남이가 패티김 바로 옆에 서 있게 됐으니, 그 감격을 상상해 보시라!

스튜디오에서 녹음 중인 조영남과 패티김. 조영남은 1997년 합동 앨범 '우리사랑'을 제작할 때로 기억했다.

내가 군대를 제대하고 빌리 그레이엄 팀의 초청으로 미국에 건너가 있을 즈음 그때 패티김이 미주 뉴욕 한인회의 초청으로 뉴욕 공연을 할 때였고 미국에 와 있던 조영남이가 게스트 가수로 초청을 받게 된 거다. 당시는 달랐다. 한국-미국 간 비행기 요금이 굉장히 비싼 것으로 여겨질 때였다. 그때는 한국인들이 막 뉴욕으로 가서 자리 잡기 시작할 때라 자체 악단이 구성된다는 건 생각조차 할 수 없었다. 천상 미국 악단을 불러 연습을 통해 노래를 맞추는 방법밖엔 도리가 없었다. 내 경우는 그나마 스스로 통기타나 피아노를 치며 노래를 소화할 수 있었지만 악기 연주가 안 되는 패티김으로선 미국 자체 악단의 협조 외엔 다른 방법이 없었다. 어려움이 컸다. 당연히 미국 악사들의 실력이 좋다 해도 한국 대중가요의 맛을 제대로 낸다는 건 불가능한 일이었다. 한국에서 가져온 악보는 있었기 때문에 나 같았으면 노래의 맛이고 뭐고 그냥 대충 해치우면 되는 것이었다. 그런데 연습에 들어가자 패티김이 지휘자에게 뭐라고 뭐라고 어필을 하는 것이었다. 나는 미국에 처음 왔기 때문에 새삼 실감할 수 있었다. 남의 나라말을 한다는 건 결코 쉬운 일이 아니라는 것을. 이건 무슨 시비나 비하가 아니라 요즘도 미국에 가면 영어를 못하는 사람이 의외로 많다. 영어 없이 충분히 살아갈 수 있기 때문이다. 그러나 우리의 패티김은 연습 중 스톱(나도 스톱의 뜻만은 알 때였다)을 시킨 다음 틀림없는 영어로 음악적 지시를 하는 것이었다. 와! 나의 놀라움! 우리한테도 미국인한테 원어로 의사를 표명하는 가수가 있다는 자부심, 뿌듯한 만족감! 그런데 분위기가 점점 예민해져 갔다. 패티김의 성에 차지 않는 모양새였다. 패티김의 언사가 점점 커갔고 지휘자의 답변도 이번엔 짜증 조로 나왔다. 와아! 패티김과 오케스트라 지휘자가 급기야 싸우는 것이었다. 미국 땅에서 말이다. 영어로 말이다. 더욱 놀라운 건 서로 길게 싸우는 것이었다.

그때 나의 영어 실력이라는 것은 햄버거 주문도 제대로 못 하는 수준인데 영어로 미국인과 일반 대화가 아닌 싸움을 하다니. 나는 스스로 바보, 멍청이 하면서 혼피, 혼자서 코피를 쏟아 냈다. 김연준, 김장환, 김동건에 이어 또 '졌다', '망했다'였다. 내가 시비를 걸거나 싸움을 건 것도 아니고 그냥 패티김한테 나 혼자서 제풀에 완패한 경우다.

패티김과 조영남

뉴욕뿐이 아니었다. 나는 가수 생활을 하는 내내, 패티김이 은퇴한 2013년까지 내내 지속적으로 눌려 살았다. 나만 속으로 앓고 끙끙댔던 일이다. 이런 거다. 사람들이 나를 발견한다. 반갑게 내 쪽으로 다가선다. 그러면서 하는 말이 한결같다. "저는 우리나라에서 패티김과 조영남을 제일 좋아해요." 심지어는 "저의 어머니가 패티김과 조영남을 제일 좋아해요." 한다. 옆에 패티김이 없는데도 그런다. 그건 또 약과다. 참을 만하다. 어떤 때는 사람이 내 쪽으로 달려오면서 소리친다. "어머! 조용필 씨." 이런 상태에서 예의를 갖추어 얘기해 나가야 하는 나의 비겁한 느낌이라니. 그런데 말이다. 사람은 오래 살고 볼 일이다. 패티김이 일부러 대여섯 차례 내 집으로 나를 찾아온 적이 있다. 누가 그걸 믿기나 할까.

어느 날 패티김으로부터 전화가 걸려 왔다.

"얘! 영남아."

"어쩐 일이에요. 누님."

"내가 냉면 한 그릇 살게 나와."

그래서 종로 근처 냉면집으로 나갔다. 냉면 두 그릇을 시키고 나서 내가 들은 용건은 이런 거였다.

"얘! 내가 은퇴를 하잖니."

패티김과 이미자 누님들의 특징은 말이 굉장히 느리다는 것이다.

"그래서요."

2012년 출간된 패티김의 자서전 『그녀, 패티김』의 표지.

"얘! 우리 회사에서 상의했는데 내가 은퇴를 하기 전에 자서전 한 권을 남겨야 한다는 거야."

"좋지요."

"그래서 우리가 회의하지 않았겠니. 그럼 누구를 필자로 선정할까. 며칠간 고민에 고민을 하다가 결론이 났어. 모두가 영남이 너한테 부탁하는 게 제일이래."

이렇게 해서 패티 누님은 초고가 완성될 때까지 나의 청담동 집에 자전적 이야기들을 구술하기 위해 몇 차례 정기적으로 방문하기로 합의가 됐다. 각각 챕터를 나누어 몇 주간 작업하기로 계획을 짰고 결국 그 약속은 지켜졌다.

내가 자랑할 수 있는 건 대한민국 가수 중에 무시무시한 패티김한테 나처럼 '누이'라는 호칭을 쓰는 가수가 누가 있으며 대한민국 현대 가요사의 전설로 굳어진 패티김 당사자로부터 직접 파란만장했던 자신의 인생의 흥망성쇠 이야기, 한국 남자와 외국 남자와 결혼한 이야기, 사업의 성공과 실패 이야기들을 둘이서 마주 앉아 직접 들어 본 연예인이 나 말고 누가 있느냐 하는 것이다. 말하고 보니 이건 자랑이 아니다. 그냥 실화일 뿐이다.

미국 말로 싸워 나를 완전히 코피 흘리게 했던 패티김. 그럼 패티김이 코피의 끝이냐. 아니다. 또 있다. 욕을 또 바가지로 먹겠지만 또 있다. 앞의 3김 씨와는 맞짱을 직접 뜬 것이었고 뒤에 패티김의 영어 실력에 기가 팍 죽었던 게 나 혼자만의 혼피였다. 납작한 내 코에서 웬 피가 그리도 많이 흘러나오지.

2021년 아카데미 시상식에서 〈미나리〉라는 영화로 한국 배우 최초로 여우조연상을 받은 여배우의 재치 있고 유려한 수상 기념 스피치라니. 그것도 영어로! 아! 내 코가 워낙 납작해서 이젠 나올 피도 없을 듯하다. 제기랄!

소박한 전설의 여가수

나는 지금 자못 근엄한 상태다. 왜냐하면 음악 평론으로 이 글을 시작할 예정이기 때문이다. 갑자기 무슨 음악 평론이냐고? 앞에서 나는 한국 근대 대중 가수를 통틀어 우리 가요사에서 몇 손가락을 꼽으면서 패티김을 이야기했는데, 그렇다면 당연히 이미자에 대해서도 이야기해야 한다는 생각이 들었던 것이다. 신기하게도 스타일이 다른 그 두 사람은 늘 함께 가기 때문이다. 똑같은 대중가요 가수지만 패티김과 이미자는 묘하게 다르다. 아니 전혀 다르다고 할 수 있다. 이것은 '대중가요'의 의미, 맥락을 이해해야지만 온전히 알 수 있다. 대중가요는 일제 말기부터 일본식 트로트 가요와 우리네 한국식 트로트 가요가 분리되어 생성되어 왔다. 해방 전부터 지금까지 대중(혹은 민중)가요는 우리 대중의 삶의 일부를 이루는 소중한 자산으로 면면히 이어져 왔다. 그런 도도한 음악 역사의 흐름 속에서 나 조영남은 해방 이

후 정립된 윤심덕, 고복수류의 초기 가요부터 오늘날 방탄소년단의 최신 현대 가요까지 직접 두 눈을 뜨고 보아 왔다. 본 정도가 아니라 보고 듣고 만지며 감동을 해 왔다.

그런데 음악에 대해 이야기하고 있자니, 좀 자괴감 같은 게 들면서 이러는 나 자신이 좀 웃긴다는 생각이 든다. 왜냐하면 50여 년 가요계에 몸담고 가수 생활을 해 왔지만 음악 얘기를 글로 쓰는 것은 생전 처음 하는 것이기 때문이다. 다시 생각해 봐도 정말 웃긴다. 지금까지 나는 현대 미술에 관해서는 이러쿵저러쿵 계속 뭔가를 썼다. 『현대인도 못 알아먹는 현대 미술』이란 책을 썼고, 지난 5년 동안 미술 재판을 받으며 또 미술에 관한 책 『이 망할 놈의 현대 미술』이란 제목의 책도 썼다. 생각해 보라. 나 조영남은 세상이 다 아는 가수다. 뭐 그리 대단한 가수는 아니지만 그런대로 잘나가는 가수였다. 지금 이 순간도 나는 어디까지나 가수다. 멀쩡한 가수가 미술에 관한 법정 재판도 받고 미술에 관한 책도 썼다. 그러면서도 정작 본업인 음악에 관해선 뭐라 단 한 줄도 쓴 적이 없다는 것이다. 무슨 중요한 콘서트 때 관례적 인사말 수준의 음악에 관한 코멘트 이외엔 본격적으로 음악론을 쓴 적이 없다. 마치 음악은 내 분야가 아니라는 듯이 말이다. 하여간 어쩌다가 그렇게 됐다.

그럼 왜 이렇게 나 스스로도 자괴감이 들 정도로 기이한

현상이 벌어졌을까? 그렇지 않아도 미술에 관한 책을 쓸 때마다 옆에 있던 친구들이 음악에 대한 책은 언제 쓸 것인가 구시렁거리는 소리를 하곤 했지만 늘 나는 시큰둥했다. 그 소리에 반응하지 않았다. 그러다 드디어 패티김과 이미자에 대해 이야기하면서 음악에 대한 글을 쓰기로 한 것이다. 이 글을 읽는 분들은 여기서 다시 한번 내가 미대 출신이 아니고 음대 출신이라는 걸 염두에 두기 바란다.

패티김 얘기를 썼으면 당연히 이미자 얘기를 써야 한다고 말했다. 안 그런가? 참 기기묘묘하다. 뭐가 기기묘묘하냐면 두 사람은 이름 석 자부터가 예술이다. 한 분은 패티김, 또 한 분은 이미자! 원칙적으로는 똑같이 열아홉에 가수가 됐지만 이미자가 먼저 우리 대중에게 알려져 이미자를 패티김 앞에 둬야 하는데, 나 개인한테는 그렇지가 않다. 내 입에 붙은 습관은 패티김, 이미자다. 왜냐하면 나는 나이순으로 부르는 게 습관이 됐기 때문이다. 패티김이 여든세 살이고 이미자가 세 살 밑이다. 평소에도 이미자는 패티에게 늘 '언니'라는 칭호를 쓰곤 했다.

이제 진짜 웃기는 이야기가 시작된다. 그 두 명의 여자 사이에 천하에 못생긴 조영남이가 끼어 들어가 그룹 트리오를 결성한 것이다. 그룹 트리오라는 이름은 그때도 지금도 없었다. 내가 지금 회고록을 쓰면서 급조해 낸 명칭이다. 하나 분명한 건 상상조차 할 수 없을 정도로 까탈스러웠던 두 명의 전설적인 여가수 사이에 내가 끼어들었다는 사실이다. 미안하지만 조용필, 남진, 나훈아조차 상상할 수 없었던 조합이다. 그러니 이 얼마나 기상천외한 일이냔 말이다. 사실 두 분은 까탈스럽다기보다는 무섭다. 둘이 뿜어내는 위엄이 무섭다는 얘기다. 자랑이 아니라 내가 그들한테 '누이'라는 칭호를 쓴 건 순전히 선천적인 나의 넉살 때문이었다. 옆에 사람들이 왜 조영남한테 '누이'라는 칭호를 허락하느냐 불평이라도 할라치면 두 분 다 똑같이 그랬다.

"영남이는 노래를 잘해서 괜찮아."

욕을 바가지로 먹을 일이지만 대한민국 어느 대중음악 평론가도 나만큼 두 사람에 관한 차이점을 정확히 밝혀낼 수는 없다. 왜냐면 나는 두 누님과 함께 여러 차례 TV 무대와 지방 무대에서 공연했기 때문이다.

두 사람은 이름부터 완전 다르다. 패티김은 외국제, 이미자는 순 국산 신토불이의 이름이다. 겉모습, 평소 말투나 행동도 다르다. 패티는 말의 억양부터 버터 냄새가 좌르르 흐르고 이미자는 말투가 묵은 한국 된장식 말투다. 묘하게 공통점이 있는 건 두 분 다 말의 속도가 느리다는 것이다. 내가 두 분 누님한테 가장 많이 한 타박(?)은 바로 "누님들, 말 좀 빨리빨리 해 봐요."이다.

패티의 말을 처음 듣게 될 때는 반드시 '아! 저분은 외국에 오래 살았기 때문에 저렇게 우리말을 빨리 못 하는구나!'라고 생각하면 그만이다. 그런데 그 말투가 너무너무 멋스럽게 들려서 보통 사람들은 아예 그러려니 하면서 오히려 높이 우러러보게 된다. 남자 디자이너 앙드레김과 흡사한 경우다. 요즘 젊은 친구들의 랩을 들어 보시라. 전부 패티김이나 앙드레김식으로 한국말도 미국말도 아닌 제3의 뉴 랭귀지 스타일을 만들어 낸 것이다. 그걸 패티김과 앙드레김이 출발시켰던 것이다.

이미자는 어떠한가. 간단히 말하면 정반대다. 정반대도 이만저만 정반대가 아니라 압도적으로 정반대다. 누가 묻지도 않았지만 이미자는 좀 더 내 타입에 가깝다. 똑같은 직업의 연예인이지만 패티김은 패티김, 이미자는 이미자다. 이름 그대로 이미자다. 나는 어느 일본 신문 기자가 한국의 미소라 히바리(1937~1989, 일본의 대표적인 현대 가수)인 이미자에 대해 쓴 인상기를 찾아냈다. 이렇게 썼다.

"처음 만난 한국의 대가수 이미자는 수수했다. 세련된 복장을 했지만 전혀 가수 같지 않았다. 학부모 모임에 참석하는 주부 같았다. 말씨도 매우 겸손했고 일반적으로 스타가 지니는 교묘한 모습도 없었다."

함께 공연하는 이미자, 패티김, 조영남.

이건 사실 '깜놀'할 일이다. 외국 기자지만 우리네 기자보다 이미자의 본 모습을 똑바로 꿰뚫어 봤기 때문이다. 마지막 줄에 적어 놓은 "일반적으로 스타가 지니는 교묘한 모습도 없었다."는, 어찌 스타인데 스타다운 교묘한 모습을 안 보일 수가 있단 말인가라는 뜻인데, 정말 그의 말처럼 이미자한텐 누구나 있기 마련인 교묘한 모습이 그냥 통째로 없다. 나만 해도 그렇다. 스타 소리는 일찍부터 들어 왔으면서도 내 경우는 예컨대 기자를 만나면 일부러 평범한 사람처럼 보이기 위해 온갖 짓을 다 한다. 때로는 과장도 떨고 때로는 필요 이상의 겸양을 떨기도 한다. 그 점에서 패티김은 역설적으로 매우 자연스럽다. 교묘함이 몸에 이미 배어 있다는 의미다. 이미 행색이나 말투나 적당한 과장이 몸에 딱 붙어 있기 때문이다. 그러나 이미자한텐 그런 게 없다. 나는 이미자 누님과 심심찮게 연주 여행을 많이 했다. 공항 대합실에 들어서면 사람들이 나를 더 빨리 알아본다. 내 차림새야말로 별 볼품도 없는데 이미자는 나보다 더 수수해서 사람들의 눈길을 끌지 못한다. 그만큼 이미자는 순수하고 담백하다.

2003년 KBS 아침마당에 조영남과 함께 출연한 이미자.

언젠가 나는 무대 뒤 대기실에서 무심코 이미자 선배의 무대용 금빛 구두를 내려다보고 가슴이 뭉클했던 적이 있다. 수상했다. 무대에서만 신는 구두라는데 어딘가 모르게 고물 구두 같은 생각이 들어 내가 그랬다.

"누님! 이젠 돈도 많이 벌어 놨을 텐데 명품 구두 하나 사서 신지 그러우." 했는데 돌아오는 답변은 이랬다.

"사돈 남 말하고 있네. 얘! 이것도 비싼 거야."

그리고 이미자는 말하는 것이었다.

"너나 빨리 미끄러지는 운동화 신지 말고 새 구두 하나 사서 신어."

본전도 못 건진 셈이다.

언젠가 <TV 아침마당>에 이미자 누님과 함께 출연했는데 사회자가 일상적인 생활에 대한 질문을 하자 이미자 누님이 거침없이 대답하는 걸 보고 전 국민이 신선한 충격을 받았다. 상상해 보라. 스타 중의 스타가 쌀 한 가마니 값, 달걀 한 판 값, 콩나물, 두부값을 좔좔 꿰뚫고 있었으니 말이다.

한때는 '패티김 이미자 조영남 쇼'를 함께 하면서 두 누님의 공통점은 말씨가 느리다는 것과 어딘지 모르게 두 분 다 '띨띨하다'는 데 있다고 한 적 있는데, 이미자 누님은 금방 '띨띨함'의 의미를 알아차리는 것 같았지만 패티 누님은 실로 띨띨함의 의미조차 모르는 것 같았다. 나는 띨띨함의 의미를 설명하느라 땀깨나 뺐다. 띨띨함은 단연 패티 누님이 압권이었다. 이런 거다. 언젠가 무대에서 바리톤 최현수가 인사를 했다.

"저 바리톤 최현수입니다."

패티가 인사를 받았다.

"반갑습니다. 최현수 씨 우리 자주 만나요." 하고 헤어졌다.

이튿날 패티김은 또 다른 바리톤을 만났다.

"안녕하세요. 저 바리톤 김동규입니다."

패티 왈 "네, 반가워요. 그런데 그렇게 빨리 콧수염을 기르셨네요." 하니까 "아! 그건 바리톤 최현수고 전 원래부터 콧수염이 있었습니다." 하는 것이었다.

그런데 그다음 날 또 최현수를 만나게 되어 인사를 하니까 패티 누님의 멘트.

"어머! 그새 콧수염을 또 밀으셨네요."

패티김 매니저한테 직접 들은 얘기다.

이미자 누님은 남편에 관한 일과 자식에 관한 가정생활로 충분히 바쁘다. 어느 날 무대 뒤에서 내가 직접 '아! 이 모습이 진짜 이미자구나.' 하고 느낀 적이 있었는데, 그 사연은 이렇다. 여러 후배 여가수들이 온갖 화려한 의상을 걸치고 무대에 나서는 모습을 보시면서 옆에 있던 나한테 넋두리처럼 "어머! 그러고 보니까 나는 지금까지 한 번도 재네들처럼 가슴 파이고 양팔 드러나는 드레스를 못 입어 봤구나!"라고 푸념을 하는 것 아닌가. 나는 가수 패티김과 2004

년 한·러 수교 120주년을 맞아 모스크바 크렘린 궁전에서 공연했고, 이미자 누님을 따라 2013년 독일 파견 광부와 간호부를 위한 콘서트도 함께 다녀왔다. 스빠씨바 패티김 누님! 당케 쉔 미자 누님!

말이 필요 없는 조용필과 나훈아

회고록을 연재하는 동안 크게 느낀 점이 한 가지 있다. 뭐냐. 사진의 중요성이다. 요즘은 휴대폰이 카메라 역할을 하기 때문에 누구에게나 사진 찍는 일은 일상이 되어 버렸다. 나이 든 이들에겐 어이없어 보이지만 젊은 여자 친구들은 음식만 나오면 우선 사진부터 찍고 본다. 그 사진을 어딘가에 올린단다.

내 회고록의 각 편에는 반드시 사진이 한두 장씩 등장한다. 이젠 습관적으로 글을 쓸 때마다 그 주제에 맞는 사진이 존재하는지를 점검하게 된다. 글과 사진의 조화를 동시다발적으로 궁리를 하게 된다. 따라서 세월을 다 보내고 나서 지금 뒤늦게 크게 후회하는 것이 사진이다. 그때 내가 왜 사진을 안 찍어 두었지? 사실 내가 젊어서 잘나갈 땐 사진 찍는 걸 대수롭지 않게 생각했다. 선천적으로 기계와 거리를 둔 탓도 있지만 사진 찍는 게 남자답지 못하다는 괴상한 관념이 있었는데, 그것에 대해선 맹갈이 녀석(<아침이슬>을 작곡하고 노래한 김민기)의 영향이 컸다. 맹갈이는 사진 찍는 걸 결코 좋아하지 않았다. 툭하면 웬만한 인터뷰를 거절하곤 했는데 그건 사진 찍는 걸 싫어했기 때문이다. 옆에서 그걸 보는 나는 맹갈이의 그런 태도가 너무 멋져 보였다. 상남자로 느껴졌다. 그때부터 이미 나는 사진을 무시하는 버릇이 생겼다고 본다. 그렇게 사진에 대해 시큰둥한데도 불구하고 내 서랍에는 저절로 사진이 쌓여만 갔는데 내가 굳이 사진의 중요성을 느낄 필요가 있었겠는가.

내가 사진을 노골적으로 무시했다는 뚜렷한 증거가 하나 있다. 내가 한참 미술 전시로 잘나갈 때(미술 재판 사건이 터지기 직전 즈음) 내 미술 작업의 체계를 잡아 둘 필요가 있다는 생각이 들었고, 우선 작품의 주제가 변하는 것을 기록으로 남겨 두기 위해 난생처음 카메라를 구입하기로 마음먹었다. 내 성격은 의외로 좀스러워서 물건 하나 살 때는 신중에 신중을 기한다. 이것저것 다 따져 보다 결국 독일제 라이카가 최고라는 결론이 나왔다. 라이카 모델 중에서 나는 기능보다 기계의 디자인이 더 매혹적인 것에 마음이 끌렸다. 라이카 기종 중 일반인을 위한 통바디(카메라 몸체가 여러 부품이 아니라 한 통으로 깎아 냈다는 것)에, 가죽 케이스까지 있는 것이 아주 멋지게 보였다. 그래서 500만 원이라는 적지 않은 돈을 주고 그 기종을 구입했다. 그래서 그 카메라로 내 작품이 변천하는 과정을 찍었느냐구. 구입한 그날 서너 장 찍고 지금까지 10년 가까이 한 번도 사용한 적 없이 그냥 서랍에 고이 모셔 두고 있다. 내가 생각해도 너무 심했다.

서두가 길어졌다. 기억할지 모르겠지만 내가 중학교 때 순정 비슷한 마음을 품었던 여학생의 흑백 사진 한 장을 간직해 왔는데, 그걸 미술 작품화시켜 내 방 벽에 수십 년 동안 걸어 놓았었다는 얘기는 앞에서 쓴 바 있다. 그런데 최근 그와 비슷한 내용의 천연색 사진이 또 한 장 발견되었다. 다름 아니라 내가 글쎄 조용필과 나훈아와 함께 찍은 사진이다. 언제 어떻게 무슨 이유로 셋이 함께 모였는지, 무슨 프로그램인지 무슨 신문사인지 방송 때문이었는지 혹은 그냥 무슨 인터뷰 때문이었는지 그런 건 기억이 나지 않는다.

하나 더 분명한 건 내가 막 가수가 된 소위 신인 가수 시절이었다는 사실이다. 그러다 보니 어쩔 수 없이 패티김, 이미자와 찍은 사진보다 표정이 더 서먹해 보인다. 자동적으로 내가 가수 초창기 시절에 용필이와 친했던가, 훈아와도 친교가 있었던가 묻게 되는 사진이다. 그러는 한편 아하! 내가 소싯적엔 조용필과 노래도 함께 하고 나훈아와도 친했구나 하는 뿌듯한 생각도 들게 된다. 그런 생각을 일깨워 주는 게 사진 한 장이 가지는 존재 의미다. 사진이 움직일 수

왼쪽부터 조용필, 조영남, 나훈아.

없는 증거가 되는 것이다. 행여 용필이나 훈아가 영남이와 사진 찍은 걸 후회하거나 수치스럽게 여기거나 그런 건지는 나도 모른다. 하여간 나한테는 매우 진기한 사진으로 남아 있고 자랑스러운 사진이 되었다.

훈아는 몰라도 용필이와 나는 두 가지 이유로 가까웠다. 첫째는 두 사람 모두 천하에 제일 웃기는 이주일 형과 친했다는 거였고 둘째는 술이었다. 용필이와 나는 우리들의 두목 격인 이주일 형이 특별히 아끼는 동생들이었고 우리 셋이 만나면 없어서 못 마실 정도로 술을 즐기던 시절이었다. 술에선 주일이 형이나 나나 한술 하는 편이었는데 용필이한테는 꼬리를 내려야만 했다. 용필이는 지독한 애주가였다. 덩치도 조그만 녀석이 술을 퍼먹을 땐 무슨 산적 두령 같았다.

우리의 친교가 그리 오래 못 간 건 또 두 가지의 이유 때문이다. 지금 내 쪽에서 볼 때 말이다. 첫째는 술을 먹는 주량에서 용필이와 도저히 상대가 될 수 없었다. 둘째는 대화의 주제나 내용에서 달랐다. 나는 가령 이것저것 잡다하고 너저분한 것에도 관심이 있었다. 다른 사람들이 그런 것처럼 말이다. 그러나 용필이는 달랐다. 용필이는 딱 한 가지에 대해서만 얘기하는 걸 좋아했는데, 그것은 음악이었다. 초저녁부터 늦은 밤까지 그게 가능했다. 내 희미한 기억엔 무슨 〈정〉 어쩌구 하는 노래였는데 막 녹음을 마친 노래라며 잔뜩 들떠서 나한테 들려주며 설명했는데 나는 속으로 죽을 지경이었다. 테이프를 껐다 다시 틀었다 하면서 어느 부분에선 미디움으로 부르고 어느 부분에선 클라이맥스로, 또 어느 악기 소리와 함께 길게 늘어뜨리고, 아이고! 한도 끝도 없이 신나서 나한테 설명해 주는 것이다. 나는 일찍이 음악 대학에서 개인 레슨을 받으며 이런 부분은 이렇게 부르고 또 어떤 부분에선 저렇게 불러야 한다는 음악 분석이 싫어서 학교를 때려치울 참이었는데, 음악에 대한 용필이의 열정은 사뭇 달랐다. 밤새 음악 얘기만 하자는 투였다. 그럴 바엔 그때 나더러 "형! 우리 이런 노래 듀엣으로 함께 부르는 게 어때." 했으면 오죽 좋았으련만.

그나마 나훈아와의 추억이 한 토막 있다. 하얏트 호텔 아래 골목에 있던 걔네 사무실(사무실인지 주거지인지 불분명하지만 커다란 테이블이 있었던 것으로 봐 사무실이었을 것이다.)을 찾아갔던 일이 있다. 와! 노래하는 가수가 이렇게 큰 사무실을 무슨 용도로 쓰는 건가. 나는 두 눈이 휘둥그레졌는데, 이날 이때까지 가수 생활하면서 나는 나훈아처럼 그런 큰 사무실을 써 본 적이 없다. 우리 때는(호랑이 담배 피우던 시절을 말한다.) 방송국도 몇 개 안 되고 레코딩 녹음실도 어디가 어딘지 뻔해서 서로 마주칠 수밖에 없던 옹색하던 때였다. 그 시절 나는 소위 쎄시봉 파로 분리되어 나가면서 용필이와 훈아와의 관계는 멀어져 갈 수밖에 없었다.

그 후 세월이 흘러 이주일 형은 그와는 별로 어울리지 않는 정치계로 빠지고 용필이와 나 사이도 그저 그런 사이로 빠지고 훈아는 어디 외국이라도 갔는지 그냥 관계가 느슨해졌다. 그러던 어느 날 사업을 번다하게 잘 건사하는 후배 하나가 대뜸 나한테 "형! 나훈아 알지." 하는 거였다. "그럼 알지." 하니까 "잘 됐어. 그럼 우리 함께 골프를 치는 거야." 해서 나훈아와 나, 잘 아는 유명 PD 출신 친구와 함께 골프를 치게 됐다. 그때도 사진 한 장을 찍어 놓는 건데 그걸 못했다. 하여간 그때 내 기억에 남아 있는 건 나훈아가 골프를 압도적으로 잘 친다는 것이었다. 노래보다 골프를 더 잘 치는 듯했다. 골프를 끝내고 샤워까지 마치고 자연스럽게 저녁 먹는 자리가 술판으로 변했다. 술판에서도 역시 훈아가 압권이었다. 일개 PD에서 방송국 사장까지 올라간 내 친구는 그때 유행했던 술 따르는 기술, 가령 술잔을 나란히 놓는 기술을 시전했는데, 그게 마술처럼 교묘해서 예술의 경지처럼 보였다. 국제 방송 대회에 나가면 그 기술로 인기 만점이었다는 것이다. 그때 나는 제법 술에 취한 상태에서 충격적인 얘기를 들었다. 훈아가 흥에 겨워하는 소리였다.

"내는 유리잔을 그냥 씹어 먹을 줄 안데이."

국회 의원 시절의 고 이주일. 1992년 제14대 국회 의원에 당선되어 의정 활동을 했다. [사진 중앙일보]

"뭐? 유리잔을 이빨로 깨물어 먹을 수 있다고?"

"그럼 깨물어 먹을 수 있지."

그때 나는 훈아 녀석이 매우 독한 놈이라는 걸 알게 된다. 그런 일이 있고 한참 있다 종로 인사동 미술 재료를 파는 화구점에서 우연히 마주치면서 '아! 훈아도 나처럼 그림 그리는 걸 좋아하는구나.' 여기게 됐다. 붓글씨를 쓴다는 건 이미 알고 있었다. 이쯤에서 나훈아의 말솜씨에 대해서 이야기하고 싶다. 시간 날 때 여러분의 휴대폰을 열어서 유튜브를 보시라. 〈자니 윤 쇼〉에 게스트로 출연한 젊은 시절 나훈아의 모습을 검색해 보라. 그걸 보면 나훈아의 말솜씨가 실제 주인공인 자니 윤 형이나 조영남보다 훨씬 윗길이라는 걸 알 수 있다. 너스레 떠는 것도 압권이다. TV 흑백 시대에 가수로 데뷔해서 성공했지 컬러 TV 때 데뷔했으면 조영남이나 나훈아의 얼굴로는 어림도 없었을 것이라는 둥, 〈쇼쇼쇼〉 사회자인 후라이보이 곽규석이 자기를 나훈아 양으로 여자처럼 소개해서 웃음바다가 됐었다는 둥…. 그리고 이어서 그와 나는 피아노를 치면서 나훈아 작사, 작곡의 〈사랑〉을 듀엣으로 부른다. 끝부분에는 자니 형까지 앞으로 나와 중창으로 멋지게 마무리된다. 자니 윤 대신 그때 조용필이 등장했으면 조용필, 나훈아, 조영남 쇼가 되는 건데, 마치 패티김, 이미자, 조영남 트리오처럼 말이다. 그게 못내 아쉽다.

지금 나는 형으로서 말한다. 야! 조용필! 네가 만든 신곡 〈바운스〉를 부를 때 내가 널 얼마나 샘냈는지 아냐? 어찌 해서 중늙은이인 네가 요즘 젊은 아이들처럼 노래를 그다지도 젊게 부를 수 있는 거냐. 그토록 맨날 음향 기계를 가지고 놀더니만 결국 또 해냈구나! 용하다 용필아.

야! 나훈아. 네가 자작 노래 〈테스형!〉 하면서 나오는데 나는 그냥 "졌다. 훈아 형." 했다. 내가 오래전부터 너의 실력을 알고는 있었다. 그러나 이번엔 핵폭탄이었다. 어쩜 그렇게 시의적절하게 우리나라의 아귀다툼하는 모습을 그토록 리얼하게 그려 낼 수가 있느냐 말이다. 그러나 나이가 제일 많이 먹은 형은 믿는다. 윗선(정치계)에서 그렇게 치고받고 싸우는 모습(애국심 경쟁)이 바로 우리를 세계 강국으로 만들고 우리의 직계 후배 방탄소년단이 세계를 우리의 앞뜰 마당 삼아 뛰어놀게 만든 거다. <오징어 게임>도 그래서 나온 것 아닐까.

자! 나가자 패튼 탱크 군단처럼! 용필이, 훈아, 영남이 이렇게 3인이 '뉴 방탄노인단'이란 이름으로 출전해 '바운스 게임', '테스 게임', '장터 게임' 같은 걸 펼치자꾸나. 다가오는 넘버원 오징어 게임을 위해서.

요절한 후배 가수들

앞 편에서 나는 조용필, 나훈아를 언급하며 '뉴 방탄노인단'을 꾸며 3중창을 해 보자, '뉴 오징어 게임'을 만들어 보자는 황당한 소리를 했다. 더 구체적으로 얘기하자면 조용필의 〈바운스〉, 나훈아의 〈테스형!〉', 그리고 조영남의 '장터'를 합쳐 세상이 깜짝 놀랄 뉴 오징어 게임을 개발하자고 제안했다. 조영남의 '장터'는 바로 내 히트곡 〈화개장터〉를 말하는 거다. 그런데, 발표한 지 오래된 내 노래를 조용필과 나훈아가 혼신의 노력으로 근년에 발표한 곡들에 슬쩍 얹은 것이 시간이 지나고 보니 내 욕심에서 비롯한 실언이었다는 생각이 들었다. 그래서 사과하려고 한다. 내가 왜 이렇게 솔직한 심정으로 구차한 얘기를 하느냐 하면 요즘 정치인들, 특히 대통령이 되겠다는 사람들이 자기의 뻔한 잘못을 시인도 안 하고 사죄도 안 하는 게 화가 나서 나 같은 사람이라도 본을 보여야겠다는 생각에서다. 그래서 내 잘못과 실수를 늘어놓았다. 글쎄 효과나 있을지 모르겠다.

어쨌거나 앞에서 나는 평소 입에 잘 올리지 않던 음악적인 주제로 이야기를 풀어놓았다. 내 칠십 평생에 가장 화려했던 (이름 없는) 트리오 패티김, 이미자, 조영남에 관한 음악 얘기를 했고, 이어서 내 안방에 걸려 있던 기묘(?)한 사진 한 장에 관한 얘기까지 했다. 조용필, 나훈아, 조영남이라는 도무지 어울리지 않는 조합에 관한 얘기였다. 그렇게 쓰고 보니 매우 자연스럽게 내 후배들에 대한 얘기도 털어놓아야 전체적인 이야기의 균형이 맞을 것 같다는 생각이 들었다.

고민 끝에 세 명의 후배를 이야기하는 게 좋겠다는 생각이 들었다. 그럼 과연 수없이 많은 후배 가수 중에 세 명을 어떻게 고를 것인가. 어떤 방법으로 가려낼 것이냐. 오디션을 볼 거냐. 투표로 할 거냐. 고민이 없지 않을 수 없다. 그러다가 그냥 내 마음이 이끌리는 대로, 내 심연 속에 자리잡았다가 떠오르는 영상대로 세 사람의 후배를 정하기로 했다. 그런데 그러고 보니, 셋 모두 아까운 나이에 삶을 등졌다는 공통점이 있다. 그 이른 죽음에 나도 모르게 내 마음이 끌렸던 것일까. 도대체 나는 왜 이들 세 사람을 호명하게 된 것일까.

사실 음악이나 예술을 수학적인 잣대로 점수를 매기고 순서와 등위를 정한다는 것, 이건 정말 제정신 가진 사람이 할 짓이 아니다. 그걸 나는 잘 안다. 후배 세 사람을 이야기할 때 순서 같은 건 없다.

그냥 먼저 말하기로 한 가수는 〈내 사랑 내 곁에〉를 힘겹게(?) 부른 김현식이다. 누가 믿겠는가. 나는 김현식을 만난 적도 본 적도 없다. 내가 미국에 있는 동안 그가 주로 활동해서 그렇게 된 것이지만 그에 대한 특별한 정보도 없다. 내 후배 이장희의, 오래전에 일찍 병으로 세상을 떠난 동생 이승희와 함께 노래했다는 것과 전유성이가 그와 인연이 있다는 정보가 고작이다. 즉시 유성이한테 전활 걸었다.

"야! 니가 김현식 가수 만들었니?"

떠듬거리며 유성이가 말했다.

"말도 안 돼. 그게 아니고 어디서 노랠 들었는데 잘 하더라구. 그래서 내가 신촌 블루스의 엄인호한테 소개를 해 줬어. 그런데 금방 유명해지더라구."

이어서 나는 마침 옆에 있던 최근 나한테 신곡을 만들어 노랠 부르게 만든 유명한 〈내 나이가 어때서〉의 작곡자 정기수한테도 물었다.

"너 김현식 노래도 만들어준 적 있니?"

"그런 적은 없어요. 옛날 대학로 쪽에선가 김현식이가 친구 〈김동환 쇼〉에 게스트로 출연했을 때 본 적이 있는데 무대에 등장할 때 이미 술에 잔뜩 취해 비틀비틀 간신히 올라와 노랠 하는데 그가 말하길 소주에 삼 일이나 담가 뒀던 하모니카라며 그걸 부는데 제대로 소리가 안 나니까 무대에서 켁켁 침을 내뱉더라구. 뒤에 있는 여자 관객들이 어머! 어머! 하며 걱정하던 모습이 기억날 뿐이야. 나중에 유명해진 김현식의 〈내 사랑 내 곁에〉 있지? 그거 제대로 부른 노래가 아냐. 그거 그때 동아기획 김영 사장이 현식이 몸 상태가 음악 녹음을 제대로 할 수 있는지 없는지 테스트했던 연습 테이프를 나중에 조합해서 발표한 거야. 그게 대박을 친 거지."

자신이 아끼던 후배 가수 유재하가 먼저 죽었을 때 김현식이 3박 4일 논스톱으로 울었다는 얘기를 들었다. 그것은 그가 그만큼 마음 착한 심성의 사나이였다는 걸 여실히 보여 주는 일화다. 김현식에 이어 두 번째로 낙점된 후배 가수는 누군가. 김광석이다. 그동안 김광석의 노래를 들으며 내가 느낀 특별한 감정은 두 가지다. 한 가지는 어쩜 노랠 저렇게 평안하게 아무 기교도 없이 잘 부를 수 있을까 하는 것과 또 하나는 김광석이 내가 고등학교 때 다녔던 창신동 소재 동신 교회 고등 성가대의 직계 후배라는 것이다. 김광석이가 내 직계 성가대 후배! 가슴 뿌듯해진다.

입방정도 많고 실수도 많았지만 한 가지 내가 옳았던 건 나는 가수 지망생을 만날 때마다 언제나 "교회 성가대 들어가 음악을 배워라."고 했던 말이 결국은 맞는 말이라는 점이다. 김광석의 음악을 평가할 때 매우 중요한 핵심 포인트이기 때문이다. 음악은 영혼에 관한 비즈니스이기 때문에 교회 음악을 통해 배우는 게 딱이라는 얘기다. 김광석의 노래가 아무리 반복해서 들어도 어느 다른 가수의 노래보다 지루하지 않은 이유가 바로 성가를 부르듯 기교 없이 악보대로 부르는 무기교의 창법 때문이다. 이미자의 창법도 비슷하다. 나는 당장 윤형주한테 전화했다.

"야! 김광석이가 우리 동신 교회 출신이야?"

"어 맞아. 우리 동신 교회 고등 성가대 출신이야. 내 막냇동생과 성가대 함께 했을 거야."

"니 막냇동생이 너하고 몇 살 차이냐."

"가만있어 봐, 그게 천구백…."

"야! 시캬! 천구백이구 뭐구 니 막냇동생이 몇 살 아래냐구."

"가만있어 봐. 형! 내 막내가 그러니까 천구백…."

"야! 내 동생 조영수가 다섯 살 밑이야. 니 막냇동생이 너보다 몇 살 밑이냐구."

형주한테서 특이한 대답이 나왔다.

"형은 동생이 하나잖아. 나는 동생이 다섯 명이야. 그러니까 따져 봐야 돼."

위부터 유재하, 김현식, 김광석. 조영남이 뽑은 세 명의 후배 가수다.
[사진 중앙일보]

머리 나쁜 녀석! 결국 따져 보니 김광석이 나의 20년 가까운 후배 성가대 멤버 출신이라는 결론이 났다. 그도 너무 이른 나이에 삶을 마쳤다.

비틀스의 '애비로드' 앨범 재킷을 배경으로 얼굴 사진을 합성했다. 왼쪽부터 유재하, 김광석, 김현식과 조영남.

이제 이야기할 후배 가수가 한 명 남았다. 누구일까. 유재하다. 수많은 다른 후배 가수를 제치고 그가 올라섰다. 레코드판 딱 한 장만 내고 금세 유명해지고 금방 사라진 가수다. 우선 이름이 멋지다. 유재하! 별 의미 없지만 내가 내 장례식용(?)으로 불러 달라고 부탁하는 노래가 〈모란동백〉인데 이 노래의 작사, 작곡가 이름이 이제하다. 유재하를 연상시키는 이름이다. 유재하도 김현식처럼 나는 그를 만난 적도 본 적도 없다. 하지만 내가 평생 조용필을 부러워했던 건 유재하를 자신의 그룹 '조용필과 위대한 탄생'의 키보드 주자로 뒀다는 거다. 김광석 할 때 "걘 내 고등학교 성가대 후배야."라며 시샘을 퉁쳤듯이 유재하는 나의 한양대 음대 직계 후배다. 이미 여러 차례 말했지만 서울대 음대 이전에 나는 한양대 음대생이었다. 유재하가 위대한 건 그가 대한민국 대중음악 역사에서 추종을 불허하는 작곡, 편곡의 진짜 실력자라는 것이다. 유일하게 비틀스의 작곡 실력과 맞먹는다. 음악은 배워서 되는 게 아니다. 비틀스는 음대 근처도 가 보지 못했다.

그런데 정말 웃기면서도 슬픈 일이다. 내가 꼽은 전설적인 후배 가수 세 명이 모두 나보다 먼저 죽지 않았느냔 말이다. 김현식은 32살에 요절, 김광석 역시 32살에 자살(?) 방식으로 요절했고 유재하는 25세에 사고로 요절했다. 그리고 나는 지금 76세다. 요절은 불가능해졌다. 요절할 수 있는 가능성이 아예 없다. 아티스트는 요절을 해야 근사해진다고 그러는데 나는 너무 늦었다. 내가 혹 나쁜 마음을 먹는다고 해도 자연사로 처리될 것이다. 기분이 영 찝찝하다. 재능 많은 친구들이 너무 일찍 삶을 마치면서 천재의 자격 조건인 요절을 완성한 것을 나는 지금 질투하는가. 아, 나는 지금 도대체 어디쯤 와 있는가. 세월은 흘러서 어디로 가는 것인가.

4부

인생은 삼팔광땡이로소이다

1991년 청와대 오찬

노래도 같은 발성법으로만 하면 지루할 수밖에 없는데 그러면 글은 오죽하겠는가. 그래서 이번에는 이 글을 읽는 분들을 임금으로 높이고 나 조영남은 임진왜란이라는 국난에 처한 이순신 장군이라고 가정한 채 대화체로 글을 써 보겠다. (글의 소재는 점점 고갈되는데 아직도 원고의 연재 횟수는 적지 않게 남아 있을 때였다. 글쓰기가 전쟁처럼 험난하고 치열하게 느껴졌다는 이야기다.)

"전하, 신에게는 고작 배 열두 척이 남아 있을 뿐입니다."

"열두 척이면 해 볼 만하지 않느냐."

"아뢰옵기 황송하오나 제가 가진 배로는 도저히 왜놈들이 보유한 300여 척의 함대에 대적할 수 없사옵나이다."

"배가 12척이 남았는데 조 장군은 지금 무엇이 문제요?"

"아뢰옵기 황송하오나 저의 배는 전부 너덜너덜 낡았을 뿐 아니라 물도 배 안으로 새어 들어와 물 퍼내기도 힘이 달릴 지경이옵니다."

"그럼 왜놈들이 우리 진해 앞바다까지 몰려오고 있다는데 비상 각료 회의라도 열어야 한단 말이오?"

"전하, 그럴 시간조차 없사옵니다."

"그러면 먼저 조 장군의 대비책을 말해 보시오."

"전하! 소인은 전하를 위해 죽기 살기로 다각적인 방법을 강구하였사옵니다. 하오나 전하! 방법을 아뢰기 전에 긴한 청탁이 한 가지 있사옵니다."

"무슨 청탁이오."

"다름이 아니오라 저에게 전권을 부여해 어디서든 태클이 못 들어오게 막아 주실 것을 청원드리옵니다."

"알겠소. 그건 염려 마시오. 그런데 짐은 조 장군의 전술이 궁금하오."

"전하, 저는 10여 년 전 북경에서 조영남 초청 전시를 개최한 바 있사온데 그때 소인은 진시황의 패러디로 '여친 용갱(여자 무사들)'을 조직하여 제작한 바가 있사옵니다. 그래서 이번에도 소인은 남자 대신 여자들로 병사를 조직하기로 결정하였사옵니다."

"아, 거참 참신한 생각이오. 짐은 조 장군이 부럽소. 평소에도 늘 그런 점을 많이 부러워했소. 그럼 조 장군이 염두에 둔 여자 병사의 명단은 어찌 되는 것이오?"

"전하! 단도직입적으로 아뢰겠사옵니다. 첫째, 우리나라 최초의 대중가요, 유럽 쪽 민요에 우리말 가사를 얹은 '사의 찬미'의 주인공 윤심덕(1897~1926) 선배에게 총사령관의 중책을 맡기겠나이다. 그 이유는 정통 클래식을 공부하고 대중음악으로 들어왔다는 점에서 소인의 입장과 처지가 비슷하고 특히 윤 선배가 29살의 나이에 동경 유학 시절 연극반에서 만난 문학청년 유부남과 순수 연애 스캔들로 둘이 함께 현해탄 물결에 뛰어들었다는 점을 높이 사, 이번 전쟁에서도 그녀의 용맹성을 유감없이 발휘하리라 믿어 막중한 총사령관직을 내리게 됐사옵니다. 게다가 윤심덕 선배는 3명 되는 소인 소속 아이들의 모친 되는 분과 성씨가 똑같다는 점도 고려되었음을 사전에 알려 두는 바입니다."

"오호! 과연 그것은 조조와 조자룡을 능가하는 신비의 책략이오! 하하, 그런데 조조, 조자룡, 조 장군 전부 조 씨판이구려. 다음에 등장하는 여자 병사가 기대되오."

"성은이 망극하옵니다. 다음의 병사는 제가 가수 되기 훨씬 전부터 흠모해 온 '나 하나의 사랑'의 주인공 송민도 선배이시옵니다. 물론 소인은 윤심덕 선배도 뵌 적이 없고 또한 송민도 선배도 만나 뵌 적이 없사옵니다. 송민도 선배는 방송으로만 들었는데 그 목소리가 세계적인 마할리아 잭슨에 비견될 만큼 아름다운 저음의 목소리를 소유하였사옵니다. 소인은 처음 송민도 선배의 히트곡 '나 하나의 사랑'을 듣고 그 후로는 그 노래의 가사와 곡조의 매력에 흠뻑 빠져

오늘날까지도 헤어나지 못하고 있는 처지에 있사옵니다. 그런데 전하! 변고가 생겼사옵니다!"

"무슨 변고가 생겼단 말이오?"

"예, 전하. 이 치열한 전쟁의 와중에 '나 하나의 사랑'에 관한 에피소드가 불쑥 튀어나와 소인이 주체를 못 하게 되었음을 송구한 맘으로 알려 드리옵나이다. 전하께서 윤허하시든 말든 이 에피소드를 소인은 털어놓지 않을 수가 없사옵니다. 때는 1991년 당시 노태우 대통령 임기 중에 청와대 본관을 신축한 적이 있사온데, 소인은 그때 직능대표 자격으로 이주일, 강부자 선배님 등과 대통령이 특별 초대하는 본관 신축 기념 점심 오찬 자리에 참석한 적이 있사옵니다. 소인은 총체적으로 굉장히 싱거웠던 행사로 기억되옵니다. 이때 소인은 대통령 초대 점심 자리가 너무 지루해 속으로 불만이 엄청 컸습니다. 대통령 내외가 등장하시기 전까지는 그저 따분하기 이를 데 없었습니다. 배식이 시작되었음에도(곰탕 한 그릇

송민도(위), 윤심덕(아래)
[사진 중앙일보]

이 주 메뉴였던 것으로 기억됨) 주빈이신 대통령 내외가 등장할 때까진 그 누구도 곰탕 그릇 뚜껑을 여는 사람이 없었습니다. 노 대통령 내외가 박수를 받으며 등장, 착석하신 뒤 식사를 시작하자 모두의 식사가 시작되었는데 곰탕 국물이 식어 사상 최고로 맛없는 곰탕으로 소인의 기억에 남아 있사옵니다. 식사가 끝나고 이어서 대통령님의 그날 각계각층 손님에 대한 인사말이 이어졌는데 매우 형식적이었습니다. 대통령께서 메모지 한 장을 무릎쯤에 올려놓고 힐끗힐끗 내려다보면서 참석한 주요 인사들의 근황을 간단하게 묻고 대답하는 것이었습니다. '에! 이주일 선생은 OB 그랜드 쇼에 고정 출연하시는 겁니까?' '아닙니다. 어쩌다 한 번 출연했습니다.' '그럼 계속 저희들을 웃겨 주십시오'. 뭐 이런 식으로 말입니다. 이어서 서너 차례의 인사가 끝나고 갑자기 또 침묵의 시간이 흐르게 되었습니다. 메모 명단이 너무 일찍 동났기 때문이었습죠. 다시 또 침묵이 흘렀습니다."

"참으로 모두가 딱한 시간이었겠구나."

"네, 그랬습죠. 그런데 그때 제 옆에 있던 직속 비서관이 제 옆구리를 쿡쿡 찌르며 '조 선생이 일어나서 분위기 좀 살리시죠' 하는 것이었습니다. 전하! 저는 비서관의 부추김에 그만 벌떡 일어서고 말았습니다. 더구나 그때는 소인이 한창 젊을 때였죠. 이럴 땐 대통령을 대화 상대로 삼는 것은 진부하다고 판단해서 옆에 계신 영부인을 공략하는 게 폼이 날 거라 생각했습니다. 믿어지지 않겠지만 영부인님은 소인

노태우 대통령과 김옥숙 여사. [사진 중앙일보]

이 생각했던 것보다 훨씬 아름다우셨습니다. 그래서 소인은 '대통령님! 저는 가수 조영남입니다. 그리고 영부인님 너무 너무 아름다우십니다.' 이렇게 대화를 이어갔습니다. '영부인님. 신문이나 TV에서 뵙다가 이렇게 직접 뵙게 돼서 무한 영광입니다. 영부인님께서 저한테 아무 말씀이나 한마디만 해 주십시오. 밖에 나가 친구들에게 자랑하고 싶어서 그럽니다.' 하니까 김옥숙 여사님께선 뜻밖의 반응으로 너무나 수줍어 웃음만 지으시며 한 말씀도 안 하셨습니다. 소인의 야심 찬 작업은 실패로 돌아가는 듯했습니다. 그렇다고 여기서 그냥 주저앉을 수는 없는 노릇이었사옵니다. 저는 급

당황! 그래서 이번엔 대통령께 초대에 감사하는 마음과 대통령직을 무사히 잘 수행하시는 것을 축하하는 말로 주제를 잽싸게 바꿔 나갔습니다. '대통령님! 퇴임 후에는 전임 대통령으로 편히 살아가시며 산책 길에 동네 아이들 과자 사 먹으라고 용돈이나 건네주시며 그냥 보통 아저씨로 살아가시기 바랍니다.' 전하 믿어 주십시오. 여기까지는 대성공이었습니다. 그다음이 문제였습니다."

"어떤 문제가 있었다는 말이냐."

"제 입에서 '제발 백담사 같은 델 가시는 일이 없으면 좋겠습니다.'라는 말이 나온 것입니다. 아! 신의 고질병 입방정이 또 터진 것이었습니다. 와! 백담사 얘기에서 분위기가 갑자기 싸해지는 걸 감지할 수 있었습니다. 그때는 전임 전두환 대통령 내외께서 백담사에 갔다 온 뉴스가 엄청 요란법석이었기 때문입니다. 믿기시지 않겠지만 저는 노태우 대통령의 특별 CD 음악 작품 제작에 일정 부분 관여한 적이 있어서 현직 노 대통령님과는 비교적 가깝게 느끼는 편이었습니다. 노 대통령님의 노래 '베사메무쵸'나 특히 휘파람 솜씨는 가히 프로급이셨습니다. 그걸 기념 음반으로 제작하셨던 겁니다. 그 순간 노 대통령님은 사태를 제대로 조절해 주셨습니다. '조 선생, 일어선 김에 노래나 한 자리 하시는 게 어때요?' 전하! 상대는 대통령님이십니다. 이 나라의 국왕 내외이십니다. 소인이 어찌 '이런 분위기에서는 노래가 불가능합니다. 반주도 없이 어떻게 노래를 한단 말입니까.' 이 따위 핑계를 댈 수가 있단 말입니까. 저는 백담사의 큰 실수를 만회할 절호의 찬스라고 생각하며 일어선 자세 그대로 얼른 노래를 한 곡조 부르기에 이르렀습니다. 제가 이따금 피치 못할 사정으로 꼭 노래를 불러야 할 때마다 습관적으로 부르는 소위 십팔번인 노래가 바로 송민도 선배님의 '나 하나의 사랑'입니다. 저는 현직 대통령 내외분과 국내 각계 각층의 대표 100분 앞에서 가수라는 직업을 가진 사람으로 그 역할을 충실히 수행하기 시작했습니다. '나 호온자아만이이 그대르을 아알고 싶~소 나 호혼자아만이이 그 대르을 갖고 싶소!' 아뢰기 황공하오나 음악이라는 게 참 오묘합니다. 이런 형식적인 자리에서 흔한 노래 밴드 반주도 없이 무반주로 노래한다는 건 무모한 해프닝으로 끝나는 법인데 왠지 그날은 완전 달랐습니다. 대통령 내외 앞이라서 그랬는가. 조용한 분위기에서 소인 노래는 그날따라 필요 이상으로 우아하고 멋지게 흘러가는 것이었습니다. 여기까지는 좋았습니다. 그런데 후렴 부분의 '나아아 호오온자만이이 그대를 사랑하아여 영원히 여엉원히이' 이 부분은 너무나 청아하고 아름답게 들리는 것까진 좋았는데 제 맘속에 '이건 아니다.' 내가 영부인한테 꼭 무슨 프러포즈하는 모양새가 되어 간다는 걸 감지하게 되었는데 이 감정을 멈추게 할 방법이 없었습니다. 어쩔 수 없이 저는 에라 모르겠다, '행보옥카게 살고오시입소오오' 하며 한껏 멋지게 끝을 냈사옵니다. 요란한 박수를 받으며 자리에 앉으면서도 소인은 이미 알았죠. '나는 또 죽었구나.' 아! 실로 왕의 남자가 된다는 건 어려운 일이었습니다."

"그다음 이야기를 해 보거라."

"파티가 끝나고 사람들이 일어서는데 저는 넋을 놓고 앉아 있을 수밖에 없었습니다. 이젠 잡혀갈 일만 남았구나 싶었기 때문입니다. 전하, 그때는 박정희, 전두환, 노태우의 소위 군부 시절이었음을 아셔야 합니다. 아! 왜 백담사 얘길 꺼내 가지고. 전하! 그런데 상황은 금세 반전되어 갔습니다. 영부인이신 김옥숙 여사께서 사람들의 물결을 헤치고 환하게 웃으시며 강부자 여사를 대동하고 소인의 앞으로 다가오는 것이었습니다. 저는 물론 벌떡 일어섰죠. 그토록 수줍어하시던 아름다운 자태의 영부인께선 친히 소인의 양 손을 부여잡으시며 '어머, 조 선생님은 늘 그렇게 재미있으셔요.' 하시는 것이었습니다. 그 후 나는 '휴! 죽었다 살았구나.' 싶었습니다."

고맙고 고마운 여친들

이번에는 내가 살면서 살갑고 고마운 마음을 느끼게 된 여자들, 한결같은 좋은 친구들에 대한 이야기를 풀어놓으려고 한다. 그런데 이번에도 평범하게 풀어놓을 생각은 없고 나름의 책략이 있다. 그럼 책략이 뭐냐. 나는 10여 년 전쯤 당시 뉴욕에 이어 현대 미술의 세계적 메카로 꿈틀대던 중국 북경의 '798' 지역 한 미술관에서 진시황을 모방하되 병마용갱(진시황제가 자신이 죽은 다음 자신의 무덤을 지킨다는 의미로 수백 수천 명의 병사를 진흙으로 빚어 만든, 흔히 미술 조각에 쓰이는 테라코타 방식의 흙 모형 병사)과 달리 나는 나의 무덤지기를 내가 친했던 여자 친구들로 삼겠다며 조영남 작 '여친 용갱'을 전시한 적이 있는데, 이것을 다시금 꺼내 놓는 것이다. 그 작품 속에 들어 있는 30명 가까이 되는 나의 여친들을 하나하나 소개하는 것이다.

여기서 내 글의 애독자들은 상상해 보시라. 진해 앞바다에 떠 있는 12척의 타이태닉호를 말이다. 각 전함의 선장으로는 내 '여친 용갱' 출신(?)의 〈사의 찬미〉를 부른 윤심덕 선배, 그리고 필자의 18번 〈나 하나만의 사랑〉을 부른 송민도 선배 및 천하의 개그우먼 이성미, 이경실 등이 나 조영남의 부름을 받고 각 타이태닉(옛날 이름 거북선)의 선장을 맡으면 그까짓 원고지라는 망망대해를 찢으며 나가지 못할 일이 있겠는가.

나 조영남의 '여친 용갱'에는 윤심덕, 송민도는 물론 10여 년 전 나의 중국 초청 미술 전시 때 중국 드라마의 여주인공으로 출연하여, 중국인들로부터 최고의 인기를 구가하던 장나라를 비롯 당시 나와 MBC 라디오 '지금은 라디오 시대'라는 인기 짱 프로그램을 10년간이나 함께 하고 지금은 TV 홈쇼핑에서 진가를 펄펄 날리는 최유라, 그 위쪽으로 일밤 방송에 나와 똑똑함으로 그 자리에서 즉시 스카우트되어 TV 방송 진행자로 올라섰던 류시현(시현이는 줄곧 그녀의 사촌 여동생 한 명과 함께 영화광인 내가 봐야 하는 영화를 매번 골라내는 개인 비서 역할을 했는데, 졸지에 어떤 녀석이 나타나 자기가 책임지겠다고 류시현이와 백년가약을 맺었다), 코미디언 이봉원의 부인 되는 맘씨 착한 박미선, 아직도 꿋꿋하게 혼자 사는 송은이, 그 앞쪽으로 말을 그리던 유명 화가 김점선, 서강대 영문과 교수 장영희, 맨 앞쪽에 지금은 은퇴한 《경향신문》 여기자 유인경이 병마용갱답게 갑옷을 입고 위용을 뽐내고 있다.

2009년 중국 베이징의 한 미술관에서 전시했던 작품 〈여친용갱〉. 조영남의 여자 친구들의 얼굴이 보인다.

큰일 날 뻔했다. 당시 나와 끔찍이도 가까웠던 전설의 여가수 노영심을 빼먹을 뻔했다. 노영심도 내가 죽은 다음 나의 시체를 지켜 주는 진흙 용사로 내가 끌어들일 참이다. 줄줄이 사탕이다. 노래를 참 잘하는 뉴욕 줄리아드 음대 출신의 소프라노 이종미를 비롯, 유명한 현직 아나운서에 이름을 밝힐 수 없는 그 밖의 내 여친들도 포함되어 있다. 앗! 행복 전도사로 알려진 최윤희도 놓칠 뻔했다. 앞의 김점선, 장영희, 그리고 최윤희는 참으로 신비하게도 10여 년 전쯤 잇따라 한꺼번에 세상을 떠나 나의 진짜 음악 선배 윤심덕과 송민도의 하늘 그룹으로 옮겨 갔다. 이런 경우 참 웃긴다. 이들이 내가 훨씬 먼저 죽을 것으로 생각해서 우쭐대 가며 영남 오빠가 죽으면 자신들이 자진해서 오빠의 무덤지기 용사가 되겠노라고 온갖 폼을 다 잡으며 자세를 잡고 기념사진(?)까지 찍어 놨는데 웬걸 자기들이 먼저 벌써 쭈르르 죽어 넘어졌으니 나는 허탈할 뿐이다. 지금은 모든 형편이 완전히 뒤바뀐 꼴이 되었다. 그렇다면 이젠 내가 먼저 죽은 그녀들의 무덤을 지켜야 하는 말 그대로 남자 병마용갱이 되어야 하는데, 좋다. 기꺼이 병마용갱이 되어 주겠다. 그런데 정작 운이 좋아 내가 몇 년 더 산다 해도 그때는 이미 팔십 노인이 된다. 지금도 허리, 팔다리가 온통 쑤시고 결려오고 몇 개 안 되는 계단도 헉헉대 가며 오르는 상노인네가 됐으니 내가 자진해서 병마용갱의 갑옷을 입고 싶어도 뻔하다. 헬멧과 윗저고리만 걸쳐도 갑옷 무게에 짓눌려 그 자리에서 주저앉을 판인데 남의 무덤을 지켜주는 병마용갱은 개뿔, 할배 용사한테 무슨 역할을 기대하랴!

사진의 가운데에서 진한 색상의 옷을 입은 사람이 남궁옥분, 오른쪽 끝이 조영남이다.

각설하고 이제 이 글의 진짜 주제를 말하겠다. 나는 내 무덤을 지킬 '여친 용갱' 속 멤버들에 대해 왈가왈부하는 와중에도 딱 한 명의 여전사를 일부러 빼돌려 놓았다. 그게 누구냐. 사실상 오늘의 주역이다. 말하라. 누구냐. 가수다. 무슨 노랠 불렀느냐. 〈사랑 사랑 누가 말했나〉를 불렀다. 이름이 무어냐. 좀 웃기는 이름이다. 당장 이실직고하라. 말하겠다. 남궁옥분이다. 그런데 그 이름이 왜 웃긴다는 거냐. 보통 이름은 석 자이거나 두 자인데 남궁옥분은 하나 더 붙어 넉 자라는 게 좀 특이해서 웃긴다고 얘기했다. 남궁 씨 성을 가진 이들의 오해가 없기를 바란다. 남궁옥분한테는 나를 웃게 만드는 사연도 있고 나를 울게 만드는 사연도 있다.

2000년대 미국 카네기 홀에서 공연하는 남궁옥분과 조영남.

웃기는 사연부터 말해 봐라. 좋다. 말하겠다. 옛날로 거슬러 올라간다. 내가 초등학교 다닐 때다. 나의 아버지 조승초 씨가 중풍으로 병석에 눕게 되자 우리 집 앞채를 팔게 됐는데 새로 이사 온 집 딸내미가 나와 나이가 같은 소녀, 이름이 바로 옥분이었다! (성은 잊었다) 옥분이는 이름처럼 무척 착했다. 그런데 옥분이는 이 세상에서 가장 욕(?)을 많이 먹은 소녀로 기네스북에 오를 만한 소녀였다. 가령 무슨 잔칫날 손님들이 몰려오면 옥분이 아버지가 옥분이를 이런 식으로 찾는다. '옥분아! 뭐히여 이X아! 국수 말어 오지 않구 뭐히여 이X아 이X아 이X아 이X아 이X아.' 음악적으로 크레센도에서 디크레센도로 길게 늘어진다. 이건 내가 내 입으로 직접 흉내를 내야 제대로인데. 아! 한글의 위대함 속에 가려진 한글의 한계여! 그 '이X아'가 옥분이 아버지의 입엔 늘 붙어 있었던 거다.

현재의 가수 남궁옥분 얘길 하다가 옛날 옥분이 얘기로 빠졌다. 그럼 웃기는 얘기의 반대, 울렸던 얘기, 그 얘길 하겠다. 며칠 전 두툼한 소포 한 덩이가 우리 집으로 배달되어 왔는데, 발신자 이름이 남궁옥분이었다. 나는 얘가 느닷없이 웬 소포지? 하며 뜯어보았다. 두터운 계간지 《연인》이라는 표지 제목의 문학잡지였다. 표지에 나온 목차를 대충 훑어보았다. 시인, 수필가, 소설가, 평론가의 이름들 사이에서 아닌 게 아니라 남궁옥분이라는 이름을 발견했고 나는 그러면 그렇지 했다. 나는 일찍부터 옥분이가 노래를 잘할 뿐 아니라 그림이나 글쓰기에도 재능이 있다는 걸 알고 있었다. 문제는 책의 앞부분에 보통 종이보다 윤기 나는 고급 용지에 인쇄된 제목이었다. '진짜 딴따라 조영남.' 장장 처음부터 끝까지 조영남 예찬으로 일관되는 내용이었다. 재밌게 썼다. 그럼 뭐가 울린다는 것인가. 뭐가 서글프다는 거냐. 대답하겠다. 평소 같았으면 소포가 와도 그런가 보다, 책의 내용을 쓱 보고 흠! 쓸 게 없으니까 내 얘길 한 편 쓴 모양이구나 하면서 대수롭지 않게 그냥 넘어갔을 터인데 그날따라 내 맘속엔 이런 경우에는 최소한의 예의를 표해서 답장을 보내야 한다는 책임감 같은 게 생긴 것이다. 그러면서 공연히 서글퍼지면서 그동안 내가 옥분이한테 너무 무심했다는 것도 자책하게 되었던 것이다.

옥분아, 미안하고 고맙다. 나는 네가 이렇게 못생긴 영남 오빠를 그렇게 큰 아티스트로 생각하고 있는 줄 꿈에도 몰랐다. 너는 장장 10페이지에 달하는 긴 조영남 예찬 중에 이 세상에서 너만 알고 있는 나의 온갖 너저분한 사생활을 단 한 마디도 안 까밝혔더구나. 이점 특히 고맙다. 내가 최근 인간이 마음씨를 곱게 쓰면 결국 복을 받게 된다는 교훈을 실감했다. 아리땁고 마음 착한 세 번째 부인을 얻은 개그맨 엄영수(용수에서 영수로 바꿨다)가 그런 예다. 잘 버텨라. 이만 총총.

그 사람, 윤여정

배우 윤여정에 대한 이야기를, 이제, 이 시점에서 하려고 한다. 앞에서 몇 번 윤여정에 대한 이야기를 짧게 흘렸지만, 내 마지막 책이 될지도 모르는, 그리고 내 전 생애를 돌아보는 이 책에서 윤여정을 따로 이야기하지 않는 것은 어쩌면 직무 유기이고 위선인지도 모르니까. 그래서, 더는 피할 수 없다는 생각이 들었다.

언젠가 윤여정이 나를 언급하면서 이렇게 말을 한 적이 있다고 들었다.

"내가 재능이 없는 사람이라고 생각했기 때문에 재능이 많은 그 사람이 좋았어요."

본인의 입으로, 재능이 많은 사람을 좋아했는데, 그가 나였다는 이야기이다.

"나는 살기 위해서, 살아가기 위해서 목숨 걸고 한 거였어요. 요즘도 그런 생각엔 변함이 없어. 배우는 목숨 걸고 안 하면 안 돼. 훌륭한 남편 두고 천천히 놀면서, 그래 이 역할은 내가 해 주지, 그러면 안 된다고. 배우가 편하면 보는 사람은 기분 나쁜 연기가 된다고, 한 신 한 신 떨림이 없는 연기는 죽어 있는 거라고."

이 말은 배우 윤여정의 말이다. 어떤 일을 목숨을 걸고, 살기 위해서 한다는 것, 이 얼마나 프로다운 태도인가. 나는 평생 뭘 할 때 목숨을 걸고 해 본 적이 없다. 그러므로 나는 지금까지 짝퉁 아티스트로 살아왔다. 적어도 윤여정 앞에서는 말이다.

윤여정은 영화 〈미나리〉에서 재미 교포 부부의 어머니로 열연해 2021년 4월 우리나라 배우 최초로 아카데미 영화제에서 여우 조연상을 받는 쾌거를 이뤘다. 이것은 그야말로 우리나라의 국격을 높이고 국위를 선양하는 쾌거다. 아카데미 수상식이 있던 날 어느 신문 기자가 전화를 걸어 왔다. 윤여정의 아카데미 수상 소감을 나한테 묻는 것이었다. 나는 진정으로 축하하는 마음에서 이렇게 대답했다. 미국식, 윤여정식으로 말했던 것이다.

'바람을 피운 남성에게 우아한 복수를 하는 것 같다.' 나는 멋지게 말한 것 같은데 다음 날 나는 펑펑 날아오는 돌멩이, 짱돌, 벽돌에 맞아 죽는 줄 알았다. '니가 뭔데 남의 밥상에 숟가락을 얹느냐.'는 것이었다. 그 때문에 전시회도 취소되고 난 또 죽는 줄 알았다.

나의 축하하고 기뻐하는 마음은 진심이었다. 윤여정은 13년 동안 법적으로 나의 부인이었고 두 아이의 엄마이기도 하다. 내 쪽의 부정에 의해 헤어졌기 때문에 개인적인 감정이 없을 수 없지만, 윤여정의 놀라운 성취를 내가 인정하고 축하하는 마음을 윤여정이 의심하지 않았으면 좋겠다.

윤여정은 나보다 두 살 아래다. 처음 만난 곳은 무교동 쎄시봉이었다. 아마도 1968년쯤이었다. 나는 스물둘이나 셋쯤이었고 윤여정은 스물이나 스물하나였다. 한양대학교 국문과 학생이라고 했는데, 몸은 가냘프고 야리야리했는데, 인상이 정말 좋았고 똑똑해 보였다. 몇 편의 드라마에 출연한 적이 있는 배우라고 했는데, 그런 이력은 내게 하나도 중요하지 않았다. 나는 사람에 대한 첫인상이 그 사람과의 관계를 결정하는 데 가장 중요하게 작용하는 요소라는 생각을 예나 지금이나 하고 있는데, 윤여정의 인상은 정말 특별하면서도 매력적이었다. 독특한 자기만의 아우라를 가지고 있었다. 예쁘고 발랄하고 거기에 총명하기까지 했고, 자기 주관이 뚜렷해서 쎄시봉 멤버들의 짓궂고 장난기 어린 말들을 어렵지 않게 받아 내어 남자들로부터도 인기가 많았다.

우리는 쎄시봉에서 친해졌는데 직접 두 사람을 연결한 것은 내 기억에 똘강 이백천 선생이었던 것 같다. 윤여정과 나는 급속도로 가까워졌다. 가까워졌다는 것은 윤여정이나 나나 서로 마음에 들었다는 뜻이다. 이후 연세대 음대에 다니던, 윤여정의 이화여고 1년 후배 가수 최영희와 함께 셋이서 늘 붙어 다녔다.

당시 쎄시봉 멤버에는 남자들만 있는 것이 아니었다. 젊고 재능 있는 여자들도 많았다. 지금 기억나는 건 성우 이장순, 여류 화가 비함과 이강자, 연세대 음대의 병아리 가수 최영희, 그리고 신인 탤런트 최화라, 그리고 윤여정 등이 있었다. 얼마 안 돼 윤여정은 특유의 강단과 똘똘함으로 사실상 쎄시봉 음악 감상실의 여자 대표 격이 되었다.

당시 나는 윤여정을 '윤잠깐'이라는 별칭으로 부르곤 했다. TV에 등장할 때 잠깐 나왔다가 금방 들어가기 때문이었다. 그 별명이 썩 자랑스럽지 않았을 텐데도 윤여정은 아무런 내색을 하지 않았다. 그런데 보라. 지금은 윤잠깐이라는 별칭이 얼마나 무색해졌는지를. 오히려 윤여정을 제외한 다른 쎄시봉 멤버들이 '잠깐'의 삶을 보냈던 게 아닌가 싶다.

윤여정은, 이미 내가 2011년에 펴낸 책 『쎄시봉 시대 : 쎄시봉 친구들의 음악과 우정 이야기』에서 좀 구체적인 이야기를 하긴 했지만, 아버지를 일찍 여의고 초등학교 선생님으로 근무하는 어머니의 보살핌을 받으며 반듯하고 귀하게 자란 장녀였다. 그런 성장 환경과 태생적인 조건이 윤여

70년대의 조영남과 윤여정. [사진 중앙일보]

정에게는 강한 자기 주관과 시련이나 고난이 와도 쉽게 물러서지 않는 강인함을 안겨 주었다고 나는 믿는다. 천상 광대 기질을 타고나 기준이나 원칙, 룰, 질서 따위에 집착하지 않는 나와는 전혀 다른 곧고 성실한 마음씨를 가지고 있었다. 어느 책 속에 나는 이렇게 쓴 바 있다.

"살짝 나탈리 우드를 닮은 윤여정은 철저하고 억척스러운 구석이 있었다. 누구의 부축 없이도 잘 걸어가는 선천적인 신비스러운 강인함이 몸에 배어 있었다. 택시를 잡는 일에도 날쌨고 택시 기사와 요금 문제로 옥신각신할 때도 해결사는 늘 윤여정이었다. 그녀는 초등학생 시절부터 최우등생으로 민관식 교육부 장관 장학금을 받아 공부한 전형적인 수재였다. 세상을 떠나신 민관식 어른을 생전에 만나 뵈면

'우리 여정이가 똑똑해서, 우리 여정이가 공부를 잘해서'라는 말씀을 내 귀에 못이 박히도록 들려주셨다."

당시 쎄시봉에서 윤여정과 가까운 사이가 되었을 때 연세대 음대 출신의 가수 겸 배우인 최영희가 윤여정과 나 사이로 쏘옥 들어왔다. 이때부터 우리 셋은 트리오라고 해도 좋을 정도로 어딜 가든 늘 붙어 다녔다. 합이 잘 맞았다. 나는 그들에겐 오빠이고 아저씨였다. 얼마나 친했냐면 내가 미아리에 있던 윤여정의 집과 회현동에 있던 최영희의 집에까지 가서 빈둥거리며 놀 정도로 막역하고 격의가 없는 사이였다. 그렇게 5년 정도 오빠 동생 사이로 지내고 군 제대까지 윤여정과 1년 정도 연애를 거쳐서 부부로서의 연을 맺은 게 1974년이었다. 내 나이 스물아홉, 윤여정은 스물일곱이었다. 그러곤 군대 시절 내가 빌리 그레이엄 목사님의 전도 성회에서 특별 복음 성가를 노래한 게 계기가 되어, 미국 플로리다 주의 트리니티 신학 대학으로 유학을 가게 되면서 우리 둘은 가족을 이루어 미국 이민 생활을 하게 된다.

우리의 결혼 생활은 매우 순탄했다. 시카고, 인디아나, 애틀랜타에서 찔끔찔끔 머무르다가 학교가 있던 플로리다에서 정식 신혼 생활을 시작했는데 그때 나는 두고 온 한국에선 제법 이름난 가수였기 때문에 미국인 교회에서 초청을 받으면 가스펠을 불렀고 미국 내에 퍼져 있는 헤아릴 수 없이 많은 한인회 초청으로 공연에 가면 순수 가요를 불렀고 한인 교회에 초청을 받으면 간증 및 성가를 불러 생활비를 마련하곤 했다. 공부하면서 살림을 하기엔 충분했다. 처음 탬파 세인트피터즈버그의 한 교회에 정착한 우리에게 나이가 나보다 많은 샘 클립턴을 비롯 다섯 명의 친한 친구들이 2백 불씩을 모으고 나도 2백 불을 보태 1,200불로 중고 토리노를 사서 편하게 학교에 다닐 수가 있었다. 내가 미국에 체류하는 동안 돈이 떨어지면 한 번씩 서울에 나타나 콘서트로 돈을 벌어 미국에 가서 쓴다는 악평 투의 소문이 찐하게 났었는데 그 소문은 진실이었다. 그렇다. 나는 가끔 한국에 가서 돈을 벌어 왔고 그 돈으로 스페인풍의 멋진 새집을 구입해 내 친구들을 '깜놀'하게 만들 정도였다. 내 성격상 그쪽 친구들에게 내가 얼마나 유명한 가수인가를 말한 적이 없기 때문에 그들은 심히 놀랐던 거다.

윤여정은 아이도 잘 키우고 살림도 썩 잘했다. 그땐 플로리다에 한인 식품점이 없던 시절이었는데 어느 날 밥상에 두부 지짐이 푸짐하게 올라왔다. 윤여정이 콩을 심어 두부를 만든 것임이 틀림없었다. 어디서 배웠는지 음식을 탁월하게 잘 해냈다. 그뿐 아니라 어느 날은 나의 와이셔츠를 재봉틀로 직접 만들어 줬고 양복저고리도 만들어 줬는데 와이셔츠는 레코드 재킷에 사진으로 남아 있지만, 저고리는 간직하지 못한 게 지금도 아쉬움으로 남는다. 만약 내조 아카데미상이라도 있었더라면 당연히 월드 베스트 내조상을 받아야 할 만큼 윤여정은 실로 내조의 여왕이었다.

그렇게 잘 살던 우리가 헤어지게 된 것은 내가 누누이 말했지만, 순전히 내가 바람을 피웠기 때문이다. 나 혼자 북치고 장구 치고 지랄발광을 쳤기 때문이다. 아! 그때 한국식으로 나는 바람을 안 피웠다고 딱 잡아뗐어야 했는데 꼴에 신학 대학 출신이라고 순수하게 바람피운 걸 자백하는 바람에 사달이 난 것이다. 그녀가 남긴 말은 딱 한 마디였다. '셋이 함께 살 순 없다.' 이렇게 되었던 것이다.

헤어져 살면서 뒤늦게 느낀 건데 윤여정은 나와 비슷한 성격으로 남 비방을 못 하는 선량한 성품의 인물이었다. 나는 지금까지 그녀로부터 나의 치부를 들은 적이 단 한 번도 없다. 아! 끔찍하다. 그녀가 나의 실체를 밝힌다면 나는 아마 지구를 떠나야 할 것이다.

나는 처음부터 그녀와 헤어져 산다는 느낌이 별로 안 들었다. 왜냐하면 TV를 틀면 끊임없이 그녀가 나왔고 영화관엘 가도 그녀의 얼굴이 내 눈에 띄었기 때문에 늘 가까이에 있는 듯한 생각이 들었던 것이다. 그리고 늘 자랑스러웠다. 누가 뭐래도 그녀는 내 두 아이의 엄마이기 때문이다. 물론 일방적 얘기지만 말이다.

베스트 오브 더 베스트

이번에는 내가 꺼내 놓지 못했던 자질구레한 얘기들을 Best 형식으로 정리해서 써 내려가겠다.

내 초등학교 때의 꿈 Best: 구운 꽁치 한 마리를 나 혼자 다 먹는 것. 식구가 많았다.

내가 지금까지 가장 좋아하는 만화 Best: 찰리 브라운이 등장하는 〈피너츠〉. 특히 피아니스트인 슈로더에게 늘 구애하는 루시가 짱임.

내가 세상에서 가장 좋아한 가수 Best: 이탈리아계 시각장애인 가수 안드레아 보첼리. 대중음악에서부터 오페라 아리아까지 자유자재로 구사 가능. 카루소나 파바로티보다 지루함을 덜 느끼게 함.

내가 평생 즐겨 입는 옷 Best: 검은색 군용 야전 점퍼. 여름엔 흰색도 있음. 왼쪽 가슴 부분의 번호는 군번이 아니라 세 아이들의 생일 숫자임. 양팔의 패치들은 청계천 상가에서 구입. 그곳 재봉사에게 의뢰 부착한 것임. 야전 점퍼는 원래 미국 군인들이 전쟁 시 입던 제복으로 내 추측엔 세계적인 의상 디자이너들로부터 여러 경로를 거쳐 공모에 당선된 작품이라 옷의 기능 면에서 최상이라 여겨짐. 나의 단골은 종로5가 지하상가의 요한양복점.

내가 가장 즐겨 입는 공연복 Best: 검은색 고등학교 교복 스타일의 양복. 다소 젊게 보인다는 미학적 장점이 있음.

내가 가장 좋아하는 시(詩) Best: 이상(李箱)의 난해한 시 중「이런 시」속에 들어 있는 한 대목 "내가 그다지 사랑했던 그대여 / 내 한평생에 나는 당신을 잊을 수는 없소이다. // 내 차례에 못 올 사랑인 줄은 알면서도 / 나 혼자는 꾸준히 생각하오리다. // 자! 그럼 내내 어여쁘소서." 세상에 발표된 연애시 중에서 가장 우수한 연애시라고 판단됨. 내가 직접 '이런 시'에 곡을 붙여 녹음을 끝낸 상태임.

내 평생 만난 사람 중 기억에 가장 오래 남는 사람 Best: 미하일 고르바초프 부부. 구소련 연방을 해방시켰음. 너무나 다정다감했고 기라성 같은 자기네 음악가를 놔두고 오스트리아 쪽의 구스타프 말러를 좋아한 점.

내가 지금까지 본 TV 코미디 중 Best: 개그맨 고영수가 후배 엄영수(개명 전 이름은 엄용수였음)를 데리고 다니며 선배로서 후배한테 역사적 교훈을 준다. 첫 장면 경복궁. "이 경복궁으로 말할 것 같으면 1683년 숙종 대왕께서 당나라에 볼모로 끌려간 왕비를 그리워하며 애타게 기다리시던 장소였다네." 이어서 창덕궁. 또 다른 역사적 사실을 길게 설명한다. 엄영수는 말없이 듣고만 있다. 끝으로 노을 지는 한강 변. "저 노을을 바라보게나. 우리의 인생도 저와 같아서 아침에는 해가 떠 화창하게 뽐을 내지만 저녁이 되면 해가 기울어 서산으로 지게 되는 거라네. 오늘은 이만 나도 이젠 집으로 돌아가야겠네."라는 말을 남기고 돌아서 간다. 그때까지 한마디 말도 없던 엄영수가 입을 연다. "아이고! 저 선배님도 일정한 직업을 가지셔야 할 텐데."

내 평생 가장 나를 웃긴 TV 멘트 Best: 개그맨 김형곤과 엄영수가 아침 뉴스 시간에 짧은 뉴스 앵커로 활약한 적이 있다. 엄영수가 "오늘의 긴급 뉴스를 알려 드리겠습니다." 김형곤이 이어받는다. "전국에 딸자식을 가진 어머님들 각별히 주의하십시오. 방금 가수 조영남 씨가 또 이혼을 발표했습니다."

가수 생활 중 가장 후회하는 일 중 Best 3: ① 작곡가 최영섭 씨 측이 〈그리운 금강산〉을 날더러 부르라고 했는데 차일피일 미루었던 일. ② 서울대 음대 직계 후배인 작곡가 이범희 씨가 날더러 자기가 작곡을 한 곡 했는데 형이 부르면 딱일 거라 했는데 나는 속으로 '네 놈이 작곡을 해 봐야 오죽하랴.' 싶어 어물어물하는 사이 어느새 가수 이용이가 잽싸게 부른 노래의 제목이 〈잊혀진 계절〉. ③ 조용필과 어울리고 나훈아와 친할 때 함께 트리오 곡을 해 보자고 제안하지 못했던 일.

내가 죽기 직전에 마지막 한 끼로 먹고 싶은 음식 Best: 삽교천 민물매운탕.

자칭 영화광인 내가 평생 본 영화 중 Best: 헝가리 영화 〈글루미 선데이〉. 〈닥터 지바고〉, 〈바람과 함께 사라지다〉, 〈아라비아의 로렌스〉보다 우위에 둠. 한 여자가 두 남자를 동시에 만나 죽을 때까지 지냄.

내가 좋아하는 묘비명 Best: 아일랜드 태생의 극작가 버나드 쇼의 "내가 우물쭈물하다가 이렇게 될 줄 알았다."

나의 가장 자랑스러운 직함 Best: 용문고 미술반장. 음악반장은 이장희의 삼촌 되던 내 짝꿍이었던 이영웅이 맡았음.

나의 가장 자랑스러웠던 공연 Best: 1973년 여의도 광장에서 세계적 부흥사 빌레 그레이엄 목사가 설교하고, 김장환 목사가 통역하는 대집회에서 군복을 입고 특별 성가를 부른 것. 도미하는 계기가 됨.

내가 저지른 가장 큰 범죄 Best: 미국 체류 때 잠시 캐나다 공연을 갔다가 며칠 후 미국 공연 때문에 다시 미국으로 돌아와야 되는데 비자 없인 재입국이 불가능하다는 걸 뒤늦게 깨닫고 그곳 대학교수 가족과 함께 가까운 버펄로로 결혼식 참석차 간다며 타인의 캐나다 여권을 빌려 들고 발발 떨면서 미국으로 위장 입국했던 범죄 사실. 뒤 트렁크에 꽃을 가득 싣고 위장 밀입국에 성공했음. 공소 시효가 지난 일이라 관계없음.

내가 재공연 꼭 하고 싶은 공연 Best: 1980년대 말 뉴욕 카네기 홀 공연.

1980년대 말 뉴욕 카네기 홀 공연 포스터.

우리말 중에서 가장 쓰고 싶지 않은 말 Best: 말할 때 '솔직히 말해서'라고 토를 다는 것. 사기꾼들이 많이 쓰는 어휘이기 때문임. 특히 쓰지 말 것을 친한 후배들한테 꼭 전달하곤 함.

내가 직접 만났지만 어영부영하다가 사진을 못 남긴 친

구들 Best: 〈하얀 손수건〉 등 수많은 히트곡을 남긴 나나 무스쿠리. 영화 〈닥터 지바고〉의 오마 샤리프, 놀음을 좋아해서 쫄딱 망해 한국에 '오마 샤리프' 화장품을 론칭한다며 만나 친했으나 사진을 못 남겨 평생 후회함. 세계 3대 성악가 중 한 명이었던 호세 카레라스와도 친했는데 사진이 없음. 〈Rain drops keep falling on my head〉를 불러 인기였던 B. J. 토마스 부부를 텍사스 공연 때 만나 친해졌는데 남은 사진이 없음.

나와 성씨가 똑같은 조물주 할아버지에 대한 불만 Best: 왜 여자까지 늙게 만들었는가.

두 남자의 눈물겨운 우정에 관한 이야기 Best: 한 남자가 매일 어떤 바에 와 꼭 술 두 잔을 주문, 한 잔을 마신 다음 또 한 잔을 마시고 떠나간다. 3년간이나 그렇게 했다. 그러다 어느 날 손님이 술을 딱 한 잔만 주문한다. 그래서 주인이 물었다. 왜 오늘은 한 잔만 주문하는가. 그러자 손님이 대답한다. "사실은 죽은 친구 한 명을 기념하면서 두 잔을 시켜 마시곤 했는데 오늘은 제가 술을 끊어서 한 잔만…."

내가 TV 스포츠 중 가장 재미있게 보는 프로그램 Best: 단연 육상 트랙 경기. 여자 선수 앨리슨 펠릭스를 광적으로 좋아함. 88 올림픽 때 그리피스 조이너가 100m 세계 기록을 깬 것과 칼 루이스와 벤 존슨의 100m 대결을 직접 관람했음.

내가 만났던 인물 중 가장 아름답고 예뻤던 인물 Best:

자니 윤 쇼를 할 때 만나 본 소피 마르소.

1989년 조영남이 보조 진행자로 활약하던 자니 윤 쇼에 프랑스의 여배우 소피 마르소가 출연했다. 왼쪽부터 조영남, 자니 윤, KBS 김영선 PD, 소피 마르소.

내가 만난 사람 중에서 가장 흠모하고 존경하는 인물 Best: 손기정.

내가 만나지 못했지만 가장 보고 싶은 인물 Best: 아르헨티나의 혁명가 체 게바라. 나는 왕년에 뮤지컬 〈에비타〉에서 체 게바라 역할을 맡았음. 가장 예수와 비슷한 인물로 여겼기 때문임.

내가 들어 본 계산 중 가장 엉터리 계산 Best: 어느 날 나의 모친 김정신 권사님이 사과 장수 아주머니와 흥정을 한다. "사과 한 알에 300원입니다." 김 권사님, "그럼 세 알을

1,000원에 주시죠." 사과 장수, "아이고 그렇게는 안 되죠." 옥신각신.

1980년대 뮤지컬 '에비타'에 출연하던 조영남. 혁명가 체 게바라 역을 맡았다.

내가 평생 본 화장실 낙서 중 Best: '예수 그리스도는 너를 위해 십자가를 지고 골고다 언덕을 넘고 있는데 당신은 지금 무얼 하고 있는가.' 바로 그 밑에 적힌 낙서. '똥 싸고 있다 시캬.'

조금은 건방진 얘기

내가 살아온 시간을 돌아보는 원고를 연재하면서 좋은 점도 있고 나쁜 점도 있었다. 옛날로, 마치 그 시절로 돌아간 듯한 느낌. 그런 건 참 좋았다. 나쁜 점도 있다. 나빠도 더럽게 나쁜 점 하나가 발생했다. 오늘 그걸 시원하게 털어놓겠다.

나는 늙은 사람이다. 부인할 수 없는 사실인데 꼰대에 가깝다. 내가 지금 무슨 말을 못 하랴. 그런데 내가, 나 조영남이가 어느새 시건방진 인간으로 변했다. 한마디로 거만하고 기고만장해졌다는 얘기다. 나는 지금 무슨 웅장한 드라마를 쓰는 게 아니다. 그동안 나는 훌륭한 사람은 아니지만 그저 적절한 소시민으로 살아왔다. 때론 겸손하기도 했고 때론 배려도 했고 베풀 줄도 알았다. 그러다가 나는 달라졌다. 우쭐해졌다. 내가 최고다. 나는 누구보다도 우수한 사람이다. 마치 대통령 후보로 나선 사람처럼 매사에 나만이 적임자라고 착각하게 되었다.

왼쪽부터 가수 김세환, 조영남, 유영구.

며칠 전의 일이었다. 내가 평소 마치 초중고 동창처럼 가깝게 여기는 친구 유영구한테 물었다. 참고로, 유영구는 명지대학교 창립자이신 유상근 장로님(나는 김장환 목사님과 함께 유 장로님과도 친하게 지냈었다)의 큰아들이다.

“야! 영구야. 나 니네 학교 석좌 교수로 들어가면 안 되겠니?”

여럿이 밥을 먹는 자리였고 김세환도 그 자리에 있었다. 그냥 한번 해 본 소리지만 따지고 보면 이건 내 시건방짐의 결정판이 되는 것이다. 생각해 보시라. 나는 한양대 음대 중퇴, 서울대 음대 중퇴, 미국 시골 신학 대학을 졸업하면서 겨우 학사 학위밖에 없는 주제에 명지 학원 이사장을 지낸 영구한테 그런 말을 한 것이다. 영구는 TV 개그 프로그램에 나왔던 "영구 없다."의 그 영구가 아니다. 내 친구 영구는 정치인 출신 정대철 형과 서울대 총장 출신 겸 국무총리 출신인 내 후배 정운찬(학번이 두 단계나 밑이다. 믿거나 말거나 나한테 꼬박꼬박 선배님 선배님 한다)이 역임했던 한국야구 위원회 총재까지 맡았던 인물이다. 그런 인물한테 내가 석좌 교수 운운했으니 얼마나 가소로운 얘긴가.

석좌 교수. 어감부터 멋지다. 난 석좌가 무슨 뜻인지도 모른다. 돌 위에 앉은 부처 대신 돌 위에 선 교수라는 뜻인가. 일찍부터 나는 교수 직함에 뜻이 없었다. 교수 안 하기를 참 잘했다고 생각한 건 내 동생 조영수 때문이다. 내가 〈딜라일라〉를 불러 겨우 마련했던 동부이촌동 시범 아파트를 팔아 조영수의 유학비를 마련한 건 바로 내 어머님 되시는 김정신 권사님이셨다. 내 동생 조영수는 10년간 독일에서 음악 공부를 하고 돌아와 곧장 부산대 음대 교수 자리에 앉는다. 하지만 그는 언제나 부교수도 정교수도 아니고 조교수였다. 나 역시 조 교수로 시작해서 조 교수로 끝났을 것이다.

결국 나는 조 교수도 못 되고 그냥 조 가수가 되어 잘 나가다가 어느 날 검찰에 불려 가게 된다. 소위 미술 대작 사건으로 사기꾼 혐의를 쓰고 재판정에 서기에 이른다. 졸지에 전 국민의 비호감 대표 인물로 둔갑, 미술품 환불 사건과 5년간의 변호사 비용으로 집만 가진 알거지로 둔갑, 어깨가 축 늘어졌던 초라한 인물로 전락해 잊혀져 간 전직 가수로 빌빌대는 신세였다. 그런데 이게 웬일인가. 불과 몇 개월 만에 나는 다시 기고만장한 인간으로 마블 영화 속 히어로처럼 변해 버린 것이다.

조영남이 출간한 책의 책등을 모아 만든 2012년 작품.

그럼 내가 왜 이렇게 됐냐. 누가 나를 그렇게 변신시켰느냐. 답은 간단하다. 연재하고 있던 회고록 원고 때문이었다. 아직도 신문들을 자주 보는지, 가는 곳마다 만나는 사람마다 날 붙들고 이번 주 글 잘 썼다, 재미있다, 아주 끝내준다, 짱이다! 심지어는 해당 신문을 안 봤었는데 당신 연재 때문에 일부러 구독해서 본다는 말도 들었다. 물론 나를 만났으니까 예의 차원에서 지나가는 말로 한다는 사실도 나는 잘 안다. 그러나 그런 소리를 반복해서 들어 보면, 사람이 교만해지지 않을 방도가 없다. 더구나 우리의 한국 문화를 훤히 꿰뚫어 보시는 문화 대통령 격인 문화유산 국민 신탁의 김종규 이사장이나 소설가 김홍신 선생으로부터 한 번 거르는 일도 없이 매번 글 잘 쓴다는 칭찬을 듣고, 베스트셀러 작가이자 독일 쪽의 박사 출신 잘나가는 심리학자 김정운 같은 이로부터 "왜 그렇게 글을 잘 쓰는 거야? 형이 나보다 글을 더 잘 쓰는 것 같아. 미치겠어." 이런 말을 듣고, 그리고 이름을 밝혀서는 안 되는 이 나라 최고위 인사로부터 지속적으로 글 잘 쓴다는 칭찬을 들어 봐라. 그 기분이 어떤가를. 자연스럽게 눈에 뵈는 게 없어진다. 게다가 내 못생긴 얼굴 사진이 매주 신문에 실려 나가지 않느냐? 그러니 내 코가 클레오파트라보다 더 높아질 수밖에! 그리하여 나는 급기야 명지 학원 이사장을 지낸 내 친구 유영구한테 겁대가리 없이 물었던 거다. "야! 영구야! 내가 니네 학교 석좌 교수하면 안 되겠니?" 하고 말이다. 그런데 영구 녀석은 밥을 씹으면서(녀석은 대식가다) 영 시큰둥하게 대답했다.

"얀마! 석좌 교수는 아무나 하는 게 아냐 인마!"

이게 웬일인가. 가만히 생각해 보니 내가 영구한테 따

귀를 얻어맞지 않은 게 다행이었다. 얘길 들어 보시라. 나는 자랑이 아니라(물론 자랑도 섞였지만) 실로 많은 책을 썼다. 어느 누구보다 많은 책을 써냈다. 우선 나는 한국 청년의 마음으로 바라본『예수의 샅바를 잡다』(2000년)를 쓰고, 이어서 우리 민족의 우수성을 알리려는 의미에서 일본이나 중국에도 없는 빼어난 예술가 백남준이 우리한테 있다는 것을 쓰고, 노벨 문학상을 탄 일본의 가와바타 야스나리, 또 미국의 노벨 문학상 작가인 싱어송라이터 밥 딜런보다 열 배, 스무 배나 우수한 시인 이상(李箱)에 대해 썼다. 세계 문화계는 긴장하라, 까불지 말라며 쓴 책이 우리 시인 이상의 난해한 시(詩) 해설서『이상은 이상 이상이었다』(2010년)라는 책이었다. 그 책에서 심지어 나는 이상을 감히 영국의 셰익스피어 바로 옆자리까지 올려놓았다.

재판의 와중에도 5년의 유배 생활에도 옛 성현의 흉내를 내서 두 권의 책을 냈다. 한 권은 재판하는 판사도, 변호사도, 검사도 현대 미술의 원리를 모르고 헤매는 듯해서 일찍이 쓴『현대인도 못 알아먹는 현대 미술』(2007년)이었고 이어서 또 다른 한 권은 아주 쉽게 쓴『이 망할 놈의 현대 미술』(2020년 7월)이었다. 그래도 시간이 남아 뜬금없이 그룹 사운드를 결성했다. 무슨 그룹이냐. 세계 최고의 악사들을 끌어다 놓은 세계 최초의 음악 그룹이다. 그런 내용으로 쓴 책이 바로『시인 이상과 5명의 아해들』(2020년 9월)이다. 이상이 리드 싱어, 늘 기타를 미술로 표현했던 피카소를 기타 주자로, 일찍부터 피아노를 배워 24살에 바젤대학교 교수가 된 철학자 니체에게 피아노와 키보드를 맡겼다. 니체는 어려서부터 피아노를 배웠고 나중에 독일 음악의 최고봉 바그너와 친분까지 맺었다. 원래부터 바이올린 A급 주자였던 물리학자 아인슈타인, 그리고 타악기를 교향곡의 제왕인 구스타프 말러한테 맡겼다. 이런 게 책 내용이다. 건방짐의 절정이다.

조영남의 2019년 작품. 이상이 아인슈타인, 니체, 피카소, 말러 못지않은 천재였다는 주장을 표현했다.

건방진 얘기를 좀 더 해 보겠다. 난 딱 한 번, 한 학기 동안 대학 강단에 선 기록이 있다. 2000년 전후 무렵이다. 이

때 난 경기도 안성의 동아방송예술대학교 실용 음악과 겸임 교수였다. 내 강의 시간은 오후 2시였다. 내 생애 첫 대학 강단에 올라선 나는 매우 짧게 "저는 이번 학기 실용 음악을 담당하게 된 조영남입니다. 저의 강의 시간은 오후 2시입니다."라는 말만 남기고 가타부타 말없이 그대로 돌아서 나와 퇴근해 버렸다. 다음 주에 갔을 때 지각하는 학생들이 단 한 명 없이 2시 정각에 교실에서 쫙 대기하고 있었다. 두 번째 강의 시간도 매우 짧았다. 3분 이내였다. 내 두 번째 강의는 대충 이랬다.

"나는 몇 번 대학을 다녀 봤습니다. 그런데 궁금하지도 않은, 질문도 따로 안 한, 주제를 길게 주저리주저리 떠들어 대는 교수가 딱 맘에 안 들었습니다. 나는 음악 그리고 미술, 그 밖에 이성 문제 따위 등에 다방면의 흥미를 느끼곤 했습니다. 자! 그럼 질문이 있으신 학생은 질문을 해 주십시오. 내가 아는 대로 성심성의껏 대답해 드리겠습니다."

그런데 뜻밖에도 조용했다. 아무런 질문이 없었다. 그래서 나는 "질문이 없으므로 오늘 수업은 여기서 마치겠습니다." 하고 즉시 뒤도 안 보고 돌아서 나왔다. 다음 시간에 갔을 땐 학생들이 각자 노트에 빼곡히 질문들을 적어 가지고 왔다. 그 후 3개월 동안 무사히 강의를 끝냈다.

이랬던 내가 석좌 교수를 탐냈다니.

"야! 영구야! 친하다는 게 뭐냐. 나를 니네 학교 총장 한 번 시켜 보는 게 어떠냐?"

무언가 날아오는 소리. 피융. 슛. 탁. 이번엔 화살이다.

졸지에 친일파로 내몰리다

미리 말해 두지만 이번 글은 그닥 재미는 없을 것이다. 그 이유를 말하자면 이번에는 나의 일본 관련 사건에 대한 해명과 변명으로 채워질 것이기 때문이다. 이미 잊힌 얘기지만 나 자신으로서는 딱 한 번이라도 해명을 해둬야 하기 때문이다. 2005년 나는 일본 《산케이 신문》에 난 몇 줄의 기사로 2년 가까이 유배 생활을 해야만 했다. 이후 단 한 번도 어떤 매체를 통해 해명을 해 본 적이 없다. 그냥 2년간 죽어 살았다. 일종의 자중의 시간을 보낸 거다.

자전적인 이야기를 회고하는 기회가 주어진 김에 그 얘기를 하려고 한다. 나는 지금 무슨 술수 따위를 쓰려는 게 아니다. 이 문제는 인생 막바지에 누구나 어떻게 살아왔는지를 돌아보고 자문할 때 모든 당사자들이 반드시 통과해야 하는 씁쓸한 문제이기 때문이다. 누구한테나 쓰고 싶은 스토리가 있고 또 반대로 남에게 숨기고 싶은 얘기나 감추고 싶은 얘기가 있다. 그런데 갑자기 어이없게도 연재 지면의 편집진이 나에게 여전히 치명적인 그래서 숨기고 싶어 했던 일본 필화(?) 사건에 관해 슬쩍 꺼내 든 것이다. 그러니까 써 봐야 아무런 이득도 없는 일본 관련 얘기를 써 보라는 것이다. 해명이라는 명목으로 말이다. 그리하여 나는 다시 독자들을 임금으로 격상시켜서 다음과 같은 발칙한 소견을 상소해 보는 것이다.

"전하, 소인에겐 숨겨 두고 싶었던 얘기가 있사옵니다. 소인에게 성삼문 이상의 불 고문이나 유배 혹은 참수 명령을 내리신다 해도 소인은 입을 꾹 다물고 있겠나이다." 하! 그런데 뜻밖에도, 어이없게도 전하께선 돌연 "짐이 약속을 하겠소! 어떠한 벌도 내리지 않을 것이오. 그러니 조 장군의 일본 관련 얘기를 슬쩍 들려주지 않겠소?" 이렇게 된 형국이다. 그러니까 명심하시라! 지금부터 나는 어명을 받은 자의 심정으로 해명에 나설 것이다. 행여 무슨 잘못이 발생하더라도 전하 역할을 맡은 독자님들께 돌아가는 것이다.

그때까지 나는 선량한 소시민이었다. 안락한 연예 생활을 누리고 있었다. 깡시골에서 올라와 대학에 들어가고, 아르바이트로 미8군 가수가 되어 〈딜라일라〉라는 외국 번안 가요를 불러 인기 가수가 되고, "와우아파트 우르르르" 무너졌다는 풍자 노래를 불러 군대에 끌려가(자원입대가 아니라는 뜻) 용산 육군본부에서 3년 4개월 동안 근무하고, 제대 후 곧장 도미했다가 10여 년 만에 다시 돌아와 착실하게 연예 생활을 누리고 있었다. 썩 잘나가는 가수 생활 중이었다는 게 정확한 표현일 것이다. 그러다 예측 못 할 일이 벌어진다.

어느 날 평소 가깝게 지내던 당시 《중앙일보》 조우석 기자의 전화를 받고 접선한다. 용건이 거창했다. 2005년, 지금으로부터 16년 전이다. 그러니까 2005년이 일본이 우리 조선을 찬탈한 지 딱 100년, 해방된 지 딱 60년, 한일 수교 딱 40년이 되는 해라는 것이다. 나는 정교하게 맞아떨어지는 수치에 소름이 쫙 끼쳤다. 그러고는 나를 빤히 쳐다보는 것이었다. 이런 경우 제대로 된 신문사라면 당연히 무슨 특집 기사라도 내보내야 하는데 정작 쓸 사람이 마땅치 않다는 것이었다. 글을 쓸 만한 사람들이 유독 일본에 관해서는 꽁무니를 뺀다는 것이다. 나를 빤히 쳐다보는 게 뻔하잖는가. 나더러 쓰라는 수작질인 것이다.

이럴 때 난 당연히 노코멘트를 선언했어야 한다.

"야! 조우석. 그렇게 중차대한 문제를 어찌 나 같은 가수 나부랭이에 떠맡기냐. 난 그렇게 못 해."

이런 반응을 보였어야 한다.

그런데 나의 못 말리는 오지랖, 입방정이 "그래. 그것참,

딱하군. 알았어. 그럼 내가 해 보지 뭐." 이렇게 된 거다. 나는 곧장 일본으로 건너갔고 100년간 변한 일본에 관해 써서 한국으로 보냈고 《중앙일보》에선 특집으로 대문짝만하게 지면을 할애해 보도하기에 이르렀다. 대강 이런 거였다.

전여옥이 『일본은 없다』(1997년)라는 책을 냈는데 일본에 와 도쿄 빌딩 꼭대기에 올라가 내려다봤더니 일본은 없는 게 아니라 있더라(그 후 전여옥과 나는 절친 사이로 현재에 이르렀다). 이어령 교수님은 일본인의 기질을 '축소'라는 키워드로 묘파한 『축소지향의 일본인』(1982년)이란 명저를 내셨는데 일본에 와 보니 축소 지향에 버금가는 확대 지향도 있더라(당시 최대의 군함을 제조한 것. 진주만 공격 따위). 뭐 대충 내 방식으로 써서 보냈는데 한국에선 열광적(?)인 반응이 나왔던 것으로 기억된다.

자! 그럼 나는 왜 그 일을 자청했는가. 뒤늦은 변명을 늘어놓겠다. 나는 세상이 다 아는 가수다. 연예인이다. 다시 말해 정통 광대다. 광대가 뭐냐. 심플하다. 이 풍진 세상살이에 찌들어 가는 하루살이에 틈틈이 웃음을 전문적으로 전해 주는 배달꾼이다. 그게 광대다. 역사적으로 봐도 광대는 늘 있었다. 궁중에도 있었고 마을에도 있었다. 죽은 사람의 시체를 담아 올려놓고 무덤을 향하는 상여꾼 맨 앞자리에서 종을 치며 "아이고, 북망산이 어디메냐. 이제 가면 언제 오냐.” 선창하는 게 대표 광대다. 삶과 죽음 사이의 미묘한 어색함을 메꿔 주는 역할 전문가가 바로 광대다. 세상 어떤 곳에도 갈등은 있기 마련이다. 뱉어 놓은 침만큼이나 더럽고 치사한 갈등을 해결해 주는 게 광대의 역할이다. 그런데 무슨 조화 때문인지 광대는 역사적으로 저평가되어 왔다(요즘은 달라졌다. BTS나 〈오징어 게임〉 같은 건 최상이지만). 광대라는 어휘 자체가 늘 찝찝했다. 그런 판에 나 조영남은 광대지만 본적이 황해도다. 김구·이승만·안중근을 배출한 동네 출신이다. 게다가 나는 공부깨나 한 광대다. 미국에서 기독교적 사랑에 관해 전문적으로 공부한 광대다. 그래서 《중앙일보》가 조영남을 일본으로 급파했던 것이다.

당시 한국과 일본의 갈등 관계는 가깝지도 멀지도 않은 그저 그런 관계였다가 독도 문제가 불거지면서 급격하게 최악의 상태로 접어들고 있었다. 일본 문제에 대한 언급은 누구나가 꺼리는 금기로 받아들여졌다. 그때는 지금처럼 소녀상 작품도 없던 때다. 이런 상태에서 광대 한 명이 마치 패튼 장군이나 된 것처럼 온갖 폼을 잡고 적진의 한복판에 뛰어들었던 것이다. 나는 개선장군처럼 다시 한국에 돌아왔고 내가 보낸 글은 엄청난 인기를 끌고 있었다. 당장 책으로 묶어 내자는 의견이 나왔고 일본에 관한 내 개인 생각들을 보태서 분량을 늘려서 책 한 권 분량으로 만드는 일이 진행된다. 이젠 책 제목만 남았다.

《중앙일보》 근처에 있던 한 식당에서 회의가 열렸다. 노래와 마찬가지로 책은 제목이 큰 역할을 하는 법이다. 나를 위해 조우석을 비롯 열 명 가까이나 둘러앉았던 것 같다. 나는 이럴 때 매우 민주적이다. 다른 사람들의 의견을 충분히 고려할 줄 안다는 얘기다. 제목을 좁혀 갔다. 마침 이케하라 마모루라는 일본인이 쓴 『맞아 죽을 각오를 하고 쓴 한국 한국인 비판』(1999년)이라는 책의 패러디 형식으로 『맞아 죽을 각오로 쓴 100년 만의 친일선언』이 최종 제목으로 채택된다.

2005년 출간된 조영남의 책 『맞아 죽을 각오로 쓴 100년 만의 친일선언』의 신문 광고.

아! 지금 생각해도 간담이 서늘해진다. 그땐 무슨 깡으로 그런 제목을 썼는지 나도 모르겠다. 하여간 그때는 최고의 제목이라 생각했다. 나는 미국 신학 대학을 다니면서, 물론 어릴 때부터 교회를 다녔지만, 이웃을 사랑하라, 특히 이웃을 네 몸처럼 사랑하라는 말을 귀가 아플 만큼 들어 왔다. 구차한 변명이 아니라 책 제목에 들어간 친일이라는 의미는 매국의 행위를 의미하는 게 아니라 국어 되살리기 운동에 입각해 '일본과 친하다'라는 사전적인 뜻에 충실한 것이었고 내가 배웠던 기독교적 이웃 사랑의 뜻을 실천하는 단순한 뜻의 결과물이었다.

책에 추천의 글을 써 주신 분들의 면면만 봐도 짐작할 수 있다. 당시 최고의 인기를 구가하던 《중앙일보》의 미남 논설위원이셨던 고 정운영, 당시 통일부 장관이셨던 정치인 정동영, 유명 카피라이터 겸 행복 전도사 고 최윤희. 그뿐 아니다. 현재 라디오 스타로 여론을 이끌고 있는 《딴지일보》의 총수 김어준. 김 총수는 추천의 말 끝부분을 이렇게 장식했다.

"스스로를 대상으로 바라볼 수 있는 자기 객관화 능력, 거기에 지성을 더하면 한량이 된다. 조영남은 우리 대중문화가 보유한 최고 수준의 한량이다. 그런 그가 일본을 만났다. 무심한 객관화 없이 있는 그대로의 일본이 다뤄질 수 없는 대한민국에서 알량한 폄훼나 열등의 호들갑 없이 일본이 그에게 뚜벅뚜벅 읽혀 들어가는 풍광을 목격하는 건 통쾌하기까지 하다. 멋지다 조영남!"

오시오 게이코와 조영남. 조영남의 《산케이 신문》 인터뷰를 통역했던 오시오 게이코의 훗날 해명에 따르면 조영남은 독도, 교과서 문제에 대처하는 교활함의 측면에서 일본이 한 수 위라고 발언했으나 산케이 측이 그런 맥락을 삭제하고 기사를 내보냈다. 조영남에 따르면 오시오 게이코는 "조영남 씨는 아무런 잘못이 없다."며 눈물을 흘렸다고 한다.

책은 즉시 일본어로 번역되어 책을 낸 출판사(고단샤)에서 선전용 인터뷰를 부탁해 또 일본으로 건너간다. 주위에서 부디 《산케이 신문》은 피해야 한다고 난리를 치는데 일본을 정복(?)하러 온 내가 뭐 무서울 게 있으랴. 산케이건 '강케이'건 올 테면 오라 해서 거기 실린 기사의 불과 몇 줄(말도 안 되는, 교과서 및 독도 문제에 냉정히 대처하는 일본이 한 수 위라는 대목. 또 야스쿠니 방문과 독도 문제) 때문에 나는 한국에 돌아오는 즉시 날아드는 돌팔매, 짱돌, 벽돌, 연탄재에 맞아 즉사하고 만다. 2년간이나 죽었다 간신히 살아났다. 빌어먹을 뿌리 깊은 역사적 양국의 갈등 때문이었다.

아직도 내 가슴속 깊은 곳엔 갈등은 사랑만이 약이라는 레시피가 자리 잡고 있다. 태초에 아담과 이브가 에덴동산에서 왜 행복하게 살았는 줄 아는가? 고부 갈등이 없었기 때문이다.

이동원 추모 음악회

동원아! 이상한 편지를 쓰게 됐다. 네가 며칠 전에 삶을 마쳤다는 소식을 들었어. 이상한 편지라고 말한 것은 죽은 후배한테 처음으로 쓰는 편지이기 때문이야. 거기 사정, 여기 사정 다 줄이고 본론으로 들어가자.

조영남이 최근에 제작한 추모 작품.

동원이 네가 크게 유명한 것 같진 않더라. 내가 사람들한테 이동원이가 죽었다고 하니까 모두가 이동원이 누구냐 하길래 내가 길게 "넓은 벌 동쪽 끝으로" 하는 노래 〈향수〉를 시작하면서 이 노랠 박인수라는 성악가와 함께 노래한 사람이라고 해야 아아! 그 사람 할 정도니 말야 하하! 니가 TV에 한참 안 나왔다는 뜻이겠지. 본격적인 얘기는 네가 전유성네 집에서 머물던 너 죽기 사흘인가 나흘 전쯤 시작된다.

동원아! 먼저 내가 내 자전적 이야기에 너의 얘길 쓰는 걸 너의 아량으로 이해 좀 해 주길 바란다. 하여간 동원아, 그날 꼭두새벽 전화가 걸려 왔어. 자기가 방송인 정덕희래. 내가 TV에서 많이 들었던 이름이지. 그러나 평소 친하게 지내던 사이가 아니었기에 어떻게 날 찾았느냐 물었더니 자기가 한때 명지대 교수였고 내 친구 유영구 전 명지대 이사장을 통해 나의 전화번호를 알았대. 그래서 무슨 일이 있느냐고 물으니까 만나서 얘기할 수 있는 일이래. 그래서 당장 우리 집으로 오라고 했지. 멋진 친구 한 명과 우리 집 응접실에 마주 앉았지. 뭐냐 물었더니 니 얘길 하면서 이동원이가 식도암 말기래. 그러면서 내 조영남이라는 이름을 빌려 이동원 병원비 모금 음악회를 열면 어떻겠느냐, 그걸 허락받기 위해 달려왔다는 거였어. 나는 깜짝 놀랐지. 그런 소식을 가수나 방송 계통 사람들한테 듣지 않고 뜬금없는 정덕희라는 여자한테 듣는 것도 머쓱했고 네가 전유성네 집에 신세를 지고 있다는 얘기도 그때 들었어. 물론 나는 좋은 생각이니 후원 음악회 날짜를 잡고 몇 명 연예인을 더 섞어 뜻있는 음악회를 해 보자고 약속을 하고 공연 날짜까지 조정하고 헤어졌지.

그런데 이틀인가 지나 꼭두새벽에 정덕희한테서 문자가 왔어. "이동원 씨가 소천했습니다." 나는 소천(召天)이 죽었다는 뜻이라는 것도 그날 새삼 알았다. 내가 즉시 전화로 그럼 이동원 후원 음악회는 어쩔 것이냐고 했더니 차분하게 대답하더라. 추모 음악회를 하면 된다고. 생전 처음 당하는 일이라 그것도 좋겠다 싶어 그렇게 하자고 했다. 어느새 기자한테서 전화가 걸려 오고 윤형주, 임희숙, 김도향, 임지훈까지 합세했다는 얘기도 들었어. 그리고 기자한테 추모 음악회의 의미를 대강 설명해 줬단다.

이제부턴 내 얘기를 하마. 내가 왜 너를 위한 후원 음악회, 추모 음악회에 선뜻 나섰냐. 그 이유를 말해야 할 때가 된 것 같다. 동원이 너 덕분에 나는 가수 말년에 잘 먹고 잘 살기 때문이다. 그게 무슨 소리냐.

아마도 동원아! 적어도 내가 지구상에서는 너보다 더 많이 〈향수〉를 불렀는지도 모른다. 앞으로는 더 말할 것도 없고. 나는 내 음악회가 있을 때마다 끝부분에 〈향수〉를 부른단 말야. 그게 둘이 부르는 이중창이니까 그때그때 출연하는 가수 중에 높은 소리가 잘 나는 테너가 있으면 내가 이동원 역을 맡고 낮은 소리가 나는 바리톤이나 베이스가 있으면 내가 박인수 형 흉내를 내서 부르곤 한단 말이다. 왜 그렇게 하냐. 나는 네가 아이디어를 내서 만든 정지용 작사, 김희갑 작곡의 〈향수〉라는 노래의 광팬이란 의미다. 그래서 늘 〈향수〉를 부르게 된다는 얘기다.

생전 이동원이 조영남과 함께 〈향수〉를 부르는 모습. [사진 MBC 방송 캡처]

동원아! 니가 죽어서 하는 얘기가 아니다. 동원아! 넌 긍지를 가져라! 너는 대한민국 근대 음악사를 통틀어 어마어마한 족적을 남긴 거야. 동원아! 우선 너는 우리 한국인이 거의 잘 모르던 정지용이라는 시인을 발견해 낸 것부터가 엄청난 공로자이고, 거기다 정지용의 서정시 「향수」를 발견해 그걸 "끝도 시작도 없이 아득한 사랑의 미로여!" 하는 최진희의 노래 〈사랑의 미로〉를 만든 대중가요 작곡자에게 부탁한 것도 엄청난 일이고, 이어서 일반인의 목소리와 성악가의 목소리를 절묘하게 섞은 노래로 만들어 전 국민의 애창곡으로 만든 장본인이란 말야. 실로 엄청난 업적이지. 네 제작력과 열정으로 만들어진 〈향수〉가 애창곡을 넘어 위대한 클래식 가곡이 되어 버린 것도 바로 이동원 네가 꾸민 일 아니냐.

나도 평소 정지용의 시 「향수」를 꽤 괜찮은 서정시 정도로 알고 있었는데 어느 날 KBS의 '열린음악회'에서 성악가와 함께 부르도록 〈향수〉라는 노래를 익혀 오라고 해서 악보를 구해 살펴보게 됐어. 동원아! 넌 이해할 거다. 내가 그 시를 읽고 감동, 감동한 나머지 3일간이나 내 방에 들어가 문 잠그고 혼자 울었으니까. 동원아! 사실 나는 몇 가지 콤플렉스가 있었는데 그중 하나가 여자 때문에 통곡해 본 적이 없다는 것이었어. 그만큼 사랑의 아픔도 모르는 놈이 〈제비〉 같은 노래를 불렀으니 오죽했겠냐. 그래서 나는 늘 나 자신을 짝퉁 아티스트, 짝퉁 가수라고 믿어왔는데 〈향수〉를 읽고는 3일간이나 연속으로 통곡은 아니지만 통곡 이상으로 흐느껴 울었으니 형의 마음을 이해하겠지. 그때부터 나는 정지용을 알아보기 시작했고, 지난 3월 이 지면에서 일찌감치 밝힌 바 있지만 정지용이 김기림, 백석과 함께 서양의 T.S. 엘리엇이나 보들레르, 랭보, 워즈워스, 에드거 앨런 포를 능가하는 세계 초 A급 시인이라는 걸 확인하게 됐단다.

동원아! 넌 영남이 형이 웬일인가 하겠지만 나는 사실 그때는 이미 현대 시에 깊숙이 개입해 있을 때였어. 넌 믿지 않겠지만 난 그때 이미 모던 시(詩), 난해한 시를 쓰기로 유명한, 「오감도」를 쓴 시인 이상(李箱)을 연구하면서 이상이 남겨 놓은 난해한 시 100여 점을 몽땅 해설하는 『이상은 이상 이상이었다』의 원고를 조금씩 늘려 가던 때였단다. 네가 정지용을 발견했듯 나는 이상을 발견했던 거지.

시인 이상을 공부하기 위해서는 반드시 당시에 결성되었던 구인회를 비롯 정지용·김기림 등을 연구하지 않으면 안 되었고 나는 특히 우리 이상 시인이 일본에서 당시 유행을 타던 모던 현대 시를 카피했을까 봐(일각에선 그런 의심의 눈초리가 실제로 존재했었음) 한국어로 번역된 일본 시들을 손에 닿는 대로 몽땅 수집해서 살펴봐야만 했고 끝내 우리의 이상, 몸에서 피를 쏟는 결핵 환자인 시인 이상이 일본이나 서양의 아류가 아니라는 확신을 갖게 된 거란다.

특히 나는 정지용에 대해 남다른 애착심이 생겼고 이상에 이어 우리 정지용은 어떤 수준에 있는가를 알아내기 위해 한국말 번역서 『세계의 명시』(종로서적, 김희보 편저)를 펴놓고 “사월은 잔인한 달” 어쩌구 하는 T.S. 엘리엇 등을 읽기도 했어. 또 미국 플로리다에 살 때 오하이오주 털리도에 거주하던, 내가 닥터 지바고에 빗대 마바고라는 별명을 붙인 마종기 시인과 가까워져 그분과 친구가 되고 싶어 시 공부를 하기 시작했거든. 그때 꽤 두꺼운 시 입문 전문 서적을 독파한 적도 있고. 여하튼 그 유명한 T.S. 엘리엇의 「황무지」는 우리 쪽 김지하 형이 쓴 「황톳길」에는 게임이 안 되게 재미없는 시라는 것도 알게 됐지. 나는 거기에 나오는 중국 시, 일본 시, 영국 시, 프랑스 시, 독일 시, 미국 시, 인도 시 등을 모조리 읽어 가면서 비교 분석해 나갔어. 특히 이름이 크게 난 보들레르, 랭보, 예이츠, 타고르 등을 집중적으로 분석하다가 깜짝 놀랐단다.

동원아! 내가 뭐에 놀랐는지 아니? 너는 시 공부를 어떻게 했는지 모르겠다만(야! 우리가 그때 함께 둘러앉아 세계 서정시에 대해 얘기 한 번 못 한 게 참 안타깝구나) 난 그렇게 마구잡이식으로 공부하면서 깜놀한 게 있어. 워즈워스구 에즈라 파운드구 뭐구 정지용 만한 서정시인이 존재하지 않았다는 걸 확신하게 됐단다. 이 기사를 연희동의 김동길 박사님이 읽으시면 나는 작살나겠지만 하여간 내 공부 결과는 그랬어.

말이 나온 김에, 현존하는 최고의 시 암송 달인은 김동길 박사이시다. 지금도 세계의 명시, 특히 영어로 된 시 수십 편을 좔좔 막힘없이 정확히 암송해 내시니까 내가 깜짝 놀라 자빠질 수밖에 없지. 그때 내가 공부한 바로는 우리의 정지용이나 김기림, 백석 같은 분들은 좀 과장해서 얘기하자면 세계를 넘어 우주적 시인에 속하는 탁월한 시인들이었단다. 슬쩍 얘기하자면 내가 평생 숭배했던 시 「오감도」와 소설 「날개」를 쓴 건축 전공 출신 이상은 우주보다 더 높은 맨 꼭대기 층에 올라 계신 분이었고.

각설하고 동원아! 네가 뭘 하다 그랬는지는 모르겠지만 한국 시 중에서도 정지용의 시 「향수」를 찾아낸 것, 그리고 적절한 라임도 무시된 한없이 긴 시를 〈사랑의 미로〉를 쓴 대중음악 작곡가 김희갑 선배한테 부탁한 것, 그리고 특히 영남이 형의 서울대 음대 직계 선배 박인수 형한테 맡긴 것도 단연 신의 한 수였어.

동원아 거기서 두고 봐라. 예의 주시해 봐라! 언젠가 〈향수〉는 틀림없이 세계적인 명곡으로 퍼져 나갈 것이다. 모든 건 운이 따라 주는 것과 재수가 좋아야 하는데 한때 내가 재수교 교주(?)라서 그랬는가. 내가 너와 함께 〈향수〉를 부른 게 재수 좋게 유튜브에 남아 있더구나. 그래서 네 추모 음악회 맨 끝에 그걸 벽면에 비치면서 거기에 나오는 반주에 맞추어 그 자리에 모인 가수 전부가 앞에 나가 그날 오신 손님 전부와 함께 〈향수〉를 합창하기로 최종 결정을 봤단다. 그런데 동원아! 지금 죽어 있는 이동원! 끝으로 내가 하고 싶은 얘기를 할게. 이건 네가 지금 죽어 있기 때문에 할 수 있는 형의 투정 같은 거다. 너 살아 있을 땐 차마 그 말을 못 했어.

2021년 11월 22일 서울 청담동의 한 식당에서 열린 가수 이동원 추모 음악회 무대에 오른 조영남.

동원아. 그때 너 나한테 서운한 감정 있었니. 나쁜 시캬. 넌 왜 그때 영남이 형 생각을 못 했냐. 왜 나를 빼고 멀리 있던 박인수 형을 찾았냔 말이다. 아! 평생 앙심 품었던 걸 이제야 털어놓으니 시원하구나. 동원아! 널 위한 추모 음악회가 낼모레(22일 6시)다. 이 편지는 신문에도 발표될 거야.

동원아! 거기서 만난 배호 선배, 남보원 선배, 백남봉 선배, 살아서 못 만났던 김현식, 김정호, 유재하, 친할 새가 없었던 김광석, 나의 장례식용 노래 <모란동백>을 근사하게 편곡해 준 김명곤 같은 녀석들 만나면 영남이 형이 얼마 안 있어 꼭 올 거라고 말 전해 주라.

동원아! 죽은 내 후배 가수 동원아! 거기도 넓은 들판이 있고 실개천 같은 게 있냐?

시인 이상과 5명의 아해들

나는 앞 편에서 소신을 가지고 시인 이상(李箱)이 정지용, 김기림, 백석은 물론 외국의 워즈워스, 보들레르, 에드거 앨런 포보다 윗자리에 있다고 평했다. 그렇다면 나는 왜 그런 평가를 할 수 있었는가. 거기에다 『시인 李箱과 5명의 아해들』이라는 책까지 쓰게 된 걸까.

시작은 구스타프 말러였다. 말러는 클래식 음악 쪽에선 이미 BTS급으로 유명한 인물이다. 모차르트, 베토벤에 버금가는 작곡가다. 나는 그때, 그때라는 것은 내가 말러의 교향곡 3번을 처음 들었을 때다, 교향곡은 수십 명의 악사들이 특정한 지휘자의 지휘 아래 그냥 음악만으로 시작과 끝을 맺는 형식이라고만 여겼다. 사실은 음악과 연극을 결합한 오페라보다도 따분하게 느껴질 수도 있다. 자고로 작곡가의 가치는 얼마나 교향곡을 잘 쓰냐의 여부에 따라 명성이 각기 다르게 따라붙게 되어 있다.

나는 한때 수면용으로 잠들기 전 '아르떼(Arte)'라는 클래식 음악 채널을 틀어 놓고 잠들 때가 있었고 아침에 눈을 뜨면 똑같은 채널에서 클래식 음악이 자동으로 들려오게 되어 있었다. 어느 날 아침이었다. 내가 특히 좋아했던 지휘자 레너드 번스타인이 지휘하는 뉴욕 필하모닉 오케스트라의 연주곡으로 말러의 교향곡 3번이 연주된다고 자막에 뜨는 걸 무심코 보게 됐다. 나는 그냥 덤덤하게 듣기 시작했다. 그런데 이상했다. 나는 이따금 이것저것 교향곡을 듣곤 했는데 말러의 교향곡 3번은 뭔가 다르게 들렸다. 평소 좋다고 알려진 모차르트, 베토벤, 브람스, 브루크너의 교향곡과는 사뭇 다르게 느껴졌다는 얘기다.

다른 정도가 너무 컸다. 점점 말러의 음악은 내 몸을 조여 왔다. 구름에 붕 떠 있는 느낌이 들었다. 점점 불안해졌다. 뭐가 불안하냐. 10시 반이면 나를 정규적으로 골프장에 데려가는 사업가 후배 윤정웅과 김혜수(혜수는 여류 화가다) 부부가 나를 픽업하러 오는 시간이다. 말러 교향곡이 끝나기 전에 윤정웅 부부가 나를 픽업하러 올까 봐 불안했던 거다. 말러의 교향곡 3번은 무려 90분짜리의 긴 곡이다. 드디어 마지막 5악장의 팀파니가 탕탕 장쾌하게 울려 퍼지고 동시에 경비실에서 차가 왔다는 인터폰이 들려오고 나는

2018년에 그린 이상의 초상화.

허겁지겁 내려가 골프장으로 향한다. 나는 어떻게 골프를 쳤는지도 모른다. 돌아오는 길에 내가 말러 교향곡에 정신이 없었다고 했더니 이틀 후에 윤정웅이가 말러 교향곡 10편 전부를 한 세트로 보내온다. 레너드 번스타인 지휘의 말러 교향곡 전곡이 들어 있었다. 나는 예술의 전당 안에 있는 음악 가게를 찾아가 말러 교향곡의 총보를 구입해 악보를 넘기며 음악을 듣기 시작한다. 나는 미술 사건 재판 중이라 시간이 남아돌아가던 때였다.

내 예상대로 나는 말러가 무서운 작곡가라는 걸 깨닫게 됐다. 그러니까 말러는 바흐를 비롯해 헨델, 모차르트, 베토벤, 브루크너를 몽땅 섞어 놓은 최종 종합판이었다. 교향곡의 끝판왕이었다. 물론 내 개인적인 생각이 그랬다는 얘기다. 그때 나는 실로 괴상망측한 짓을 시작하게 된다. 왜 그랬는지 모르겠다. 나는 벌떡 일어나 말러가 아닌 시인 이상의 초상화를 냅다 그리기 시작했다. 말러 음악을 감상했으면 말러 초상화를 그릴 것이지 웬 엉뚱한 시인 이상의 초상화를 그렸느냐 의아하시겠지만 나는 이 의문에 당당하게 대답하겠다.

내 평생 나의 영혼에 깊숙이 들어와 있는 존재는 딱 한 사람, 시인 이상이었다. 나는 이상의 난해한 시 100여 편을 일일이 해설하는 책 『이상은 이상 이상이었다』를 쓰다가 후반부에는 몸이 완전 다운되어 미세한 뇌경색 판정까지 받게 되었다. 고려대 병원에 입원해서 10일간 약물 치료로 반쯤 죽었다가 다시 깨어났다. 이상은 내가 추구해야 하는 유일신이었다. 나는 이상 한 분으로 충분할 줄 알았는데 웬걸, 이상과 비슷한 인물로 말러가 떠오른 것이다. 그러니까 나한테는 내가 숭배해야 할 대상이 갑자기 이상과 말러 이렇게 두 명으로 늘어난 것이다. 그래서 말러의 초상화를 그리는 게 아니라 나의 원조 숭배자 이상의 초상화부터 그리게 됐던 것이다. 이어서 나는 초상화 제목을 길게 〈아인슈타인, 니체, 피카소, 말러, 이상의 친구들〉로 적어 놨다. 여기까지가 앞에서도 언급한 '시인 이상과 5명의 아해들'이라는 보컬 그룹을 결성하게 된 경위다.

자! 문학의 이상, 그리고 음악의 말러 이렇게 양자가 마치 내 개인 소유의 태양처럼 떠올랐다. 그런데 내가 보기에도 이상과 말러는 영 조합이 맞지 않는 억지스러운 날조품으로 여겨졌다. 그래서 태양 한 개를 더 늘려 세 개의 태양을 만들어 냈다. 그게 피카소라는 태양이다. 문학의 이상을 꼭짓점에 배열하고 아래쪽에 음악의 말러와 그 옆에 미술의 피카소를 배치하니 그런대로 보기가 좋았다. 그런데 너무 균형이 잘 맞아떨어지니 오히려 덜 미학적으로 되어 심심해졌다. 그래서 "에이, 갈 데까지 가 보자." 하면서 꺼내 든 게 철학의 니체, 물리학의 아인슈타인이다. 이젠 총 다섯 개의 태양이 내가 창조(?)해 낸 조영남만의 우주가 되었다. 이런 말도 안 되는 경로로 이상 초상화의 제목을 정하고 보니 태초에 조물주가 말했듯이 '보기에 좋았더라.'가 된 것이다. 그럼 거기가 끝인가. 아니다. 나는 내친김에 '시인 이상과 5명의 아해들'이라는 5인조 보컬 그룹을 결성한다. '신중현과 엽전들', '조용필과 위대한 탄생', '서태지와 아이들'이 했듯이 나는 이상을 주축으로 5인조 그룹사운드를 결성했는데 이른바 '시인 이상과 5명의 아해들'이다.

그러면 나는 순전히 별생각 없이 장난으로 그런 짓을 저질렀는가. 고스톱을 치다가 그런 그룹사운드를 결성하게 됐는가. 아니다. 천만에 만만에 아니다. 나에겐 적어도 치밀한 계획이 있었다. 미국의 CIA, 구소련의 KGB, 이스라엘의 모사드를 능가하는 치밀한 계획, 암호 MFE 작전, '메이킹 플라이 이상 띄우기 작전'이다. 나는 우리의 이상을 띄우기 위한 작전으로 위대한 오디션을 펼친다. 오디션의 최종 목표는 이상의 진정한 꼬붕이 될 만한 자격이 있는가. 이상을 보필할 만한 실력이 있는가다.

음악가 구스타프 말러는 그의 대통합성과 확장성으로 이미 사실상의 오디션을 통과한 셈이다. 말러는 이미 바흐의 대위법, 모차르트, 베토벤, 브람스의 오케스트라 기법을 몽땅 섞어 통합을 이루었다. 말러는 1,000명의 연주자를 무대에 세우는 1,000인 교향곡을 써내서 확장성의 끝판왕이 됐을 정도다.

이상은 어떤가. 이상 역시 소설 「날개」, 「봉별기」 등을 씀과 동시에 난해한 연작시 「오감도」 등을 발표하여 시 문학에서 확장성의 끝판왕이 되어 버린 것이다.

시인 이상과 작곡가 말러 등의 사진을 활용한 조영남의 2019년 작품.

오디션은 피카소로 이어진다. 피카소는 일단 입체파 그림을 완성하면서 세계 미술의 총아가 된다. 그럼 우리의 이상은 어떠한가. 이상은 전체 15편으로 구성된 「오감도」의 '제4호', "환자의 용태에 관한 문제"라는 이상한 문장으로 시작하는 낭송 불가능한 암호, 부호 같은 그림시를 발표하여 시도 아니고 그림도 아닌 전혀 새로운 입체시를 써 피카소를 거느릴 수 있게 된다는 거다.

다음은 실존 철학자 니체. 니체는 망치를 든 철학자다. 니체는 그 망치를 자신이 만들어 낸 예언자 자라투스트라에게 전달하여 세상 모두가 숭배하고 특히 유럽 전체가 열광의 도가니였던 하느님이라는 존재부터 내려친다. 신은 죽었다. 더 이상 작동하지 않는다. 그러니까 우리 자신, 너와 내가 신의 역할을 떠맡아야 한다며 실존주의 철학 서적을 성경보다 더 높이 치켜든 인물이다. 이런 니체에 비해 이상은 어떠했는가? 이상은 연작시 「오감도-두 사람 1」에서 예수 그리스도와 미국 최대의 마피아 깡패 두목 알 카포네가 2인조 사기단을 결성하여 교회 장사, 예배당 장사를 해 먹는다고 하면서, 니체가 신을 망치로 내리쳤듯이 이상은 도끼로 기독교를 내리친다. 철학보다 더 교묘하게 문학적으로 미학적으로 말이다.

그럼 이제 아인슈타인 오디션만 남았다. 그는 내가 칠십 평생 만나 본 사람 중 가장 공부를 잘하는 똑똑한 사람이었다. $E=mc^2$이라는 불멸의 공식을 만들어 원자 폭탄을 만들게 하고 그것으로 징그럽게 버티던 대일본 제국을 두 손 바짝 들게 만들었다. 우리의 이상은 어땠는가. 혀를 차게 만들 정도로 수많은 천체 물리학에 관한 시를 써냈다. 그가 1931년에 써낸 시 「삼차각설계도」 일곱 편 중 「선에 관한 각서1」을 보면 이해 불가의 숫자와 "(우주는멱에의하는멱에의한다)", "속도etc의통제예컨대광선은매초당300000키로메터달아나는것이확실하다면", "생명은생도아니고명도아니고광선인것이라는건 것이", 이런 구절들이 나온다. 그러다가 「최후」라는 시를 쓴다. 이런 거다. "능금한알이추락하였다. 지구는부서질정도만큼상했다." 이것은 $E=mc^2$를 문학적으로 해설해 놓은 논문이다. 그러다가 이상은 $E=mc^2$에 버금가는 연애시 한 수를 발표한다. 남들이 난해하다, 미친 소리다, 저게 무슨 시냐, 맹비난할 때 이상은 난해한 시의 귀퉁이에 몰래 한 대목을 남기는데 이 시가 바로 $E=mc^2$에 버금가는 「이런 시」다. 이렇게 나간다.

"내가 그다지 사랑하던 그대여 내 한평생에 차마 그대를 잊을 수 없소이다. / 내 차례에 못 올 사랑인 줄은 알면서도 / 나 혼자는 꾸준히 생각하리라 / 자 그러면 내내 어여쁘소서."

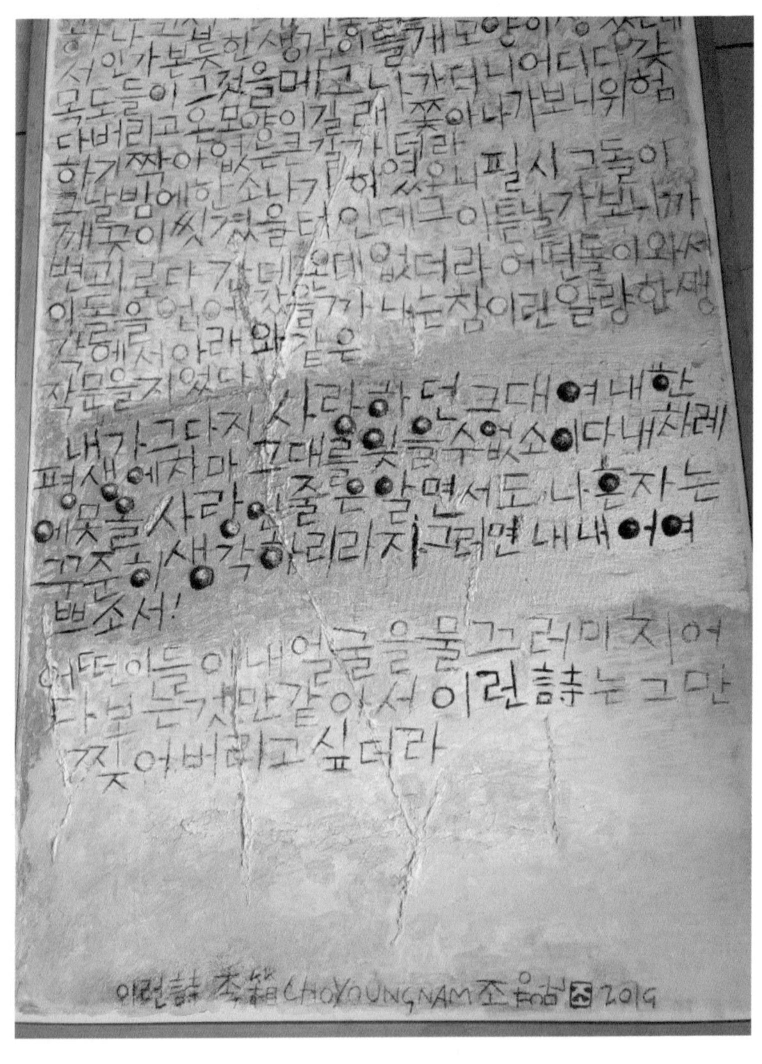

시인 이상의 연애시 <이런 시>의 구절을 써넣은 작품.

나는 또 「이런 시」에 미친 듯이 멜로디를 올리고 이 시에 감동한 나는 급기야 우리의 이상을 정지용, 김기림, 백석을 넘어 셰익스피어 옆자리까지 올려놓았다.

『시인 이상과 5명의 아해들』에서는 이상이 리드 싱어, 맨날 기타를 주제로 그림을 그렸던 피카소를 기타 연주자로, 어렸을 때부터 피아노를 배운 니체를 피아노와 건반 악기 주자로, 물리학자가 안 됐으면 음악가가 되었을 정도였던 아인슈타인을 바이올린 주자로, 그리고 말러를 타악기 주자로 설정하여 서울 광화문 통인동 골목길(이상이 어렸을 때 뛰어놀았던 동네)에서 이상 작사, 조영남 작곡의 〈이런 시〉를 합동 연주하게 된다. 이것이 내 책 『시인 이상과 5명의 아해들』의 줄거리다. 시종 내 딸 은지와 대화를 나누는 형식인데 마지막 장면엔 내 딸 은지한테 합동 연주에 관한 최후의 멘트를 하도록 부탁한다.

"여러분 연주를 시작하겠습니다."

나는 가끔 내 딸 은지의 옆얼굴에서 신의 옆모습을 볼 때가 많다.

가수 50주년 음반 신곡

나는 2021년 12월 4일 밤 11시에 본방송이 나간 MBN 텔레비전의 대표 프로그램인 〈동치미〉에 출연했다. 〈동치미〉는 동감하고 치유하는 미친 사람들이 아니라 아름다운(美) 사람들이란 뜻이란다. 〈동치미〉의 PD 정혜은은 거기에 고정 출연하는 유인경(전 《경향신문》 기자)과 함께 개인적으로 나의 여사친, 여자 사람 친구다(나는 그냥 여친으로 부르고 싶은데 오해를 피하기 위해 필히 여사친으로 칭해야 하는 관습이 심히 못마땅하다). 평소 친구처럼 가까운 정혜은이 〈동치미〉를 오랫동안 연출하는 동안에 있었던 얘기들을 일일이 기록한 책 한 권(『인생, 그래도 좋다 좋아』)을 전해 주면서 이번에 연말 특집 〈동치미〉를 기획하는데 출연해 줄 수 있겠느냐 물어 왔고 나는 코로나 시대에 시간이 남아돌아 선뜻 그러마 하고 출연을 약속하여, 하루 녹화를 찍고 그게 방송에 나간 것이다.

그런데 방송이 나가던 시각, 나는 자칭 이 시대에 남은 마지막 변사 개그맨 최영준과 함께 그가 만들었다는 노래 〈이태리 타올〉이라는 곡을 놓고 이래저래 손을 본다고 '동치미' 출연을 까맣게 잊어버리고 넘어갔다. 다음 날 여러 군데에서 전화가 걸려 와 그때서야 뒤늦게 '아하! 내가 깜빡했구나.' 하게 됐다. 내가 출연한 TV 프로그램이 석연찮으면 보통 전화가 한 통도 안 걸려 오고 좀 괜찮으면 몇 통씩 걸려 오는 게 상례다. 그러니까 이번엔 여러 통의 전화를 받은 것으로 보아 꽤 괜찮았다고 자평할 수 있게 되는 거다. 〈동치미〉는 여러 명의 이름난 연예인이 둥그렇게 모여 앉아 그날그날 정한 주제에 맞는 잡다한 얘기들로 풀어 가는 형식의 말하자면 떼거리 토크 쇼인 셈이다. 전화의 반응에 의하면 나의 하이라이트는 내가 방송에서 처음 발표한 〈삼팔광땡〉이라는 제목의 노래였던 모양이다. 그 노래는 이번에 발매되는 나의 부끄러운 '조영남 가수 50주년 기념 음반'에 실린 신곡인데(나는 늙어 보인다는 이유로 '50주년'이란 말을 빼자고 했는데 그걸 넣어야 시선을 끈다는 이유 때문에 내 쪽에서 지고 말았다) 이 곡의 탄생에 꽤 재미있는 사연이 있다.

우선 이 노래는 한빈 작사에 그 유명한 〈내 나이가 어때서〉의 작곡가 정기수가 쓴 신곡 〈삼팔광땡〉이 원곡인데 녹음을 하는 중에 문득 나한테 맞는 재밌는 가사가 떠올라 원곡 작사, 작곡자에게 양해를 구하고 별도의 가사가 있는 버전까지 녹음을 마치게 되었고 정규 앨범에 끼워 넣게 되었다. 그러니까 우습게도 〈삼팔광땡〉 한 곡에 두 가지 버전의 가사가 실리는 실험적인 꼴이 된 셈이다. 하여간 긴 토의 끝에 우린 두 곡을 다 싣기로 결정이 났고 나는 〈동치미〉에서 새로 만든 나의 〈삼팔광땡〉을 나의 어설픈 통기타 반주로 발표를 하게 된 셈이다. 이후 나는 이 곡을 앨범 선전(?)용으로 대놓고 선전하고 있다. 어쨌거나 나는 아직 방송을 못 봤고 여기저기서 걸려 오는 전화의 내용은 이랬다. 방송국에서 어떻게 편집할지 모르니까 내가 녹화할 때 했던 말과 방송에 내보내지는 말은 다르다. 전화에 의하면 내가 이렇게 말했단다.

"나는 조용필이 〈바운스〉라는 노래를 발표했을 때나 나훈아가 〈테스형!〉을 발표해서 요란법석을 떨 때 한쪽 구석에서 무지하게 쪽이 팔렸다. 야! 조영남. 다른 가수 조용필이나 나훈아가 신곡으로 떠들썩한데 너는 지금 뭐 하고 있냐. 이런 식으로 추궁당하는 느낌이었고 꼭 바보가 된 느낌이었다. 난 또 자존심은 있어서 '아니다. 나는 그들과 다르다. 나는 그림을 그린다. 나는 그들과 달리 글을 쓰는 중이었다.'라고 위안을 삼지만 뭐 이런 거로는 영 대체 불가능한 묘한 열등감에서 헤어날 수가 없었던 거다. 가수 생활이

나 연예인 생활을 해 본 사람이라면 충분히 이해가 갈 것이다. 모든 가수, 모든 연예인한테는 이런 속앓이가 늘 있기 마련이다."

뭐 대충 이런 토를 달고 드디어 나도 겨우 노랠 한 곡 만들었는데, 부끄럽지만 소개를 하겠다 하며 부른 노래가 바로 〈삼팔광땡〉이었단다. 대충 이런 내용의 허접한 가사다.

1절.
손들어 보세요 나와 보세요
이미자와 노래해 본 사람
나와 보세요 손들어 보세요
패티김과 노래해 본 사람
어허야 우리 인생 일장춘몽이요
어허야 우리 한 세상 한번 왔다 가는 소풍
이미자와 패티김과 노래도 해 봤으니
이만하면 내 인생 삼팔광땡

2절.
손들어 보세요 나와 보세요
조용필과 노래해 본 사람
나와 보세요 덤벼 보세요

나훈아와 노래해 본 사람
어허야 우리 인생 일장춘몽이요

어허야 우리 한 세상 한 번 왔다 가는 소풍

이미자와 패티김과 노래도 해 봤으니
이만하면 내 인생 삼팔광땡
이만하면 내 인생 삼팔광땡
이만하면 내 인생 화천대유유우우우

그렇다. 내 인생은 '삼팔광땡'이었다. 화투판에선 삼팔광땡이 제일 높은 끗발이란다. 내 인생이 그랬다. 우선 나는 가수다. 한 번 생각해 보시라! 세상에 우리나라 가수 중에서 이미자, 패티김, 조용필, 나훈아와 함께 노래해 본 가수가 조영남 말고 누가 또 있겠는가. 나밖엔 없다. 그럼 나는 왜 그런 특이한, 특별난 가수가 되었는가. 좋은 질문이다. 대답하겠다.

나는 그네들과는 애당초 시작부터가 달랐다. 어떻게 달랐느냐. 이미자가 "헤이일 수 없이 수많은 바암을" 하고 패티김이 "어쩌다 새앵가기 나아아겠지이" 하고 조용필이 "꽃피이이는 동백서엄에에" 하고 나훈아가 "사라앙이 무어냐고 무르으신다아아면" 하며 소위 대표 신곡을 부를 때 나 조영

삼팔광땡 패 화투장을 활용해 2020년에 제작한 작품. [사진 성승모]

남은 어땠는가. 조영남은 "아이 쏘더 라(?) 온더 나(?) 댓 아이 패스 바이 허 윈도우우(I saw the light on the night that I passed by her window)" 이렇게 나갔다. 무슨 아프리카 주문도 아니고 이상한 교회 방언도 아닌 생판 못 알아듣는 외국말을 해 대면서 그네들과 똑같은 데뷔곡이라고 우겨 댔다. 노래 제목은 〈딜라일라〉였지만 그걸 처음 부를 때는 그냥 외국 여자 이름 정도로만 알았다. 그러나 차츰 알게 된다. 〈딜라일라〉는 구약 성경에 나오는, 힘이 머리카락에서 나오는 삼손 장군을 배반한 여인(머리카락 자름)에게 복수를 한다는 범상찮은 스토리를 가진 외국 노래다.

그 후로도 나는 이미자, 패티김, 조용필, 나훈아 못지않게(?) 줄줄이 히트곡을 만들어 냈다. 〈내 고향 충청도〉, 〈물레방아 인생〉, 〈고향의 푸른 잔디〉, 〈내 생애 단 한 번만〉, 〈화개장터〉, 장례식용으로 부르기로 한 〈모란동백〉, 남의 노래지만 내 곡처럼 써먹는 〈그대 그리고 나〉, 메인 가수 이동원이 세상을 떠나는 바람에 내가 훨씬 더 많이 부르게 될 정지용 시에 김희갑 작곡의 〈향수〉, 그리고 〈옴마니 반메훔〉을 비롯 불교 노래 20곡, 또 이번에 나오는 〈삼팔광땡〉, 〈독도는 우리 땅〉의 작곡가 박문영이 만들어 준 마치 프랭크 시나트라가 부른 〈My Way〉에 근접하는 〈후회하네〉 등등.

아! 말하고 나니 숨이 찬다. 요즘 열풍이 불어 닥쳐 트로트의 영웅들한테서도 좀처럼 나오지 않는(참 신비스럽다. 그토록 밤낮으로 TV에 등장하는 데도 이렇다 할 히트곡이 단 한 곡도 안 나왔다는 건 정말 신비로운 일이다. 물론 곧 나오겠지만 말이다) 히트곡과 신곡들을 줄줄이 내놨다. 이 어찌 삼팔광땡이 아닌가.

1970년대 초반에 나온 앨범 재킷. 조영남의 곡 '딜라일라'와 '물레방아 인생'이 수록되어 있다.

아, 그러고 보니 내게는 음악뿐 아니라 그림도 있다. 얼마 전에 후배 가수 솔비가 국제적 미술 상을 수상했다는 반가운 뉴스를 들었는데, 나는 어떤가. 국제적 상커녕 동네에서 주는 상도 못 받았지만 전 세계에 유례가 없는 미술 대작 사건으로 무려 5년간이나 세상을 떠들썩하게 한, 온 나라에 현대 미술의 정의에 대한 논쟁을 촉발시킨 재판을 받게 되었다. 상을 받은 거나 재판을 받은 거나 받는 건 마찬가지다. 조용히 가수로서 노래를 신나게 부르다가 노래가 밥벌이로 변하면서 나는 노래로부터 스트레스를 받게 된다. 이래선 안 된다, 하며 취미 생활로 취한 게 미술이었는데 웬걸, 이것이 어느덧 상품으로 변하고 이곳저곳에서 바쁘게 전시를 하다 보니 그런 재판까지 받게 된 거다. 결국 국가가 세금을 들여 5년간 그냥 보통 가수로 이름난 나를 대(大)화가로 등극시켜 준 형국이 되었다. 5년간 이상한 유배 생활을 하며 나는 그림에 열중할 수 있었는데 재판이 무죄로 끝나고 다시 전시를 할 경우 사람들이 구경 와서 "에게, 이렇게 시시한 그림을 그렸는데 재판을 5년씩이나 했단 말야?" 이럴까 봐 오히려 더 열심히 그렸다.

최근에 피카소나 브라크의 입체파 그림에 화투를 섞는 팝 미술을 시도하다가 끝내는 구스타프 클림트의 〈키스〉와 〈포옹〉에 화투를 섞으면서 "와! 이제 그림도 성공했다." 하고 나 혼자 외쳤다. 음악은 복잡한 룰이 개입하지만 미술은 다르다. 미술은 100프로 자유다.

그럼 나간 김에 조영남의 문학에 대해서도 언급하지 않을 수 없다. 문학도 나 스스로에게 대박이었다. 우선 자전적 이야기를 연재하는 동안 수많은 이들로부터 어마어마한 칭찬을 들었다. 무안할 정도의 칭찬이었다. 그 전에 이미 책도 많이 썼다. 2000년 『예수의 샅바를 잡다』부터 지난해 『시인 李箱과 5명의 아해들』까지 줄잡아 10권이 넘는다. 이만하면 문학도 삼팔광땡 아닌가.

오늘 저녁밥을 먹는데 내가 좋아하는 친구 정선희가 TV에 나와 얼른 전화를 걸었다. 잘 있냐. 잘 있다. 수다를 떨다가 정선희가 말했다. "오라버니처럼 하고 싶은 걸 다 하고 산 사람은 없어요. 이번 크리스마스에 오라버니가 뭘 기원하면 그건 죄가 될 거야." 했다. 나는 정선희를 위해 삼팔광땡 같은 인연이 나타나게 해 달라고 기도해 주려고 했는데 죄가 될까 봐 그만두기로 했다. 빌어먹을!

믿기지 않는 신학대 졸업

자전적 이야기를 연재하기로 하고 글을 시작할 때는 굉장했다. 먼저 20호짜리 캔버스에 내가 접했던 사건들과 인물들의 이름을 생각나는 대로 쭉 적어 봤다. 물론 그중엔 빠진 사람도 있고 추가된 사람도 있다.

무엇보다 중요한 건 마지막 챕터를 정할 땐 정말 의기양양했다. 왜냐하면 언젠가 읽은 월간 잡지를 통해 삼성의 설립자 이병철 회장님이 돌아가시기 직전 꼼꼼하게 '인간은 무엇인가.', '종교는 무엇인가.', '삶은 무엇이고 죽음은 무엇인가.', '왜 부자는 천국에 못 들어간다고 성경에 썼는가.' 뭐 이런 걸 무려 24가지나 친필로 적어 담당 천주교 정의채 신부님께 물었다는 걸 알게 됐는데, 나는 옳다구나, 이 문제를 정의채 신부님과 대비해 가면서 나 조영남이 답변하는 것으로 써내면 대박일 것이라 생각했기 때문이다. 내 속으로 마지막 챕터는 걱정 없다는 쾌재를 불렀던 것이다. 이병철 회장님의 질문은 차동엽 신부(2019년 선종)가 답해 2011년 《중앙일보》에 보도된 후 이듬해 『잊혀진 질문』이라는 책으로 출판된 적도 있다.

삼성 그룹 창업주 이병철 회장과 정의채 신부 [사진 중앙일보]

부랴부랴 이병철 회장님 기사가 실린 잡지를 찾아 한번 들추어 보았다. 아! 그런데 보자마자 큰일이라는 생각이 들었다. 내가 대답할 수 있는 질문이 24가지 중에 단 한 가지도 없는 것이다. 생각해 보시라. 첫 질문이 '神(신)의 존재를 어떻게 증명할 수 있는가'이고 마지막 24번째 질문이 '지구의 종말은 정말 오는가'(2019년 《월간조선》 4월호)이니 빌어먹을! 내가 그런 질문에 무슨 재주로 답변할 수 있단 말인가. 그런데 답변하는 정의채 신부님은 참으로 대단하셨다. 정말 신부 같아 보였다. 관념의 극단이라고 할 수 있는 극히 우주적인 질문에 일일이 대답하고 계셨는데 그건 내가 미국

미국 플로리다의 트리니티 신학대를 다니던 시절의 조영남.

플로리다에서 신학 대학에 다닐 때 징그럽게 들었던 답변과 매우 흡사한 내용이었다.

나는 그 신학교를 어떻게 졸업했는지 모르겠다. 누가 믿겠는가. 첫 1년 동안은 윌리엄 교수와 또 한 명, 도서관학 담당이셨던 몸집 큰 여교수(이름은 잊었다)를 밤에 잠들기 전 매일 밤 어떻게 죽일까, 주먹으로 때려서 죽일까, 찔러서 죽일까 등 별의별 공상을 다 했다. 너무 증오했기 때문이다. 유명한 빌리 그레이엄 목사가 잠시 다녔다는 것으로 명맥을 유지하던 보잘것없는 학교였는데 보수 침례 계통의 학교라서 규율이 엄했다. 삼엄했다고 말해야 할 정도다. 남학생의 머리털이 귀를 덮어서는 안 되고 반드시 넥타이를 매야 하고 여학생과 앉을 때도 한 책상 걸러(꼭 요즘 코로나 시대의 영화관 같은) 앉아야 한다. 정말 견딜 수 없는 것은 매일 채플(공동 예배 시간)이 있는데 머리끝이 의자 끝에 닿으면 어김없이 개인 로커에 빨간 딱지가 날아오는 것이다. 그런 훈육 담당이 윌리엄 교수였고 도서관학의 여교수는 리포트를 수업 끝 벨 소리가 난 후에 제출했다고 무효라는 것이었다. 세상에! 우리나라 같았으면 외국 학생이 처음 들어왔다고 얼마나 배려를 해 줬을까? 그래서 나는 1년을 더 꿇어야 했다. 빨간 딱지가 여러 장 붙어 있으면 그 학생은 소리 소문도 없이 나타나질 않는 것이다. 잘린 것이다. 인정사정없는 것이다. 그러면서도 맨날 사랑이 어쩌고 구원이 어쩌고 예배를 드린다. 내가 만약 노래라도 할 줄 몰랐다면 나는 몇 달 못 가서 퇴학을 당했을 것이다. 신학교에서는 늘 채플이 있기 때문에 그 학교에 성가를 잘 부르는 학생이 있느냐 없느냐가 큰 관건인데 나는 노래를 잘하는 유일한 동양 학생으로 이름이 났기 때문에 간신히 살아남았다.

그 이외에도 나는 잘릴 수 있는 기회가 수두룩했다. 우선 구약 성경에 첫 장부터 누가 누구를 낳고 아브라함이 이삭을 낳고 어쩌구 할 때 나는 질문을 했다. 왜 동양에는 김 씨, 이 씨, 조 씨가 있는데 성경에 나오는 사람들의 이름엔 성이 없느냐(이 질문에 정확하게 대답하는 교수는 단 한 명도 없었다). 나의 질문이 비종교적일 때마다 교수들은 나에게 묻곤 했다. 이병철 어르신의 질문처럼 '너는 신의 존재를 믿느냐'는 것이었다. 나의 대답은 아이 돈 노 써! '너는 예수님이 너를 구원한다는 사실을 믿느냐.' 나의 대답은 한결같았다. I don't know Sir! 나는 죽었다 깨어나도 모르겠기에 정직하게 대답했을 뿐이다.

더욱 놀라운 사실은 졸업생 중에 목사를 안 하겠다는 학생은 내가 유일했다. 교수가 너는 힘들게 공부를 해 놓고 왜 목사를 안 하겠다는 거냐고 묻길래 내가 대답했다. 나는 목사 체질이 아니다. 만일 내가 설교를 하다가 옆문 쪽으로 들어오는 예쁜 여성을 본다면 나는 설교고 뭐고 다 잊어버리고 횡설수설할 것이다. 그러자 반 학생 전체가 크게 웃었다. 그날 수업이 끝나기가 무섭게 내 동급생들이 나한테 와서 "야! 나도 마찬가지야. 인마."라고들 했다. 이런 녀석들이 지금 미국 남부 지방에서 유명 목사로 활약 중이다.

초등학교에서 대학교를 다닐 때까지(가수가 되기 전까지) 나는 소위 모태 신앙 출신답게 학교와 교회만 왔다 갔다 했다. 그때만 해도 크리스마스 시즌이 되면 전국적으로 축제 분위기였다. 종교를 초월한 대축제였다. 그러니까 크리스마스이브 저녁엔 명동에 나가는 것이 축제에 참석하는 것이었다. 코로나로 꽁꽁 얼어붙은 지금은 상상할 수도 없는 일이지만 그때는 명동이 인파로 미어져 사람들 무리 속에서 떠밀려 다니는 형국이었다.

내가 1973년에 참석했던 빌리 그레이엄 목사의 여의도 전도 대회가 있은 지 한참 지난 후까지도 그랬던 것 같다. 지금도 크게 다르지 않겠지만 비행기에서 김포 공항을 향해 갈 때 하늘에서 서울을 내려다보면 빨간색 천지였다. 교회 탑에 붙은 붉은 네온사인 십자가가 온통 빨간 색깔이었기 때문이다. 그러다가 나는 암스테르담에서 열리는 빌리 그레이엄 지도자 대회에 참석하기 위해 파리와 밀라노 그리고 내 동생 영수가 공부하던 독일의 몇몇 도시를 방문하면서 심각한 상황을 목격한다. 못 볼 걸 본 셈이다. 파리의 유명한 노트르담 성당에 갔을 때부터 느낀 것인데 성당이 더 이상 예배를 드리는 장소가 아니라 세계에서 몰려든 여행객들의 단골 관광 장소로 변질되어 있던 것이다. 이게 웬일인가! 밀라노에 가서 봐도 독일에 가서 봐도 모든 성당들은 동사무소 같은 장소로 변해 있었다. 성불사에 불국사처럼(?)

변해 있었던 거다. 그때 나는 아하! 종교도 기울어질 수 있구나, 유행일 수가 있구나, 하는 느낌을 갖게 되었다.

이병철 회장도 그랬듯이 나 역시 이제는 늙어 죽음을 향해 가는 몸이 되었다. 나보다 먼저 죽은 친구들도 숱하게 많다. 남자의 삶은 딱 두 가지 타입이다. 한 가지 부류는 돈을 벌다가 죽는 부류, 또 한 가지는 돈을 잔뜩 벌어 놓고 죽는 경우다. 번 돈을 다 쓰고 죽는 사람을 나는 이제껏 본 적이 없다. 나 역시 지금으로선 두 번째 타입 언저리쯤에서 끝맺음을 할지 모른다.

정선희가 말했듯이 나는 하고 싶은 걸 다 하고 살았다. 나 혼자는 그렇게 생각한다. 몇 년 전 이경실이 나한테 결혼식 주례를 부탁했다. 물론 몇 번 사양했다. 어떻게 감히 주례를 할 수 있느냐. 이 모양 이 꼴로 살아왔는데. 그랬더니 이경실이 큰 소리로 소리쳤다. 그럼 나처럼 살지 말라고 하면 될 것 아니냐. 그래서 주례를 섰고 그대로 시키는 대로 했다. 이제 만약 누가 나한테 주례를 부탁해 온다면 나는 이렇게 말하겠다. "나처럼 만큼만 살아 봐라." 또 돌멩이, 짱돌 날아오는 소리가 들려온다.

이병철 회장이 궁금해했던 '지구에 종말이 있는지 없는지'에 대해선 나는 당최 모르겠다. 내가 아는 건 딱 하나(그

것 외에는 확실히 아는 건 하나도 없다). 그것은 나는 언젠가 죽는다는 것이다. 내가 죽어 보면 이병철 회장의 24가지 질문에 제대로 된 답을 하게 될 것 같다.

축복과도 같았던 내 삶의 백신들

가와바타 야스나리, 강계식, 강근식, 강부자, 강석, 강애리, 강연희, 강원용, 강은교, 강인택, 강창성, 강철구, 게리 쿠퍼, 고복수, 고영수, 고운봉, 고철, 곽규석, 구보다 시게코, 구스타프 말러, 구스타프 클림트, 구자홍, 그리피스 조이너, 금난새, 기형도, 길옥윤, 김경순, 김경식, 김광석, 김광섭, 김구, 김국환, 김기림, 김기인, 김대중, 김도향, 김동건, 김동규, 김동길, 김동환, 김명곤, 김명정, 김민기, 김부해, 김상국, 김성수, 김세진, 김세환, 김소월, 김수환, 김시스터즈, 김어준, 김언호, 김연준, 김영, 김영삼, 김영옥, 김옥길, 김옥숙, 김요일, 김원희, 김윤수, 김윤순, 김일성, 김재현, 김장환, 김점선, 김정신, 김정은, 김정일, 김정호, 김종규, 김종철, 김종필, 김종해, 김중만, 김지하, 김차섭, 김창범, 김초혜, 김충세, 김현식, 김형곤, 김혜수, 김홍신, 김환기, 김홍수, 김희갑, 나나 무스쿠리, 나철, 나폴레옹, 나훈아, 남궁옥분, 남보원, 남인수, 남진, 냇 킹 콜, 노라노, 노영심, 노재현, 노주현, 노태우, 니체, 니코스 카잔차키스, 다빈치, 데릴라, 데이비드, 도건일, 랭보, 레너드 번스타인, 로저 클린턴, 루시, 루이 암스트롱, 루치오 달라, 류시현, 리영희, 리타 김, 마광수, 마릴린 먼로, 마종기, 마할리아 잭슨, 막스 쟈코브, 맥아더, 모차르트, 몽테뉴, 문성근, 문정희, 문호근, 미소라 히바리, 미하일 고르바초프, 바그너, 바흐, 박광욱, 박광희, 박두진, 박근혜, 박문영, 박미선, 박선길, 박상규, 박선이, 박수근, 박원숙, 박인수, 박인주, 박일호, 박원숙, 박재홍, 박정운, 박정희, 박춘석, 박치호, 박형준, 반 고흐, 반야월, 배철수, 배호, 백기완, 백남봉, 백남준, 백석, 백선엽, 버나드 쇼, 베른하르트 랑거, 베토벤, 벤 존슨, 변건호, 보들레르, 아들 부시, 아버지 부시 부부, 부처님, 브라크, 브람스, 브루크너, 비비안 리, B. J. 토머스, 비틀즈, 빌 게이츠, 빌리 그레이엄, 빌 클린턴, 사르트르, 삼손, 성희영, 손문, 손턴 와일더, 손학규, 솔비, 서유석, 서태지와 아이들, 성삼문, 소피 마르소, 손기정, 손명희, 송가인, 송건호, 송민도, 송은이, 송창식, 스탠리 게일, 스티브 잡스, 시판 하산, 신성일, 신영균, 신정수, 신중현과 엽전들, 아폴리네르, 아이젠하워, 아인슈타인, 안드레아 보첼리, 안중근, 안희정, 알 카포네, 앙드레 김, 에드거 앨런 포, 앨리슨 펠릭스, 엄영수, 엄인호, 엄정행, 엘비스 프레슬리, 에스더, 여운계, 예이츠, 예수 그리스도, 옐친, 오강남, 오노 요코, 오마 샤리프, 오명자, 오손 웰스, 오태석, 움베르토 에코, 워즈워드, 위키리, 윌리엄 인지, 윌리엄 포크너, 유상근, 유상조, 유영구, 유인경, 유재석, 유재하, 유주용, 유치남, 윤동주, 윤명로, 윤석열, 윤심덕, 윤여정, 윤영숙, 윤정웅, 윤형주, 이강자, 이건용, 이건희, 이경규, 이경실, 이나리, 이단열, 이동원, 이동훈, 이두식, 이만희, 이멜다, 이미자, 이백천, 이범희, 이병철, 이병훈, 이봉조, 이상, 이상벽, 이석, 이선권, 이성미, 이숙영, 이숙원, 이순신, 이승만, 이승희, 이어령, 이영웅, 이용, 이윤기, 이장순, 이장희, 이정호, 이제하, 이종미, 이종범, 이종환, 이주일, 이케하라 마모루, 이중섭, 이태영, 이해인, 임지훈, 임희숙, 자라투스트라, 장나라, 장미희, 장영희, 장왕록, 장우, 장 콕도, 장태화, 잭 니클라우스, 잭슨 폴록, 쟈니윤, 전두환, 전봉준, 전여옥, 전유성, 전혜숙, 정경화, 정기수, 정대철, 정덕희, 정동영, 정명근, 정명화, 정병훈, 정선희, 정운영, 정운찬, 정윤희, 정의채, 정일영, 정재동, 정지용, 정하연, 정혜은, 조근태, 조동진, 조미현, 조상현, 조승초, 조승형, 조영걸, 조영수, 조용기, 조용필, 조용필과 위대한 탄생, 조용호, 조우석, 조자룡, 조조, 존 덴버, 존 레넌, 주철환, 진시황, 진중권, 차동엽, 차중락, 찰리 브라운, 체 게바라, 최동욱, 최상현, 최시현, 최영준, 최영희, 최유라, 최윤희, 최인호, 최진희, 최하라, 최현수, 최형

섭, 최홍기, 최희준, 추미애, 추송웅, 카루소, 카뮈, 카슨 매컬러스, 칼 루이스, 클레오파트라, 케네스 맥밀런, 테네시 윌리암스, 테오, T.S. 엘리엇, 파바로티, 패튼, 패티김, 펄시스터즈, 표미선, 푸시킨, 푸치니, 프랭크 시나트라, 피세영, 피천득, 피카소, 한대수, 한명숙, 한민, 한혜숙, 함석헌, 허건영, 헤라클레스, 헨델, 헨리 밀러, 호세 카레라스, 홍수근, 황금심, 황인용, 황정태, 현미, 헤밍웨이, 훌리오 이글레시아스, 히식스…. 그리고 신준봉, 성승모, 정혜숙, 김현, 임영인, 조은지.

약 400여 명에 이르는 이 이름들은 2021년 2월부터 2021년 말까지 내가 매주 《중앙SUNDAY》에 '조영남의 남기고 싶은 이야기 예스터데이'라는 타이틀로 연재한 글에 등장하는 인물들의 이름이다. 그리고 그 연재 글이 지금 이 책을 이루는 주된 텍스트가 되었다. 이름 맨 끝부분 여섯 명의 이름은 내가 원고를 작성할 때 잡다한 일들을 도운 분들이다. 가령 나는 400자 원고지에 아직도 빨간색 유성펜으로 한 칸 한 칸을 메워 가는데 이걸 《중앙SUNDAY》 편집실에서 받아서 타이핑하고, 언급된 필요한 사진들을 찾고, 원고를 전달하는 퀵서비스를 섭외하거나, 휴대폰을 통해 급한 연락을 주고받는 잡다한 일을 도와준 고마운 사람들이다.

내 연재에 등장하는 모든 사람들의 이름을 맨 끝 회에

한 번 쭉 되뇌면서 나열해 보자. 이것을 나 혼자 결정했을 때까지 나는 다른 걱정은 털끝만큼도 하질 않았다. 등장하는 사람의 이름만 써도 원고지 20매쯤은 거뜬히 넘길 거란 짐작 때문이었다. 실제로 이분들의 이름을 반복 형식으로 적었더라면 충분했을 텐데 재미가 좀 덜할 것 같아 한 번씩으로만 적다 보니 원고 분량이 다소 모자랐다. 그게 무슨 소리냐면 나머지 부분을 내가 메워야 하는 일이 생긴 것이다.

나는 이름들을 쭉 적어 놓고 '이분들이야말로 2021년 역사적인 코로나 시대를 무사히 견디게 해 준 나의 '백신'들이었다'라고 멋지게 끝을 맺으려 했는데 그게 틀어졌다. 또 이런저런 능청스러운 이야기를 늘어놓아야 한다. 아무려나, 연재하면서 내 삶을 찬찬히 되돌아보니 코로나가 지구를 덮친 올 한 해가 내 칠십 평생에 최악의 해였던 것 같다. 일단 내가 잘 알던 친구 두 명이나 확진이 된 걸 보면 그렇다. 결코 남 얘기가 아니다.

그런데 다행인 건 나는 코로나뿐 아니라 그전에도 여러 번 죽었다 살아난 고비가 있었는데도 스러지지 않았다는 것이다. 그걸 연재 글을 쓰면서 새삼, 진지하게, 리얼라이즈드(realized) 깨닫게 됐다. 가령, 서슬 퍼런 박정희 대통령의 코앞에서 〈각설이 타령〉을 불러서 대통령을 죽지도 않고 돌아온 각설이로 비유했다는 터무니없는 의혹을 받았다가 살아난 일. 또 다른 대통령 앞에서 노래를 부르다가 중간 부분쯤 내 정장 가슴 안쪽 주머니에서 하모니카를 빼어 들자 경호원들이 권총으로 오인해 그들이 쏜 총에 애매하게 죽을 뻔했던 일! 우리의 힘으로는 이사시킬 수 없는 이웃 나라 일본에 대해 이웃을 네 몸처럼 사랑하라는 기독교의 핵심 사상을 꺼내 들었다가 친일파로 몰려 실제로 2년간이나 맞아 죽을 뻔했던 사건. 그것도 모자라 급기야 그림 대작 사건이 터져 무려 5년간의 유배 생활 끝에 간신히 사약만은 면했던 사건. 그게 끝이었으면 말을 안 하겠다. 내 세 아이의 친엄마 되시는 윤여정 여사께서 아카데미 조연상을 타는 날 기자가 소감을 묻기에 내 딴엔 멋지게 "바람을 피운 남편에 대한 우아한 복수 같다."고 말했다가 뭇매를 맞은 일. 아! 끔찍하다. 성경 시대에나 나오는 돌팔매질이라는 처형 법으로 또 맞아 죽을 뻔했다. 이런 와중에 나는 총 3차 접종 끝에 추가 접종까지 맞게 된다. 이 백신 접종은 축복과도 같은 것이었는데, 1차 접종은 《중앙SUNDAY》 연재, 2차 접종은 앞에 나열한 400여 명이 직접 내 팔뚝에 놓아 준 백신들, 3차 추가 접종은 내 연재를 읽어 주신 독자님들의 전국적인 격려의 백신이었고 또 이어지는 문학세계사가 묶어 내는 새 책이 최종 백신이 될 것이다.

누가 믿기나 하겠는가. 연재하는 동안 나는 단 한 번도 원고 독촉 전화를 받은 적이 없고 내용상으로도 단 한 번도 다툰 적이 없다. 처음부터 끝까지 평화롭고 순탄하게 끝냈다. 그건 내가 정치(?)를 잘한 셈이다. 연재도 끝냈고 시간도 남겠다. 흠! 내친김에 또다시 정치력을 발휘해 코앞에 다가온 20대 대통령 선거에 한번 출마해 볼까 생각 중이다.